片山正通教授の

「好きなこと」を「仕事」にしよう

片山正通

この本を手にとってくれたみなさんへ

あなたが今いちばん興味を持っていることはなんですか？
夢中になれるものはありますか？
関わるごとにどんどん好きになっていける何かが、きっと誰にでもあるはずです。

この本は、僕が武蔵野美術大学の学生に向けて開催している特別講義『instigator』を初めて一冊にまとめたものです。

2011年に空間演出デザイン学科教授に就任してから、ずっと考えてきたことがありました。

僕がいま大学生だとして、どんな話を聞いたら
これからの人生が有意義な時間に変わっていくのだろう？

その疑問に対する僕なりの思いが、この対談形式の特別講義となっています。〈instigator〉とは、「扇動者」という意味です。そのタイトルどおり、時代を牽引するスターやトップクリエイターをゲストに迎え、じっくりと彼らの「これまで」と「これから」を聞き、その時間を学生たちと共有したいと考えたのです。

お招きするゲストは、僕が仕事を通じて知り合い、大変影響を受けている方々ばかり。本書を読んでいただくとわかりますが、さまざまなジャンルでその人にしかできないことを成し遂げています。そういった人たちの生の声を間近で聞くことが、学生にとって、いい刺激になるのではないかと思いました。

彼らはどんな少年時代・学生時代を過ごし、どうやって進路を決めたのか。

仕事を始めてから、どんな転機を迎え、困難をどう乗り越えてきたのか。

そういったサンプルをたくさん提示することで、学生たちが具体的な将来を考えるきっかけになればうれしい——。そう思いながら毎回、講義を行っています。

本のタイトルは、『「好きなこと」を「仕事」にしよう』としました。これは、学生たちに僕がいちばん伝えたいメッセージでもあります。もちろん仕事である以上、大変なこともたくさんあります。でも、「好きなこと」だからこそ、失敗や苦労も、いつしか楽しさに変わっていくと思うのです。

よく「好きなことは仕事にしないで、趣味にとどめておいたほうがいい」という意見を聞きますが、僕はそうは思いません。仕事には、趣味と違って責任があり、社会に求められているからこその喜びを得られるからです。

一方で、ゲストのみなさんのお話をいちばん聞きたいのは、僕自身なのです。社会に出てずいぶん経ちますが、それでも迷うことや壁にぶつかることばかりです。〝みんなはどうやって解決しているんだろう？〟という率直な疑問をぶつける機会をこの講義をもって設けているのです。ですからプライベートな会話のやり取りを学生たちにおすそ分けしているような、そんな気持ちなのかもしれません。

ありがたいことにゲストのみなさんは、いつも以上に本音を聞かせてくれます。学生たちから飛び出るユニークな質問にも、先輩が後輩にアドバイスをするように、真摯に応えてくれています。世間に知られている輝かしい軌跡を語るだけでなく、好きなことを仕事にしているからこその苦労話もたくさん話してくださいました。

また、『instigator』では、ゲストを迎えるだけでなく、イベント全体のデザインや時間をプロデュースするなど、隅々にまでこだわっています。音楽、写真、映像、照明、我々が座るソファ、スタッフユニフォーム、また告知ポスターなどのグラフィックデザインにいたるまで、イベントを構築するすべての要素を、僕が信頼しているプロフェッショナルの方々にお願いしました。

会場は、武蔵野美術大学の創設時からある7号館４０１教室という約５００人収容可能な古い講義室で行うことにしました。僕は、いかにも大学らしいこの教室のムードが大好きなんです。これは余談ですが、この特別講義は単位が付与されません。ですから、話を聞きたい熱心な学生だけが集まってきます。そのこともこの場所が良いムードに包まれる理由のひとつだと感じています。

こうして毎回開催している特別講義『instigator』ですが、満席の会場を見るたびに1回の講義だけで終わらせてしまうのはもったいないと思うようにもなりました。

そこで、講義録を一冊の本にまとめ、こうして広く公開することにしました。

美術大学の講義ではありますが、結果として年齢や仕事を問わずすべてのみなさんに楽しんでいただけるような内容になっていると思います。

あなたが今いちばん興味を持っていることはなんですか？

夢中になれるものはありますか？

関わるごとにどんどん好きになっていける何かが、きっと誰にでもあるはずです。

この本が、その何かと出会うきっかけのひとつとなれたなら、こんなにうれしいことはありません。

さて、まえおきはこのくらいにして、さっそく講義を始めましょう。

ぜひ、講義室に座っている感覚で、ページを開いてみてください。

片山正通

目次

この本を手にとってくれたみなさんへ 002

#001 佐藤可士和 008

2011.12.12

クリエイティブってすごいパワーがある。
そのことを本当にぼくは信じてる。

#002 中田英寿 072

2012.4.25

海外をまわっていて気づいたことは、
自分が“日本人”であるということでした。

#003 NIGO® 126

2012.6.20

自分が好きなときに行けるカフェや美容室。
そんなふうにまずは自分ありきでものをつくっています。

#004 本広克行 178

2012.9.20

どうしたらここからのし上がれるかを考えていた。
結論は、とにかく絶対量を観ることだった。

#005 名和晃平 232

2013.4.25

就職して会社に通うというビジョンは“ゼロ”でした。
自分でつくることで生きたいという意志が強かったです。

この本を読んでくれたみなさんへ 290

スタッフリスト 294

各章末に記載のあるMusic for instigator トラックリストは、『instigator』の音楽を担当する大沢伸一が、ゲストに合わせて毎回選曲しています。

大沢伸一(Shinichi Osawa)

1993年のデビュー以来、MONDO GROSSO、ソロ活動を通じて、革新的な作品をリリースし続けている音楽家、DJ、プロデューサー。クラブサイトiLOUDのDJ人気投票国内の部3年連続No.1(2009〜11年)に輝く。ソロ名義で発表したアルバム『The One』(2007)は、英Southern Fried/米Dim Makからもリリースされている。アルバム『SO2』(2010)収録曲「SINGAPORE SWING」が世界的クラブヒットを記録し、2011年にはその曲名をタイトルとしたPaul Chambersとのコラボアルバムをリリースした。
http://www.shinichi-osawa.com

instigator official site: http://instigator.jp
オフィシャルサイトでは、イベント情報、ダイジェスト映像のほか、Music for instigatorのトラックリストをお楽しみいただけます。

michi
instigator
instigator

佐藤可士和
#001
instigator
12.12Mon.
劇ムサ

#001

佐藤可士和

アートディレクター／クリエイティブディレクター

1965年東京都生まれ。多摩美術大学グラフィックデザイン科卒業。博報堂を経て2000年に独立。クリエイティブスタジオ「サムライ」を設立する。主な仕事に、ユニクロ、楽天グループ、セブン-イレブンといった企業のクリエイティブディレクション、国立新美術館のシンボルマークデザインとサイン計画、明治学院大学やふじようちえんのリニューアルプロジェクトなど。近年は今治タオルのブランディング、JAPAN国際コンテンツフェスティバルのシンボルマークデザインとクリエイティブディレクションを手がけるなど、日本の優れたコンテンツを海外に広く発信することにも注力している。

クリエイティブってすごいパワーがある。
そのことを本当にぼくは信じてる。
だからその力をもっと広めて、
世の中がより良くなっていけばいいのになって思っています。

アートと音楽に夢中になった学生時代

片山 instigator 第1回目のゲストは、クリエイティブディレクターの佐藤可士和さんです。ぼくはユニクロのプロジェクトをご一緒させていただいていて、いまほぼ毎週お会いしています。この instigator についても、いろいろと相談に乗っていただきました。広告デザインから企業ブランディングまで多彩な方面で活躍するスーパーディレクターです。大きな拍手でお迎えしましょう。

佐藤 こんにちは、よろしくお願いします。片山さんとは、先週も会ったばっかりだけど(笑)。

片山 こうして改まって話すのも、たまにはいいですね(笑)。きょうは、どうやってこんにちの佐藤可士和が生まれたのかを、じっくりお聞きしたいと思います。さっそくですが、可士和さんはどんなお子さんでしたか?

佐藤 まず、絵を描くのが大好きでしたね。父親が建築家だったので、美術に関してはわりと環境が整っていました。加えて、すごいおしゃべりで、小学校の先生に「口にチャックして!」とか言われちゃうようなうるさい子どもでした。じつはいまとそんなに変わっていなくて、それがそのまま仕事になっているような感じです(笑)。

片山 お父さんは建築家の佐藤明さんですね。それもいまのお仕事に関係ありそうです。

佐藤 そうですね、父は会社勤めでしたが自宅でも図面を引いていて、建築の話ばかりしていました。その影響は大きくて、ぼくら兄弟3人でよく「建築家ごっこ」をしていました。無限に敷地がある家を想定して、理想の間取りを考えるんですよ、リビングは3階でお風呂は5階にしようとか。

片山　いい遊びですね。ときにはお父さんの講評も入りますか？

佐藤　「それでは面白くないなあ」とか。

片山　なかなか辛口ですね（笑）。

佐藤　それと、同居の祖父がロシア語学者だったんですよ。東京外語大学でロシア語科の主任教授をしていて、やっぱり家で辞書を執筆していてタイプライターを打ったりしていた。父も祖父もなんか楽しそうにやっていたので、家で仕事をするスタイルにはなんとなく憧れがありましたね。

片山　将来ものづくりに携わりたいという気持ちは、子どものころから芽生えていましたか？

佐藤　どうかなあ。小学生のころはグラフィックデザイナーとかアートディレクターなんて職業は、わかっていなかったことは確かですね。絵を描くいちばん身近な職業といえばマンガ家で。実際に、ぼくの実家は練馬の石神井公園で、近所に有名なマンガ家がけっこう住んでいたんですよ。小学校のときには、いきなりマンガ家さんの自宅を訪ねてサインをもらうことが流行って、『ど根性ガエル』の吉沢やすみさんには、Tシャツにピョン吉の絵を描いてもらったこともあります。

片山　ええ！　すごい！

佐藤　今、考えれば超レアですよね。そういうことをしながら、自分もやっぱりマンガ家に憧れていました。『天才バカボン』や『デビルマン』の模写が得意で、クラスメイトに頼まれてノートに描いたりしてたなあ。休み時間にはぼくの机の前に模写待ちの列ができていたんですよ。「先生」とか呼ばれて（笑）。

片山　さすがです。本格的に絵の勉強を始めたのはいつですか？

佐藤　中学生のころには、芸大生がやっている近所の絵画教室に通うようになっていたかな。そこの芸大生の先生には芸大祭に連れて行ってもらったり、けっこういろいろな経験をさせてもらいました。

片山　いい経験ですね。

佐藤　ただ、進路という意味では、まだ美術系はあまり頭になかったかな。ずっと好きなことではあったんだけど、あまりに身近すぎて選択肢に入ってなかったというか。高校も普通科だったしね。ただ同級生でひとり、油絵で[※1]すいどーばた美術学院に通っているやつがいて、そのことを知って「そっか、美術もありかな」って思ったんですよ。それで父に「美大ってどうかなぁ？」と相談したら「いいんじゃない」ってあっさり許可が出た。「建築はだめだ」っていわれたけど。

片山　え、なんでですか？

佐藤　「建築家は家にふたりいらない」だって。なんだよそれ、って、なんかわかったようなわからないような感じでしたけど（笑）。

片山　面白いお父さんですね。

佐藤　それでなんとなく、グラフィックデザイン方面に進むのもいいなと思ったんです。当時は美術だけじゃなく、パンクも大好きだったんですよね。[※2]セックス・ピストルズにめちゃめちゃ衝撃を受けて。ジャケットもすごいクールだったじゃないですか。

片山　ピストルズの世界観は、[※3]ジェイミー・リードが手がけるアートワークの印象も強かったですね。

佐藤　それで高校2年の冬に、たぶんここにいるみんなも通ったであろう、[※4]御茶美（御茶の水美術学院）の冬期講習に参加してみた。初日に石膏デッサンで[※5]ヘルメス像を描いたんですけど、それがもうすっご

※1　すいどーばた美術学院　芸術大学・美術大学受験のための大手予備校。

※2　セックス・ピストルズ　1975年に結成されたイギリスのパンク・ロックバンド。商業的、音楽的に肥大化した既存のロックへのアンチテーゼとして、自国の王室や政府などへの攻撃、反体制的な歌詞、斬新なファッション、メディアを意識したスキャンダルなどを展開。過激で反社会的なイメージ戦略で成功を収める。イギリスの若者にパンク・ロック、パンク・ファッションの一大ブームを巻き起こした。

い楽しくて。「受験勉強がこんなに楽しくて、大学に入っても、プロになっても、この興奮する感じが続くなんてもう最高、これだ！」って思って、その日「僕はプロになる！」って決意した（笑）。そこからいままで、ほとんどテンション変わってないです。

片山　そうなんですか！

佐藤　うん。ヘルメスぜんぜんうまく描けなかったけど、こりゃやればできるなって思ったし。といっても、二浪しているので、ぜんぜん甘くなかったんだけどね（笑）。

片山　それで、多摩美術大学に入学されて……？

佐藤　美大の4年間は、パンクバンド活動ばかりやってました（笑）。よく美大の学園祭をまわってライブをしたんですよ。この武蔵美でも演奏したことがあります。

片山　え、ということはけっこう本格的にやっていたんですか。

佐藤　かなり本格的にやっていました。外でライブもやってましたし、自分で作曲も作詞もして。なけなしのバイト代でMTR※6を買って、夜な夜なデモテープをつくってましたもん。あとはもう、20時間ギター弾いて20時間寝る、みたいな生活だったかな。

片山　それはまた極端ですね。

佐藤　でもそれが、いまの仕事にすごくつながっているんですよね。ずっとそういう作業をしていた大学2年のある日の深夜、突然腑に落ちた。「あ、音楽つくるのも、絵を描くのも、一緒じゃん」って。ものをつくる上で共通する自分の考え方とか方法論みたいなものが急に見えて、どんなフィールドでも、やれるんじゃないかって思ったんですよ。その感覚になれたことがすごく良かった。いまグラフィック

※3　ジェイミー・リード　1947年イギリス生まれ。初期セックス・ピストルズのアートワークの多くを手がけたグラフィックデザイナー。特にエリザベス2世女王の肖像をコラージュした破壊的な作品は、国内外に強い衝撃を与えた。一連の作品はアートとしても高い評価を受けており、現在のポップカルチャーにも多大な影響を残している。

※4　御茶の水美術学院　芸術大学・美術大学受験のための大手予備校。通称「OCHABI（おちゃび）」。

も音楽も立体も映像もファッションにも関われているのは、確実にこのときの経験が大きいです。

片山　その瞬間に、「クリエイティブディレクター佐藤可士和」の意識が芽生えたのかもしれないですね。ぼくも音楽が大好きでライブにもよく行くんですけど、帰りに良かったところをデザインに置き換えて考えるくせがありますよ。

佐藤　ですよね。本業としてやっているグラフィックよりも、ほかの分野からもらう刺激のほうが強いこともあるから。そういう意味では学生時代に刺激を受けたのってやっぱり、音楽とファッションと現代美術ですね。現代美術だと、いちばん影響を受けたのがマルセル・デュシャン[※7]。

片山　レディメイドを使った作家ですね。普及品の便器に署名をして作品とした『泉』[※8]が有名です。

佐藤　「え？　つくらないの？」っていう。初めて知ったのは御茶美に行き始めてすぐだったんだけど。コンセプト自体がアートになるっていうことにすごく驚いた。感受性が強いとき、しかもこれから美術を本格的に勉強しようと思っていた矢先だったもんだから、もう本当に衝撃で。いまだにコンセプトメイキングっていうことがぼくのデザインの柱になっているのは、間違いなくデュシャンの影響です。

片山　パンクミュージックもそういう感じでしたよね。ドラッグと酒とで、演奏なんてできなくても、デビューできちゃうし、しかもそれがかっこいいっていう。

佐藤　そうそう。それに、セックス・ピストルズにはマルコム・マクラーレン[※9]っていうプロデューサーがいて、これがまたすごくてさ。彼はヴィヴィアン・ウエストウッド[※10]と、付き合っていたんでしたっけ？

片山　付き合っていましたね。

佐藤　そんな人がピストルズをプロデュースしているっていう、そういう仕掛けの裏側もかっこいいと

※5　ヘルメス像

※6　MTR　マルチトラック・レコーダー（多重録音機）の略。2トラック以上の複数の録音トラックを録音再生することができるレコーディング機材。

※7　マルセル・デュシャン　1887年フランス生まれ。美術家、芸術家。コンセプチュアル・アートやオプ・アートなど、現代美術の先駆けとなる作品を次々に発表し、従来の芸術の成り立ちや仕組みを一変させた。20世紀の美術に最も影響を与えた作家のひとり。

※8　『泉』　マルセル・デュシャンが1917年に制作した作品。量産品の小便器に「R・マット」とサインを入れ、展覧会に出品。

思ったんですよね。そんな高校生、大学生でした。

くすぶっていた新人時代と、訪れた転機のこと

片山　そして多摩美を卒業後に、広告代理店の博報堂へ入社されます。なぜ広告業界に行こうと思ったんですか？

佐藤　博報堂に入ったのは、大貫卓也[※11]さんというアートディレクターがいたからです。大学で広告の授業があったとき、注目株として大貫さんの名前が出てきてなんとなく注目していたんですよ。しかもぼくは西武池袋線で通学していたから、大貫さんが手掛けた、としまえんの広告をリアルタイムで見ることができた。

片山　「史上最低の遊園地。」ですか？

佐藤　それは会社に入ってからですね。学生時代に見たのは、たとえば「プール冷えてます[※12]」。あれが、ぺらっと電車の中吊り広告で掛かっている。原稿自体は、わざとダサくつくってあるんですよ。その「わざとダサく」っていうのが誰の目にもすぐにわかるつくりで。そういう大貫さんの手法は、デュシャンやパンクロックと同じようなコンセプトメイキングだ！って、すごくかっこよく見えた。

片山　おお、なるほど。

佐藤　それでもう、「広告って社会をメディアにするアートなんだ！」と勝手に思い込んで（笑）、「大貫さんがいる博報堂に行きたい！」というすごいわかりやすい理由で就職活動したんです。大貫さんが

作品は展覧会側から展示拒否を受け、美術史上最大のスキャンダルを巻き起こした。また、「アートとは何か？」という疑問を世の中に提起したこの作品は、「20世紀で最もインパクトのあった芸術作品」において、ピカソを抑えて1位に選ばれている。

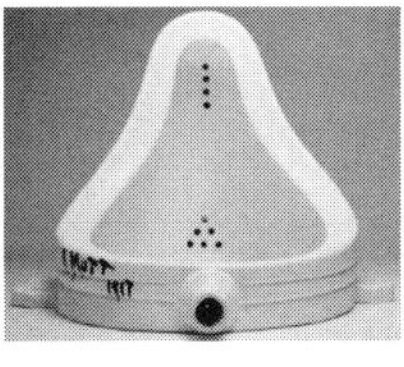

※9　マルコム・マクラーレン　1946年イギリス生まれ。セックス・ピストルズの仕掛人。ロンドンで「SEX」というブティックを経営していたマクラーレンは、店に出入りしていた不良少年らが結成したバンドに目をつけ、積極的に介入。その後、新たなメンバーを加え、「セックス・

電通にいたら電通を目指していたと思う。

片山　可士和さんが博報堂に入社した年は、採用枠がたった4人だったのは本当ですか？　その狭き門に入れるのがやっぱりさすがですよね。

佐藤　当時は学内選考というのがあって、まずは多摩美枠の10人に入らないとお話にならないって聞いていたんですよ。だから、バンドとかいろいろやっていたんだけど、成績はぜったい落とさないと決めていた。授業の課題はほとんど「A」でした。そのほかにも作品つくって個展やったりしていたから、クオリティはともかく活動量はすごかったと思うんですよね。それで学内選考に入れてもらえて、そしたらなんとなくもう受かった気でいたんですよ。むしろ「トップ入社」だと思っていたんだけど、あとで聞いた話だとぜんぜんそうじゃなくて。「佐藤くんは変わってるから、広告に向いてないんじゃないか」っていう役員と、「いや、でも大化けするかもしれない」っていう役員とで、意見が真っぷたつに分かれて危なかったらしいです。でも当時副社長で、のちに会長になる東海林隆[※13]さんが「可士和くんの可能性にかけてみよう」って押してくれて、採用されたそうなんですよ。

片山　ギリギリじゃないですか（笑）。

佐藤　そう、トップで受かるどころか、じつはすごいもめた案件になってたという。しかも、博報堂に入ったら、大貫さんの下についてすぐにすごいものをつくってあっという間にスターになってやろうと思っていたのに、いきなり大阪に飛ばされちゃったんですよ。それでもう、辞めてやろうかなっていうくらいショックを受けて。でも始まってもいないのに辞めてどうするんだと思って踏みとどまりましたけど（笑）。

ピストルズ」としてデビューさせた。ファッションデザイナーとしても活動しており、パンク・ファッションの仕掛人としての顔も持つ。

※10　ヴィヴィアン・ウエストウッド　1941年イギリス生まれ。ファッションデザイナー。自身の名前を冠したファッションブランドは、反逆性とエレガンスを兼ね揃えたアヴァンギャルドなデザインが特徴的。

※11　大貫卓也（おおぬき・たくや）　1958年東京都生まれ。クリエイティブディレクター、アートディレクター。博報堂を経て大貫デザインを設立。主な仕事に、「プール冷えてます」（としまえん）、「hungry?」（日清カップヌードル）、「Yonda?」（新潮文庫）、TSUBAKI（資生堂）など。

片山　それで大阪に何年いたんですか？

佐藤　そうですね、３年半くらい。こうなったらなんとか実績をつくって東京に戻るしかないと思い、がんばったんですよ。「アートディレクターやらせてください！」ってまわりにアピールしまくった。

片山　新人のころからですか？

佐藤　そう、なんの経験もないのに。それで、最初にもらったボーナスで、同期はみんなクルマの頭金にしたりしている中、ぼくはマッキントッシュ、Ｍａｃを買ったんです。入社の年なので１９８９年。Ｍａｃはすでにあったけど、広告業界にはまだぜんぜん導入されてなかったんですよね。

片山　当時、マッキントッシュと言えば家具のデザイナーの方が有名でしたよね。

佐藤　そうですよね。すごく高かったですよ。全部で１５０万くらいしたもん。まだイラストレーター１・９６以前で、マニュアルも英語版しかなくて、漢字Ｔａｌｋっていうシステムがやっと導入されたような段階でした。

片山　でも当時はそれが最新のスーパーコンピュータでしたね。

佐藤　そう、すっごい興奮して、いかにマッキントッシュがすばらしいか、夢の箱であるかっていうのを博報堂中にふれてまわりました（笑）。それで、じつはぼく、会社の中でデジタル入稿でポスターをつくった第1号なんです。

片山　え、そうなんですか?!　歴史的じゃないですか。

佐藤　そのあとすぐに博報堂でもＭａｃを導入することになるんだけど、あれが必要でこれが必要で……ってほとんどぼくが決めたくらい。ただ自分がほしいプリンターとかを総務に買ってもらったただ

※12　「プール冷えてます」

※13　東海林隆（しょうじ・たかし）１９３３年山形県生まれ。元株式会社博報堂DYホールディングス代表取締役会長。１９９４年には、博報堂史上初めてクリエイティブ部門出身の社長となった。

けなんだけどさ（笑）。

片山　入社1年目で、よくそんなことやらせてくれましたね。

佐藤　それはもう、皆を説得するために、見積もり取ってプレゼンしたりして。基本的にいまとやり方変わってない。

片山　なるほど。段取り上手はこの頃からなんですね。

佐藤　大阪にいたときは、友だちもつくらずにひたすら家でＭａｃやってたなあ。けっこうハマりやすくて、ハマると4年ぐらいは続くんですよ。大学時代はバンド、博報堂に入ってから最初の3年ぐらいがＭａｃ。でその後スノボ。

片山　スノボ？

佐藤　やっと東京に戻ってこれたと思ったら、その少し前に大貫さんは博報堂を辞めちゃってて、Ｍａｃもみんながみんな使うようになっていたからクールに思えなくなって、なんかローテンション気味だったんですよ。そのころ、世間でスノボが流行り始めて、やってみたらすごいハマったんですよね。もう、給料のほとんどを雪山につぎ込みました。博報堂は忙しくてなかなか練習できないから、夜中にコピーとりに行ったりするときにトレーニングのためにスケートボードで廊下を移動したりして（笑）。

片山　そんなことしてたんですね（笑）。東京と大阪と合わせて博報堂には結局何年いらっしゃったんですか？

佐藤　11年です。

片山　意外に長いですね。5年くらいでスパッと独立されたイメージでした。

佐藤　東京に戻ってもしばらくはくすぶっていたんですよ。プレゼンも通らないし、写真のディレクションもうまくできない。肝心のデザインでも、文字ひとつツメるのもきれいにできず、ADC賞[※14]がほしくてがんばっても、ぜんぜんとれない。でもモチベーションだけはあったから、ぼろぼろと評価されることもあったんだけど、ダメなときは本当にダメでしたね。

片山　転機になるのはホンダのステップワゴンですか。

佐藤　そう、入社5年目でやっと感覚がつかめたのがステップワゴン。

片山　何が違ったんでしょうね。

佐藤　それまでは、自分の作品をつくろうとしていたんですよ。広告ってクライアントのもので、商品やサービスを売るためのものなんだけど、そんな当たり前のことがわかってなかった。でも自動車の案件っていうのは他の業種とくらべてもビッグプロジェクトで、お金も人も、ものすごく動きます。自分のエゴなんか出してやっていたら通用するわけがないんですよ。それにやっと気づいて、自分の好みとか関係なく、とにかく商品を売るにはどうしたらいいかっていう視点でやったのが、ステップワゴンでした。で、フタを開けてみれば車は売れるし、ずーっとほしかったADC賞ももらえるし、社内でも社長賞とかもらって褒められたし、一気にすべてがうまく転がりだしたんです。

片山　ステップワゴンのCMが画期的だったのは、自動車という商品に焦点を当てるのではなく、「クルマがある生活」をイメージさせたところですね。

佐藤　おそらく自動車としては初めてのブランド広告になると思います。ブランド広告自体はすでにあったけれど、クルマは特にスペックで売るセオリーがあった。だから自動車広告としては、かなり珍

※14　ADC賞　ポスター、新聞、雑誌、テレビなど、多種のジャンルの中から優れた広告、デザイン作品に与えられる賞。東京アートディレクターズクラブ（ADC）の全会員が審査員を務める。

本田技研工業／ステップワゴン

しい手法だったと思います。

片山　保守的な業界ということなら、なおさら、プレゼンを通すのは大変だったのでは？

佐藤　当然「こんなクレヨンで描いたような広告でいいのか」って批判的な意見もありました。でも当時のホンダの専務さんが、「いまいちばん我が社に足りないのはこういうことだ」っていって決断してくれたんです。とくにステップワゴンはミニバンとしては最後発だったので、オーソドックスな方法論では目立たない。そのことをわかってくれる目利きの存在がなければ、実現できなかったでしょうね。

片山　クライアントに意図が通じたからこその成功なんですね。

佐藤　ステップワゴンの経験は、いわば自転車に乗れるようになった瞬間でした。自転車って、一度乗れるようになったら、そのあとしばらく乗らなくても忘れないじゃないですか。そういう感じで仕事のコツをつかんで、いまもその延長上にいます。経験を重ねるごとに、スピード出せるようになってきてると思うけど。

片山　いまでは競輪選手並みですよね。独立を考えはじめたのもそのころでしょうか？

佐藤　そうですね、その2〜3年後かな。ステップワゴン以降、広告業界の中ではだんだん名前が知られるようになってはきたんですけど、でも独立するにはもっと実力をつけないと、って思っていて。あとは、会社名がなかなか決まらなかったのも理由のひとつ。

片山　「株式会社ＳＡＭＵＲＡＩ」？

佐藤　そう。最初うちの奥さん（ＳＡＭＵＲＡＩのマネージャーでもある佐藤悦子さん）に「サムライってどう？」って聞いたら、「ええ、ダサい！！」って言われたけど（笑）。

片山　いまでこそバシッて決まって聞こえますけど、たしかに初めて聞いた時は驚きました。

佐藤　そうですよね（笑）。でも「佐藤可士和デザイン事務所」とかではないなとは思っていたんですよ。会社を辞める直接のきっかけになったのは、キリンの仕事で「チビレモン」[※15]をネーミングから広告、店頭のデザインまでトータルプロデュースして、「ああ、こういうのがやりたいんだ」って実感したからなんです。だから独立したら、広告やデザインだけに限定せずにやっていきたいと思っていました。グローバルな時代ももちろん意識していたから、海外でも通用する名前がいいなと。「可士和」っていうのが有力候補だったんだけど、電話応対のときに「可士和の可士和です」とかいうのも変だなあとか。

片山　いろいろシミュレーションしていたんですね（笑）。

佐藤　うん、そんなときに、エレイン・コンスタンティンっていう有名なロンドンのフォトグラファーと仕事する機会があって、名刺を渡したときに名前の漢字の意味を聞かれたんです。無理やりだけど「可＝possible、士＝samurai、和＝peace」って説明してさ。そのとき、「あ、サムライだけはトランスレートしないでも通じる！」って思ったら、もう「これだ！」って（笑）。そこで、会社名も決まったことだし、さあ辞めよう、って決意したんですよ。

いままでとは違うメディアの使い方

片山　無事に社名が決まって、独立されたのが2000年ですね。

佐藤　はい、最初は青山に3年くらいいて、それから原宿のビルに移りました。1階に、片山さんがイ

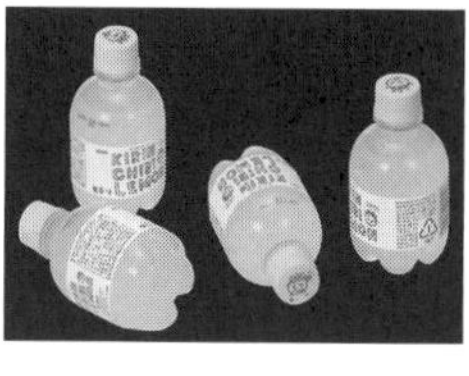

※15「チビレモン」

ンテリアデザインした美容室「BAPE® CUTS」があって「ここ、ＮＩＧＯ®[※16]さんと片山さんがやってるんだなー」って思いながら出社していました。

片山　現場チェックに行った時に、可士和さんが外に出てケータイで話している姿を見かけましたよ。話しかけたいなーと思いつつ、きょとんとされたら困るなと思って、見て見ぬ振りをしてましたけど(笑)。

佐藤　何言ってるんですか、もちろん知ってましたよ(笑)。

片山　それにしても、可士和さん、独立して早々からすごかったですよね。最初の仕事がＳＭＡＰとか、普通に考えたらありえない。

佐藤　それも出会いなんですよ。博報堂の最後のほうの仕事で、木村拓哉さんを起用した広告をつくっていたんです。で、ＳＭＡＰにはすっごい敏腕マネージャーがいるんですけど、ＳＡＭＵＲＡＩ設立直後に、直接ぼくのケータイに電話がかかってきたんですよ。知らないはずなのに(笑)。それで「ＳＭＡＰやって」って。

片山　すごいですね、それ。

佐藤　「ＳＭＡＰの何やればいいんですか？」って聞いたら「んーまぁ、いろいろ、全部。ＴＵＧＢＯＡＴの多田くんと組まない？」って。以前、多田琢[※17]さんは電通だったので、電通と博報堂だったら一緒に仕事できなかった。お互い、会社辞めたら一緒に何かしたいねって話をしたことがあったので、いきなりその機会に恵まれてかなりうれしかったですね。

片山　それで、ＳＭＡＰが街中を占拠するような一大キャンペーンが生まれたわけですね。アイドルグ

※16　ＮＩＧＯ®(ニゴー)　自ら立ち上げた「A BATHING APE®」のクリエイションから離れ、現在はフリーランスのクリエイティブ・ディレクターとして活躍中。

※17　多田琢(ただ・たく)　1963年生まれ。ＣＭプランナー。株式会社電通を経て、クリエイティブエージェンシー「ＴＵＧＢＯＡＴ」を設立。主な仕事に、大和ハウス「なんでダイワハウスなんだ？」シリーズ、サッポロビー

ループのポスターといえば本人たちの顔写真を使ったアートワークが基本だったでしょう。それが、いっさい写真を使わずに、ただ赤、青、黄色のシンプルな三原色とロゴだけですべてを表現した。びっくりしたのを覚えています。

佐藤　博報堂で11年間やってきて、広告業界というか、いままでの広告自体に対する不満みたいなのがかなりあったんだと思う。もっといろんなやり方があるはずなのに、って。

片山　決まったやり方がだいたいありますよね。

佐藤　そう。だからいま思うと、ＳＭＡＰのキャンペーンは、11年間の集大成みたいなことだったと思う。ＡＤＣや朝日広告賞[※18]、亀倉賞[※19]など、あらゆる賞でグランプリをもらったんだけど、そのとき「広告とグラフィックデザインが一致した」っていうふうに言っていただいたんです。で、それはまさに、ぼくが長年やりたかったことなんですよね。デザインと広告を分けて考えるんじゃなくって、トータルなデザイン戦略みたいなことがやりたかった。

片山　なるほど。でも、これまでの方法論とまったく違うことをするのって、すごくリスキーですよね。これはどうやってプレゼンを？

佐藤　ステップワゴンのときもそうだったけれど、クライアント側が目利きでなければできなかったでしょうね。その前提での話ですけど、このときは、ＣＤジャケットからコンサートのグッズ、新聞広告からポスターまで、考えられるすべての物のサンプルをつくりました。小さいワンルームの事務所がぜんぶ埋まるぐらい。それでマネージャーさんに「いろいろつくってみたから、見に来てください」って言って、来てもらった。

ル黒ラベル「大人エレベーター」シリーズ、FUJI XEROX「Piano」篇、「ギター」篇など。

※18　朝日広告賞　新聞広告の発展と表現技術の向上を目指して、1952年に創設された歴史ある新聞広告賞。「広告主参加の部」と「一般公募の部」から構成される。

※19　亀倉賞　亀倉雄策賞。世界のデザイン界に広く影響を与えた故・亀倉雄策氏の業績を称え、1999年にグラフィックデザインのさらなる発展を目指して遺族の寄付により設立された。運営は、JAGDA（日本グラフィックデザイナー協会）に委託されている。

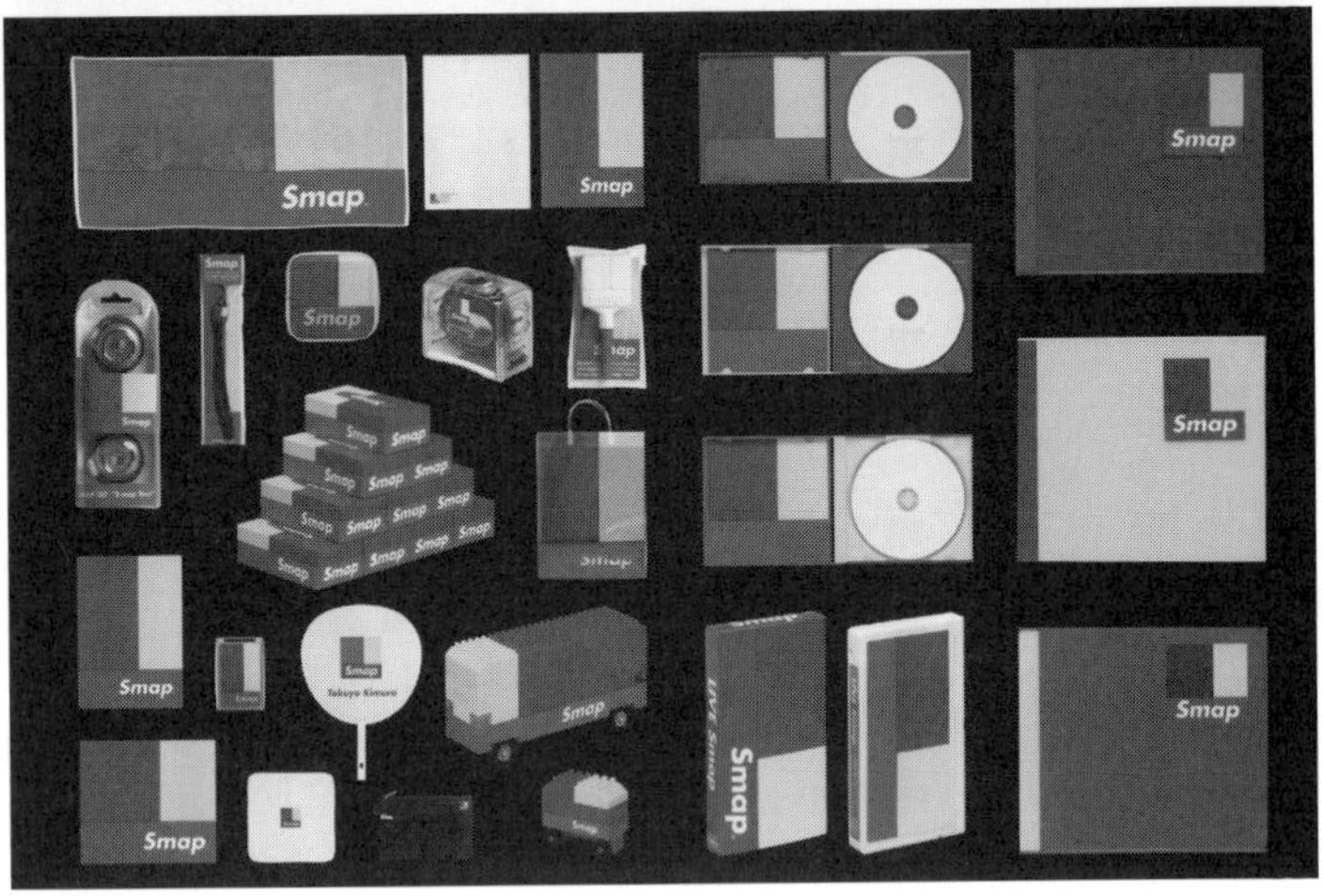

ビクターエンタテインメント／SMAP

片山　そうか、扉を開けば、部屋中が赤青黄のグッズで埋め尽くされていたというわけですね。

佐藤　そのとおり。そしたらもう、「きゃーかわいい！」「これやりたい！」っていう感じで盛り上がって、説明なんていらなかった（笑）。

片山　ユニクロで可士和さんがプレゼンしたときもそうでしたね。デザインしたロゴを看板や袋にしてバーッと並べてみせる。

佐藤　まずつくってみるというプレゼンはぼくの基本的な方法論のひとつ。元祖はこのときです。やっぱりいくら言葉を尽くしても、それだけでイメージをわかってもらうというのは無理がある。ユニクロといえば、片山さんのプレゼンもすごかったですよね。柳井社長[※20]に初めて会うというときに、いきなり大きな店舗模型[※21]をつくってバーンと持って来てくれたでしょう。しかも、すさまじく精度が高いやつを。

片山　やはり、短い時間で意図を伝えるためには、情報をわかりやすいかたちに凝縮して提示するということが重要になりますからね。そういえばSMAPの新聞広告もすごい話題になりましたよね。ワイドショーでも取り上げられていましたし。

佐藤　そうですね、それも狙ってやりました。じつはそんなに予算がなかったんです。テレビCMをやるには、ちょっとしか流せないくらいのバジェットで。でも、ニュースやワイドショーに取り上げてもらえばお金はかからない。だったら、取り上げてもらえる「事件」を演出すればいいじゃん、って思って。新聞広告を1回出すだけなら、テレビにくらべてかなり低予算の値段でできるから。あとは、人の目に触れる絶対量を増やしたかったから、目立つ場所にあるビルの看板や空きスペースを個別交渉して

※20　柳井社長　柳井正（やない・ただし）。1949年山口県生まれ。「ユニクロ」を中心とした株式会社ファーストリテイリング代表取締役会長兼社長。

※21　店舗模型

ひとつひとつ埋めていった。見積もりを出してもらったとき、この金額であれば今回の予算でも東京中のビルボード広告を買えるといわれました。ティッシュ広告だったら、日本を埋め尽くすくらい、ばらまけるって。

片山 たしかにそれって、広告的には昔からある手法だけど、SMAPでやるインパクトがすごい。それがまた話題になる図式だったんですね。

佐藤 そう。いままでとは違うメディアの使い方を、「街をメディアにする」ということをやったんです。

片山 そうやってどんどん、SAMURAIの流儀を確立されていかれたんですね。

広告以外の分野をデザインする

片山 そのあと、広告以外のお仕事も手がけられるようになります。なかでも、立川にあるふじようちえんは経済協力開発機構[※22]（OECD）が選んだ「効果的学習施設の事例」で最優秀賞をとり、世界一の幼稚園として注目されました。これまでの広告分野とはまったく違う試みだったと思うのですが、こちらはどのようなきっかけで？

佐藤 2003年にNHKの「トップランナー」という番組に出演したときに、もっと教育や医療のように、まだアートディレクションの力が入っていない分野のデザインをしてみたい、ということを話したんです。それを見たふじようちえんの園長先生が興味を持ってくれて。

片山 建築家の手塚貴晴[※23]・由比夫妻と一緒に手がけられたんですよね。どういうディレクションをされ

※22 経済協力開発機構（OECD） ヨーロッパ諸国を中心に日・米を含め34カ国の先進国によって、国際経済全般について協議することを目的に設立された国際機関。「世界最大のシンクタンク」として、多分野にわたる政策調整・協力、意見交換などを行っている。

たんですか。

佐藤　もともとてもいい雰囲気を持った幼稚園だったんですよ。１０００坪くらいある、日本でもかなり大きい幼稚園で、園児も６００人くらいいて。築40年くらい経っていたから、古い感じではあったんですけど、初めて行ったときに「このままでいいじゃないですか」って言ったくらい。でもさすがに耐震になってないし、雨漏りもしちゃうから、園舎は建て替えないといけないということだったんです。それで、どんなふうにリニューアルしたいのか話を聞いたら、もうこれが、すごい面白いんです、夢があふれていて。

片山　園長先生が？　幼稚園のデザインに夢を語るんですか？

佐藤　そう、馬を飼いたいとか、温泉も引けたらいいなとか、卒園生が結婚式もできるようにしたいとか、休日にレストランもとか、なんかすごくやりたいことがたくさんあって（笑）。これまでも地元の業者に、話をしたことがあったらしいんです。でもぜんぜんわかってもらえなくて、「温泉の横に馬小屋」みたいな図面があがってきちゃう。それで、悩んだ末、見積もり代だけ払ってお断りしたこともあったみたい。

片山　幼稚園で、馬小屋があって温泉があって、って、確かに難しいですよね。パッとイメージできない。

佐藤　そう、夢をただそのまま聞いているだけだと、どうしたいのかわからない。それでぼくは半年くらい通い詰めて、園児が遊んでいるのを横目に見ながら、園長の夢を長いときは7時間くらい聞き続けて、やっとわかったんです。園長先生がほしいのは、温泉とか馬小屋とかの「箱」じゃなくて、そういう「場」なんですね、って。

※23　手塚貴晴・由比（てづか・たかはる、てづか・ゆい）　１９９４年、夫婦で手塚建築企画を設立（後に手塚建築研究所と改称）。「ふじようちえん」で日本建築学会賞作品賞、日本建築家協会賞を受賞。その他の代表作に、「屋根の家」「越後松之山『森の学校』キョロロ」など。

学校法人みんなのひろば藤幼稚園／ふじようちえん

片山　……あ、そうか。なるほど。

佐藤　そこまでわかったものの、具体的にどうしたらいいかはまだわかりません。当時はまだ自分の子どももいなかったから、幼稚園の仕組み自体よくわからない。だから、日本中の評判のいい幼稚園を取材してまわってみたんですよ。そうしたら、建築がきれいなところとかはいくつかあったんだけど、結局、遊具をとっちゃうと幼稚園だか高校だかわからないようなところが多かった。もっと建築だけで「ザ・幼稚園！」みたいなのができないかな、と思ったのがスタートでした。それに、調べたら遊具ってけっこう高くて、ひとつ１０００万円とかするんですよ。

片山　え！　あのすべり台とかそういう遊具ですか？

佐藤　そうそう。10個買ったら1億円。すぐに予算がなくなっちゃう。だったら、同じ金額を使うなら、プロの建築家を入れて、「園舎自体を巨大な遊具」にしてもらったほうがいいんじゃないかって。

片山　すごい発想の転換。というか、ある意味大胆でミニマムな考え方ですね。

佐藤　それで園長先生の許可を得て、手塚さんに協力をお願いしたんです。手塚さんの作品は、ぼくがイメージする新しい幼稚園の空気感にぴったりだったから。

片山　いまお話を伺っていて面白いなと思ったのは予算の感覚です。１０００万円の遊具を10個買うよりも建築にお金をかけたほうが結果的に費用対効果がいいという判断をされた。さきほどのＳＭＡＰのお話でも、ＣＭにお金をかけるよりも、低予算の屋外広告を数出す方法を取っている。目的を非常に絞って考えられていますよね。

佐藤　そうですね、ここにいるみんなはまだ学生だから、予算のリアリティっていうのはないと思うんですけど、予算とスケジュールっていうのが、どんな仕事でも必ずあります。それはアーティストになってもデザイナーになっても一緒だと思う。

片山　そうですね。

佐藤　時間もお金も無限ではないから、どこに投資をするかっていうことがすごく重要です。あとぼくは、自分のお金じゃなくても、無駄使いはしたくないんですよ。広告って本当に大きなお金が動くから、効果がないと、申し訳ない。

片山　そのあたりは、本当にシビアだと思います。

佐藤　片山さんもそうですよね。会社にいると、コピーとるのもパソコンの修理も宅配便を手配するのも無料だけど、独立して自分でやるとなると、コピー1枚とるにも、宅配便を送るのもすべて自腹の経費がかかるわけです。そういうの、独立当初、けっこう衝撃じゃありませんでした？

片山　すごくわかります（笑）。会社のシステムのつくり方こそがもっともクリエイティブなところかもしれません。

佐藤　自分でやっていくってそういうことなんですよね。そういう経営の感覚みたいなものがあるから、いま仕事を依頼してくれている経営者の方々に信用してもらえているんだとも思う。学生だとなかなかわからない感覚かもしれないけど、クリエイティブを続けていく上では、そういうことも非常に大事だって頭の片隅に置いといてほしいですね。

片山　教育関連でいうと、明治学院大学のブランディングもされていますよね。２００４年から関わられて、かなり時間をかけてプロデュースされたと聞いています。

佐藤　明治学院大学の仕事は、『広告批評』[※24]の天野祐吉[※25]さんが紹介してくださったんです。最初は新しいロゴをデザインしてほしいという依頼でした。もちろんすぐにＯＫしたんですが、話を聞いてすぐ、それだけじゃ問題は解決しないと思いました。大学側の本当の依頼内容は、少子化で大学が淘汰される時代にあって、生き残るためにイメージを変えたい、というものなんです。それはロゴを変えるだけで対応できるものではなく、そのロゴやデザインをどう運用していくかのほうが重要なんです。そういう説明をして「いま世間では、そういうことをブランディングと言っています」と話したら、「お願いしたいのはそれです！」と言われ、結局、大学のほとんどのデザインをＳＡＭＵＲＡＩでやることになりました。学生証からはじまって大学のグッズから体育会のユニフォーム、ゴミ箱からベンチ、カフェなどのキャンパス空間に至るまで。

片山　空間というと、ふじようちえんみたいに？

佐藤　さすがに建築まではやらなかったけれど、グラウンドを整備して写真を撮るときにロゴが目立つようにしたり、あまり使っていない教室を、留学生と交流するためのインターナショナルラウンジにリニューアルしたり。ラウンジ内には明学で講師もしている、武者小路千家若宗匠の千宗屋[※26]さんと組んでかなり本格的な茶室もプロデュースしました。あと、授業もやってくれといわれて、客員教授も務めました。

片山　本当にトータルブランディングですね。つくって終わりではない。

佐藤　そうですね。博報堂にいたときは、仕事っていうとワンショットで終わるものだったんですよね。ＣＭをひとつ、あるいはワンキャンペーンやったらおしまいとか。それがＳＡＭＵＲＡＩになってから

※24　『広告批評』　株式会社マドラ出版発行の月刊誌。テレビＣＭを中心とした広告ジャーナリズムの確立をめざして１９７９年に創刊された。その後、創刊30周年記念号を最後に休刊。佐藤可士和氏は、１９９８年にアートディレクターを一年間担当している。

※25　天野祐吉（あまの・ゆうきち）　１９３３年東京市生まれ。コラムニスト。雑誌『広告批評』主宰。朝日新聞の連載「ＣＭ天気図」は、前身の「私のＣＭウォッチング」から28年続く名物コラム。

※26　千宗屋（せん・そうおく）　１９７５年京都府生まれ。武者小路千家の若宗匠。斎号は「隨縁斎」。美術品にも造詣が

学校法人明治学院／明治学院大学

は、仕事のほとんどが継続しています。結局クライアントはずっと活動していかなきゃいけないから、それを見てほしいって言われていて。

片山　可士和さんって、朝から晩まで、あっちに行ったりこっちに行ったり、もう分刻みで動かれていますよね。デザイナーというよりか、コンサルタントに近い仕事のように感じます。

佐藤　もちろんデザインもしているんだけど、いまやっているのはブランドアーキテクトか、コミュニケーションコンサルティングっていう感じですね。社会に対してどうやってコミュニケーションをしていくかをクライアントと一緒に考えて、実際に自分がつくるところもあるし、必要だと判断したら片山さんや中村勇吾[※27]さん、手塚さんのような専門家にお願いするかたちで、プロデュースをすることもあるということですね。

企業ブランディングで世界戦略を考える

片山　そして、ぼくが可士和さんと知り合うきっかけでもあるユニクロのニューヨーク・ソーホー旗艦店プロジェクト。ぼくにとっては突然の嵐のように始まったプロジェクトという記憶ですが、改めて、柳井さんとの出会いを教えていただけますか。

佐藤　２００６年にＮＨＫの『プロフェッショナル　仕事の流儀』[※28]という番組に出演して、それをたまたま見たユニクロの柳井社長から連絡があったんです。一度会いましょうということになり、そのときは仕事の依頼をするつもりじゃなかったらしいんですけど、いろいろ話しているうちにいきなり、「4

深く、目利きとしても知られる。

※27　中村勇吾（なかむら・ゆうご）　1970年奈良県生まれ。ウェブデザイナー、インターフェースデザイナー、映像ディレクター。2004年に「tha ltd.」を設立。以後、ウェブサイトや映像のアートディレクション、デザイン、プログラミングの分野で活動。主な仕事に、ユニクロの一連のウェブディレクションやKDDI「INFORBAR」のUIデザイン、Eテレ「デザインあ」のデザイン監修など。

※28　『プロフェッショナル 仕事の流儀』　さまざまな分野において第一線で活躍する一流のプロの仕事を徹底的に掘り下げるドキュメンタリー番組。佐藤可士和氏は、第4回（2006年1月）に出演。

日前に、ニューヨークに1000坪の物件を押さえたので、そこから始める世界戦略のディレクションをやってくれませんか」と言われたんですよ。まずニューヨーク、それからロンドン、パリ、上海、そして東京にそれぞれブランドイメージを集約するような旗艦店を出して、5年くらいかけてグローバルブランド戦略をやるから、そのディレクションをやってほしいって。

片山　いきなりですか？

佐藤　いきなり（笑）。で、ぼくはもともと、ユニクロの服が好きっていうわけじゃなかったんだけど、柳井正さんは経営者としてすごく興味があったし、ブランドとしてのユニクロの美意識みたいなものは自分に通じるなって思っていたんです。だからいきなり言われたけど、けっこうすぐに世界戦略のイメージを構築できたんですよね。だからその場で、「いいですね。やりましょう」と答えました。

片山　その直後に、可士和さんからお電話いただいてお会いしたんですよね。「ニューヨークでこんなプロジェクトがあるから、やろうよ」って。それはホント、すごくうれしかったんですけど、でもね正直、「ユニクロってどうなの？」って最初は思いました。

佐藤　思いますよね。だって当時のユニクロは相当イケてなかったもん。

片山　でも、可士和さんはそのときにはもう、ユニクロのポテンシャルに気づいていたっていうことですよね？

佐藤　そうですね。ていうかさ、もともとかっこいいところをさらに磨き上げるのもいいんだけど、イケてないところをかっこよくするほうが断然、面白いと思うんですよ。若いときはそう思えなかったけど、実際に仕事として始めてみると、ギャップの大きいほうがやりがいあるじゃないですか。「劇的ビフォーアフター」っぽく（笑）。

片山　ああ、なるほどー。そういう考え方もありますね。

佐藤　さらに柳井社長が、「社運がかかっているプロジェクトだから、本当にいいと思うことを思い切りやってください」と言ってくれたので、ドリームチームを結成しようと思ったんです。それで、片山さんと、中村勇吾さんにすぐに声をかけさせてもらった。まず電話して。そしたら片山さん、すぐにうちの事務所に来てくれたよね。

片山　そう、でもじつは、プロジェクトのスケジュールがタイトすぎて、うれしかったけど断ろうって思ったんです。「あの佐藤可士和」との初仕事ならもっときちんとやりたいと思ったから。でも初めて電話をいただいてその場で断るのは失礼だと思ったので、会って謝ろうと思って、すぐにアポとったんですよ。

佐藤　こちらはもう「すぐ来る」っていうからうちのマネージャーと一緒に喜んでた。「受けてくれたんだ！　やったぁ！　さっすが片山正通、フットワークいい！！」とか言って（笑）。

片山　事務所に行ったらすごいウェルカムな感じで迎えてくださって。

佐藤　もう、満面の笑みで待ち構えていて、顔を合わせた瞬間に「どうもありがとうございます、受けてもらえて良かったです」って握手して、「さて、いつ出張に行きましょうか？」みたいな。

片山　そうでしたよね。「まず現場を見てほしいんですよ」って言われて、なんかどんどん話が進んでいって。

佐藤　でも、断らないで帰ったよね？

ROM TOKYO TO PARIS
ins
tigator

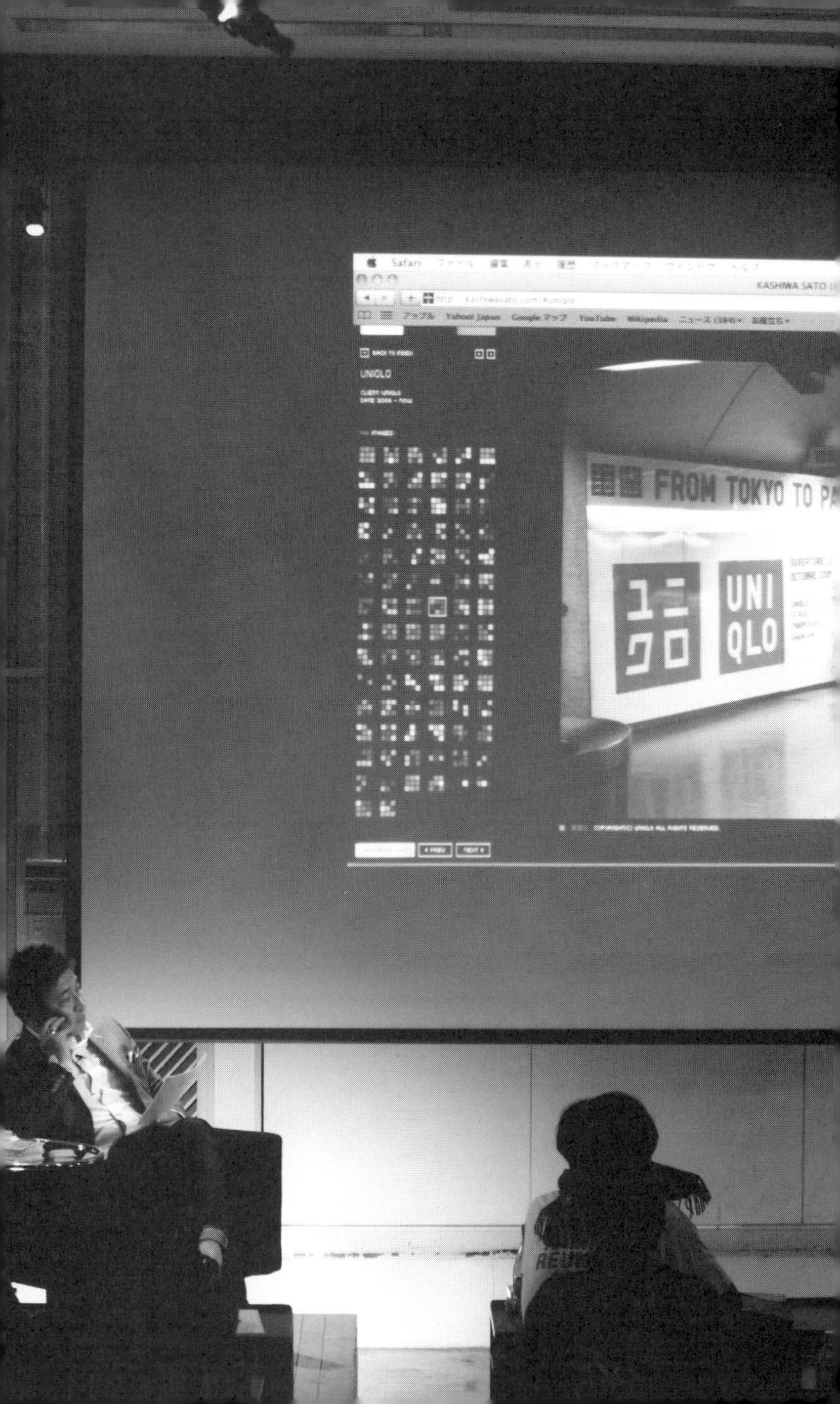
Safari ファイル 編集 表示 履歴 ブックマーク ウィンドウ ヘルプ
KASHIWA SATO
アップル Yahoo! Japan Google マップ YouTube Wikipedia
UNIQLO
FROM TOKYO TO PA
ユニクロ
UNI QLO

片山　いや、もうムード的に、断れる感じじゃなかったです（笑）。

佐藤　それはあるかも（笑）。でも、受けてもらえてよかったぁ。

片山　そのとき、可士和さんの魂が半分乗り移っちゃったような感覚もあったんですよね。なんか日本代表みたいな気分になっちゃったっていうか。ここでやらなきゃ男がすたる！　みたいな。

佐藤　でも、ちょっとありえないようなスケジュールだったのはたしかだよね。

片山　最初のお話から10カ月ぐらいで、完成まで行かなきゃいけないという強行スケジュールでした。日本国内だったらまだしも、ニューヨークでしょう。はっきり言って、間に合うわけがないと思ってた。でもそう言いだせない勢いみたいなものもあって。

佐藤　すっごい集中力とスピードでしたよね。さっきも話したけど、柳井社長と初対面のときにすでに精密な模型ができてて。柳井社長、「早いねキミ！　すごいね！」って喜んでた。

片山　いや、本当にあのタイミングで承認がとれないと間に合わなかったんですよ。準備期間がもっと必要です、っていうのも言えないほどのスピード感で（笑）。でも結果として、ほんとにオープンしちゃった。

佐藤　かなり荒削りだったけど、ユニクロがやろうとしていることは一応ニューヨーカーには伝わったよね。まぁそのあとは、どんどんひたすらつくっていって。パリ店のオープンを境に、本当にグローバルブランドの仲間入りをして、世界のメディアからもH&M、ザラ、ユニクロっていうふうに言われるようになってきましたね。

片山　パリ店は１０００人以上並びましたから。

ユニクロ／ソーホー ニューヨーク店

ユニクロ／パリ オペラ店

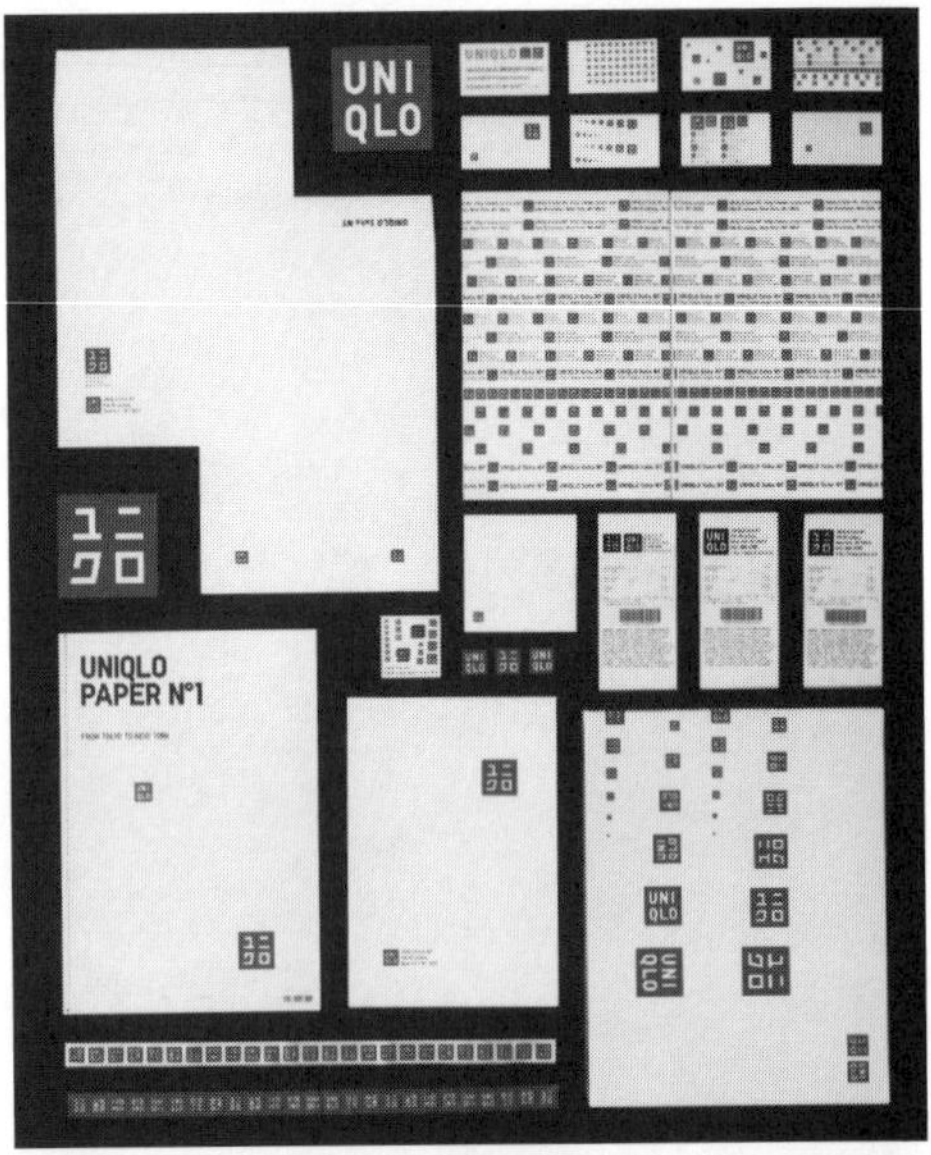
UNI
QLO
ユニ
クロ
UNIQLO
PAPER N°1

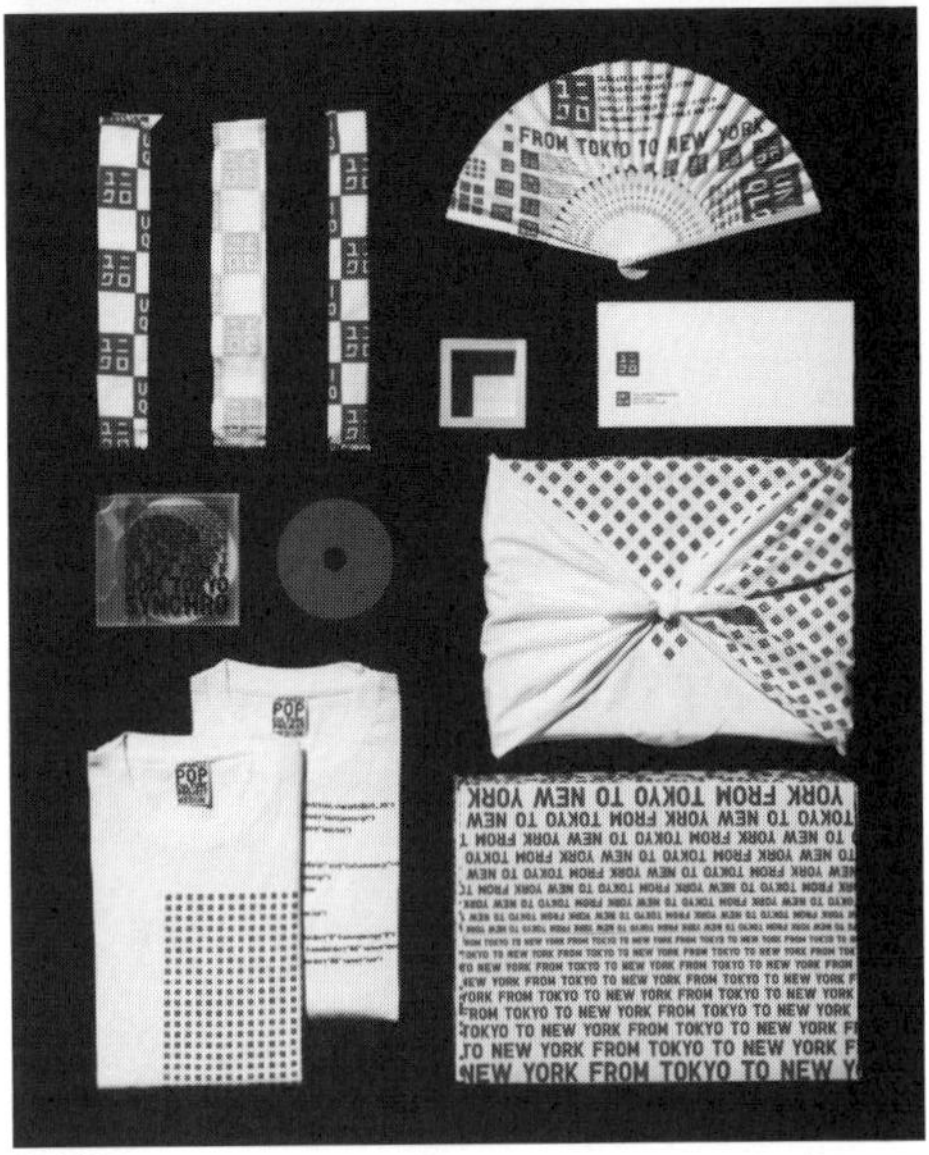
FROM TOKYO TO NEW YORK
SYNCHRO
POP

ユニクロ

佐藤　フランス人って並ばないと言われていたのにね（笑）。

片山　あと、ユニクロの全体会議で驚くのは、柳井社長の隣に可士和さんが座っていることなんですよ。ユニクロの役員でもない、クリエイティブディレクターの佐藤可士和が社長の隣に座っている。それもすごいなあって思います。

佐藤　そうですね。柳井社長には、本当にぼくの能力を開花させてもらっています。ニューヨークのときは、片山さんにインテリアデザインをやっていただいて、それ以外のロゴをはじめとしてオリジナルフォントから、紙袋から、店内サインから、ＰＯＰ、店の中で使うものは、なにからなにまで１０００アイテムぐらいぜんぶ、ＳＡＭＵＲＡＩでデザインしたんですよ。ショップスタッフが持つペンまで決めていた。そのやり方で2年くらい経って、ロンドンの旗艦店をオープンしたときに、柳井社長から「仕事のやり方を変えてほしい」と言われたんです。「明日からは、いっさい、つくるのをやめてくれ」って。

片山　それは、自分で手を動かすなということですか。

佐藤　そう。でも自分はデザイナーだから、もちろん戸惑った。つくらないで仕事できるのかなとも思った。それを思ったまま話したんだけど、「できるようにならなければダメだ」って言われたんです。「これからはパリや上海、ひいては世界中に展開していくのに、すべてを可士和さんがつくっていたら間に合わない」、それと「さわるとかわいくなって眼が鈍る」って言われたんです。

片山　なるほど。自分の作品だと判断が甘くなる。

佐藤　だからユニクロが何をするべきかを考えて、それを誰にやらせるかを考えて、それが合っているかどうかを判断するような、そういうディレクションをしてくれって。

片山　すごいですね、それ。どうやって自分を変えていったんですか？

佐藤　クリエイターにつくるなって難しいよね。すごく悩んだ。それで考えたのが、まず作品から自分のクレジットを消すこと。学生のみんなはあまり馴染みがないかもしれないけど、広告とかで作品をつくると、クレジットが出るんです。「アートディレクター・佐藤可士和」みたいに。でも、それを出さないようにしようと思った。ユニクロがどんなものをつくっても「社長・柳井正」なんてクレジットは出ないでしょう。それと同じで、自分もユニクロの人間になりきってやってみようかなって。

片山　それは、ステップワゴンのときのように、エゴみたいなものをなくすのと共通する感覚ですか？

佐藤　なかなか、ぴったりくる言葉がないんですけど、そうすることで違う視点に立てたような気はしていますね。その上で、柳井社長は経営者だから売上の数字で目標設定するんだけど、ぼくはクリエイターだから、イメージの目標を出すんです。たとえば「世界のファッション界の中で、日本発の新しい考え方のブランドになる」というように。

片山　いまはもっと、次のステージですよね。

佐藤　はい。H&M、ザラ、ユニクロというファッションだけではなく、グーグル、アップル、ユニクロみたいに、「世の中の価値を変えていくようなクリエイティブカンパニーになろう」っていう目標を掲げていきたいと思っているところです。

デザインで世界を変えていく

片山　ユニクロの仕事もすごいですが、最近びっくりしたのは可士和さんがセブン‐イレブンの仕事をしていたことです。まさに世界を代表するような大企業じゃないですか。

佐藤　セブン‐イレブンの仕事は2011年に始まったばかりで、まだ全貌が見えていないところがあります。ぼくも仕事を始めて知ったんだけど、コンビニでナンバーワンなだけでなく、ちょっと想像つかないぐらい大きい会社なんですよ。もともとアメリカの会社だったんだけど、日本法人が買収して、いま日本の子会社になっている。そしてセブン&アイ・ホールディングス[※29]は、イトーヨーカドーに西武、そごう、ロフト……ってもう、そうそうたる企業が傘下に名を連ねていて、世界中の店舗を合わせると、マクドナルドを抜いて、世界一なんです。グループの売上も9兆円とか。

片山　9兆⁉　アップルが6・5兆っていうのは聞いたことあるけど。

佐藤　文字どおり、日本が誇るグローバル企業です。そのグループ全体の中で、セブン‐イレブンの利益が約7割。

片山　もう、どマスですね。かっこいいとか悪いとかそういう次元の話じゃないですよね。

佐藤　デザインするようなもんじゃないですよね、ほんとは。

片山　これは、どういうふうに話があったんですか。

佐藤　セブン‐イレブンの会長の鈴木敏文[※30]さんが、年4回発行するセブン&アイ・ホールディングスの

※29　セブン&アイ・ホールディングス　日本最大のコンビニエンスストア・チェーンであるセブン‐イレブン・ジャパン、総合スーパーのイトーヨーカ堂、そごう・西武を運営するそごう・西武などを傘下に持つ日本の企業グループ。

※30　鈴木敏文（すずき・としふみ）　1932年長野県生まれ。セブン&アイ・ホールディングス、イトーヨーカ堂、セブン‐イレブン・ジャパン、それぞれの代表取締役会長、最高経営責任者を務める。コンビニエンスストアという形態を全国に広め、小売業界を激変させた経営者。「流通の神様」との異名も。

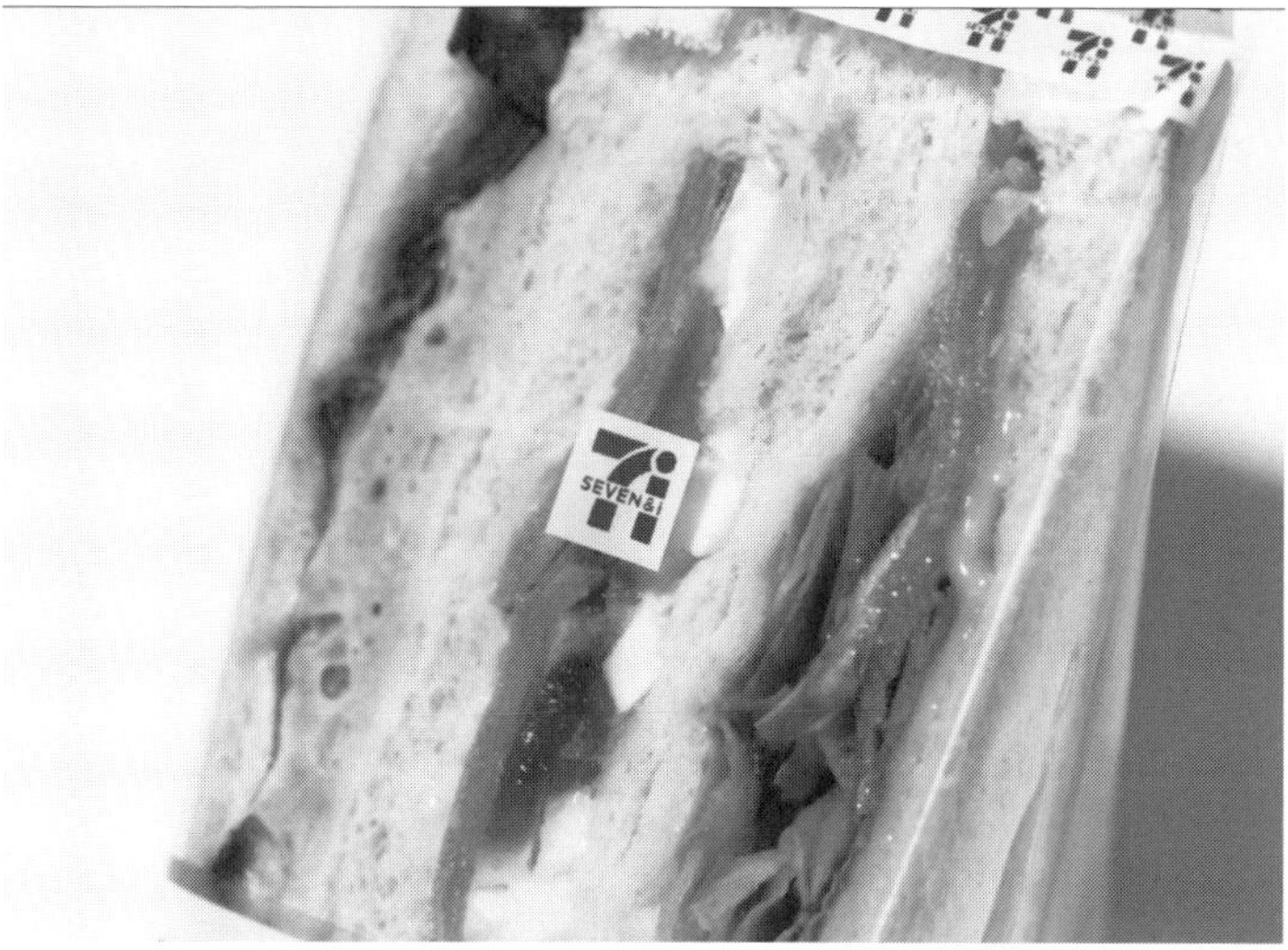

セブン - イレブン／セブンプレミアム

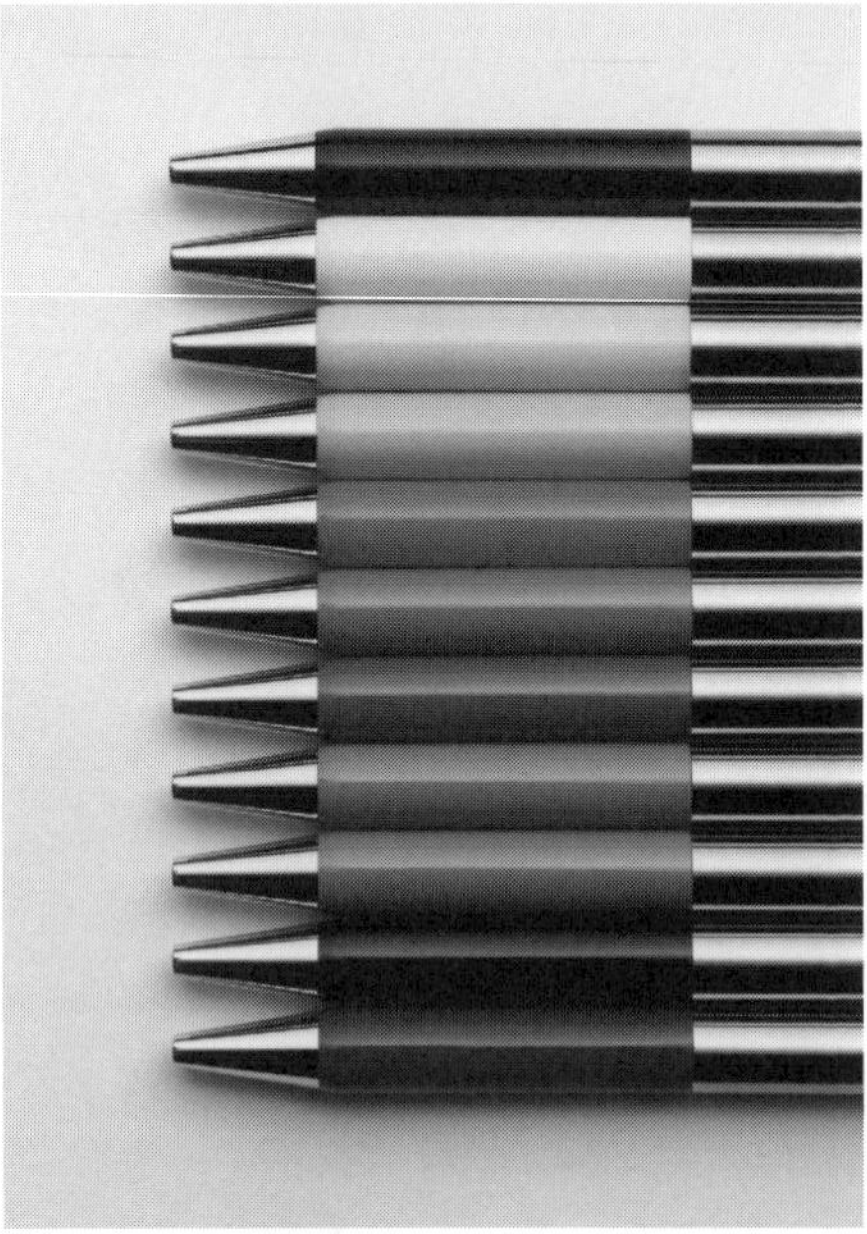

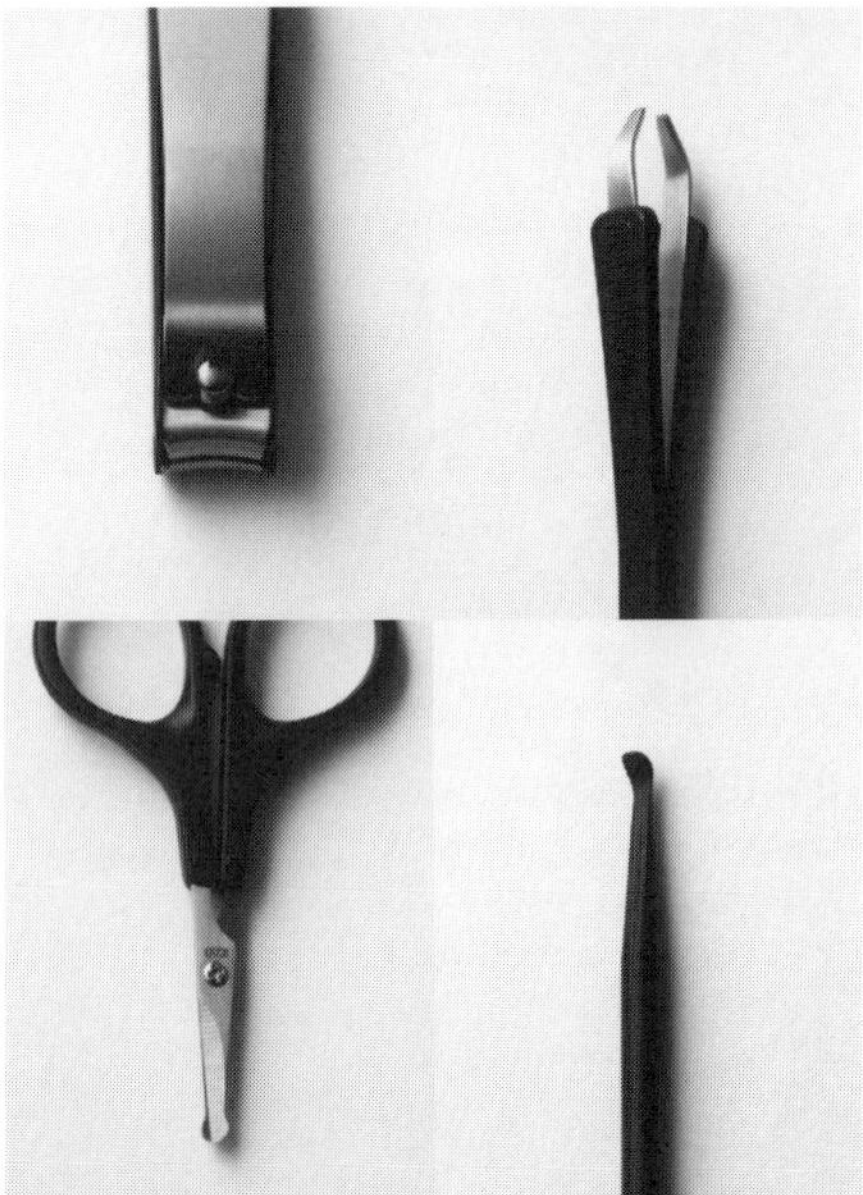

セブン-イレブン／セブンプレミアム

四季報で、毎回いろいろな学者や著名人を呼んで対談をしているんです。そこに呼んでいただいたのがきっかけでした。普通に対談のつもりで行ったら、いろいろ話して15分ぐらいしたときに「キミちょっと、うちの仕事やってくれる?」って言われて。そのときは「きょうは、対談のつもりで来たからここの準備ができてないんですけど」と答えたんですけど、まあ、そんなところから始まりました。

片山　どういったことをされているんですか。

佐藤　セブン-イレブンって、創業40年なんですよ。ぼくが小学生くらいのころに1号店ができた。かなり成熟産業のイメージがあるけれど、まだまだやり方によっては成長するし、面白いこともできるはずだっていうのが、鈴木会長の発想なんです。ちょっと前からコンビニ業界では「すでに店舗数が飽和しているからつくらないほうがいい、コンビニ飽和論」とか言われているんだけど、そんなことはない、と。購買層のメインが20代から50代なら、その上の60代、70代を呼べれば倍に伸びるし、女性のお客さんだってまだまだ増やせる。すごくラジカルな考え方を持っている。だから、そういうふうにセブン-イレブンをより活性化することをやってくれという依頼でした。

片山　では60代以上をターゲットにするんですか?

佐藤　それだけでなく、主婦層とか、これまでの購買層とは違う人たちが確実にいるんですよ。また新しい商品戦略の取り組みとしてセブンプレミアムっていうプライベートブランドを4年くらい前から導入していて、すでにかなり伸びていたんです。これからのコンビニの在り方を変えていく戦略商品なんですけど、でもアイテムが多すぎて整理できてなかったんですよね。プライベートブランドのマークも統一されていないから、グレード感や位置付けがよくわからないとか。そこでぼくはまず、そういうの

SEVEN-ELEVEN

を一度すべて整理をして、ありとあらゆる１３００アイテムくらいを一気にデザインリニューアルしたんです。

片山　たった半年で、鈴木会長のリクエストにかなり応えることができたのはすごいですね。

佐藤　かなり大変な作業でした。たとえばおにぎりやサンドイッチのようなデイリー食品から、お菓子、飲料、冷凍食品からシャンプーや洗剤まで、あらゆるジャンルを一つのブランドとして統一したイメージを構築していくんです。まさに商品をメディアにしたブランディング。まだ始まったばかりですけど、今度はセブンライフスタイルという雑貨のラインも立ち上げてプロダクトも出していく予定ですので、注目していただくといろいろと面白いと思います。

片山　派手な展開というよりは、気がつくと「あれ？」みたいな。

佐藤　そうですね、５年間ぐらい経つと、日本の風景を変えるぐらいのところまで行けるんじゃないかなと思っています。

片山　聞いているみんなは、だんだん可士和さんが何者なのか、わからなくなってきていることでしょう（笑）。でもこういうことなんですよ。すべてのクリエイティブっていうのは、じつはつながっている。

佐藤　もしかしたら学生のみんなからすると、ビジネスの話はかなりかけ離れた話に聞こえるかもしれない。でも、考えていることはシンプルです。グラフィックデザイナーとしてポスターをデザインしていたのと、いま企業のブランドをデザインしているのは、ポスターというメディアが、企業というメディアに変わっただけ。ぼくはずっと、すべての仕事について「デザインをしている」というようにシンプルに考えているんです。たしかにキャンバスは大きくなってきているんだけど、その元にあるものは、絵を描くとかグラフィックデザインをするというような、みんながいまやっていることと、同じようなことなんです。

片山　あと、可士和さんって、ひとつひとつの仕事を楽しんでやられている感じがすごく伝わってくるんですよね。

佐藤　本当に面白いですよ。仕事ってチームでやったほうが楽しいし、企業と組めば、個人でやるのと桁違いのパワーが生まれる。ぼくと片山さんがふたりでどんなにがんばっても、ニューヨークに1000坪の店とかは出せないからね（笑）。

片山　規模が大きくなるほど個人ではできないような面白いことができるようになる。それは、本当に実感しています。

佐藤　あと、ぼくはわりと、いい意味でミーハーだし飽きっぽいんです。だから新しいことが好きなんですよ。グラフィックももちろん好きなんだけど、ウェブが出たらウェブにすごい興味を持つし、経営とかも、すばらしい経営者に出会うと本当に興味深く思えてくる。学生時代に授業で聞いた「経営論」とか「マーケティング理論」とか、そういうのとはぜんぜん違って、すご腕の経営者の話はリアルで本当に面白いから。

片山　さきほども、ハマると4年くらい続くっていうお話がありましたよね。でもきっと、4年経ってすべてリセットして次に行くっていうより、次の興味に移るたびに、クリエイティブの質のようなものも、どんどんアップグレードされているんだろうなという気がしました。

佐藤　ハマったときに、中途半端にせず、とことんまでやりきることが大事だと思うんです。まず、学生だったら専門でやっている分野、グラフィックならグラフィックを思いっきり真剣にやって、その上で、プロダクトとかインテリアとかアートとかウェブとか、専門外のことにも目を向けておく余裕があるといいんじゃないかな。できれば、閉じた職人にならないように。

片山　どういう意味ですか？

佐藤　クリエイターとしての職人さんは尊敬すべき存在なんだけど、世界戦略をめざすビジネスの上での話をするなら、自分だけの世界に閉じた職人になってはいけないんです。たとえすごい技術をもっていても、閉じていて知られることがなければ、グローバルスタンダードにはぜったいに到達できない。それはとくに、いま学生のみんなにはきっと必要になってくる視点だと思う。情報に対して自分を開いておくことが重要だと思う。それも、聞きかじりの情報ではなく、実際に誰かに会ったり、体験したりしてみる生の情報が大切なんだよね。学生のうちにどれだけそういう経験を積めるかが、社会人になってかなり大きな差になってくるから。

クリエイティブの力を広めたい

片山　重要なお話をありがとうございました。あっという間に時間が過ぎてしまいましたね。ではここで、学生からの質問にいくつか答えていただきたいと思います。質問したい人は、挙手してね。ええと……じゃあ、はじめに手を挙げた彼、どうぞ。

学生A　お話ありがとうございました。おふたりに質問なんですが、ズバリなんですけど、インテリアデザイナーとか、アートディレクターって、儲かるんですか？

片山　可士和さん、ぜひ答えてあげてください。

佐藤　うん、ちゃんとやっていれば儲かると思います。まあ、いくらからを「儲かっている」と考えるかは難しいところで、スティーブ・ジョブズ[※31]やビル・ゲイツ[※32]とか、柳井さんクラスで儲けるのはかなりハードル高いけどね（笑）。でも、たとえば片山さんとぼくとで一緒に仕事をしたら、ユニクロの売上が4000億からもうすぐ1兆円になる、その一部はお手伝いできていると思うんですよ。少なくとも、そうやってちゃんとクリエイティブで貢献できているデザイナーなら、食えないなんてことはぜったいにない。どの業界もそうだけど、本当にきちんとやっていれば、お金はちゃんとついてくると思います。

片山　でもやっぱり、みんな不安に思うところはあると思いますよ。このご時勢ですし。

佐藤　うーん、いわゆる一般の大学を出て、普通のサラリーマンになるのとはちょっと違うかもしれないけど。でも、デザインなんてまだ仕事あるほうだと思いますよ。世の中にデザインされていないものってほとんどないはずなんだけど、その中でいいものもなかなかない。それを思ったら、そこら中に、リデザインしなきゃいけないところがあって、いくらでも仕事になるはずで。仕事って要は、必要とされることでしょ。デザインが必要とされたいなら、そのことに気づいてない人たちに「ほら、デザインの力ってこんなにすばらしいでしょ」ってぼくらが言い続けなきゃいけない。「こんなことしても無駄なんだけどね」とか思ってたら、それはほんとに無駄で決してお金にはならない。価値があると思われないと、誰もお金なんか払ってくれない。あとまあ、ほかの人がやってることと同じことをやっていたら、それはダメですよね。どの職種でも一緒だけど、アートなんてその典型だと思う。

※31　スティーブ・ジョブズ　1955年アメリカ生まれ。パーソナルコンピュータで世界初の成功を収めたアップルの共同設立者であり、ピクサー・アニメーション・スタジオの創設者。「Macintosh」をはじめ、「iPod」「iTunes」「iPhone」など、人々のライフスタイルを変える革新的な製品を生み出し続けた。2011年死去。

※32　ビル・ゲイツ　1955年アメリカ生まれ。世界最大のコンピュータ・ソフトウェア会社、マイクロソフトの共同創業者・会長。OS「Windows」シリーズの成功により、市場で圧倒的多数を占めるシェアを獲得した。

片山　自分を信じてやるしかないんですよね。

佐藤　うん。信じてやるしかない。

学生A　わかりました、ありがとうございます。

片山　次は……では、その近くの彼女、どうぞ。

学生B　お話ありがとうございました。あの、ユニクロさんの店舗って、ニューヨークやフランスではかっこいいイメージって聞いたんですけど、日本ってまだ、そうじゃないですよね？　日本でのイメージも変えようと思いますか？　もし変えようとしているのなら、具体的な案をお聞きしたいです。

佐藤　これからまさにやるところです。最初の計画どおりなんですけど、ニューヨーク、ロンドン、パリ、上海とやってきて、東京に戻して、リブランディングする。これを5カ年計画でやってきて、いまちょうど5年目ぐらいなんですよ。海外でも日本でも「ユニクロってかっこいい」ってイメージを定着させるのは、また5年くらいかけて、片山さんたちと一緒にこれからやっていこうというところです。

片山　可士和さんはいま、組織を作り直しているところなんですよね。

佐藤　そうですね。以前、柳井さんに仕事のやり方を変えてくれって言われたのと同じことを、片山さんにも、中村勇吾さんにもお願いしています。ひとつひとつの店舗ではなく、ぜんぶを見てください、というふうに。いますごいたくさんのプロジェクトが同時進行で動いていて、来年の3月、銀座にグローバル旗艦店をオープンさせるあたりからいろいろ変わっていきます。

学生B　あ、私、いまそこで働いているんです。

片山　えっ？

PROJECTS
NEWS: 12.01.2011
PRODUCTS
DOWNLOADS
PROFILE / CONTACT
ALL PROJECTS
SEARCH BY KEYWORD
SEARCH BY CATEGORY
PLEASE INPUT KEYWORD
SEARCH ALL TEXT
TITLE ONLY
UNIQLO INNOVATION PROJECT
LIVE & LET LIVE
CUPNOODLES MUSEUM
GRAPHIC TRIAL 2011
BAR KAGE
UNIQLO
UT

SATO .COM
HONDA N
INORI NO TREE PROJECT

佐藤　ユニクロ銀座でバイトしてるの？

学生B　はい。

佐藤　あーそうですか！　あなたが働くユニクロ、世界中からお客さんがやってきますから、「いいブランドだね」って言われるように、しっかり働いてください。よろしくお願いします（笑）。

片山　ぼくからも、よろしくお願いします（笑）。最後に、もう一人質問を受けましょうか。うしろのほうの、青い服の彼女、どうぞ。

学生C　ふじようちえんのお話をされているとき、何時間も園長さんのお話を聞いていたとおっしゃってましたけど、どうしてフラットでいられるのでしょうか。もし私だったら、自分の感情が出てしまってちょっとイライラしてしまうと思うんです。

佐藤　わかります、わかります。もともと、こうやって美術やクリエイティブやる人で、感情がフラットな人ってあまりいないですよ。感情的っていうか、思いが強くないとクリエイティブなんかやらないと思うし、もちろん自我も強くないとできない。ぼくだって会社に入ってもしばらくは、毎日イライラして怒ってた。要はすべて自分の作品だと思ってたから、思いどおりにならなくてイライラしていたわけです。でもステップワゴンでエゴを捨ててから、いまもそうだけど、お医者さんみたいなマインドに変わったんですよ。クライアントの問題点を治さなきゃいけないから「タバコは止めてください」とか、「脂っぽいものは食べないでください」とか「早く寝なさい」とか言うし、守ってくれないと「だめじゃないですか！」って必死で説得したりもするんだけど。でもまあ、どうしても生活態度を直せない、病気を治す気がないならもうそれはしょうがない。その人がやりたいようにやるしかない。ぼくの人生ではないので、っていう感じで。もちろん仕事だから本当一生懸命やってるんだけど、いい意味でクールになれた。若いころはほんと、ピリピリしていて、キツかったですけど。片山さんもそういうところ、同じような感じじゃないですか？

片山　そうですね。自分の店じゃないから、すごく冷静に見える。当然本気なんだけど、あくまでもその人のための本気だから、感情的になるっていうのとは違います。逆に、自分の家とか事務所のほうが難しいですね。

佐藤　だいたい仕事って、人のためにやってあげることなんですよ。自分の描きたい絵だけ描いてるとか、自分の家しかデザインできなかったら、仕事にはならないからね。他人ごとだと思ってるくらいのほうが、うまくいくんじゃないですかね？　もちろん無責任な意味ではなくて。

片山　でも可士和さんがふじようちえんの園長先生の話を7時間も聞いていられたのは、多分、その園長先生が魅力的だったからですよ。ぜんぜん面白くない、どうしようもない話だったら、さすがにイライラするでしょう。

佐藤　それはそうかもしれない。ぜんぜんイヤじゃなかったもん。次々に面白いことを言ってくれちゃうから「面白いですねえ～」って聞き続けて気づいたら7時間、みたいな。でもぼくはそんな園長先生が大好きでした（笑）。

片山　それは、佐藤可士和をノセた園長の勝ち、だと思うんですよ。でも長く話せばいいってものでももちろんなくて、相手によっては短い時間でこちらがパッと要素を読み取らなきゃいけない場合もある。そのあたりの判断も、冷静じゃないとできないですよね。では、最後にひとつ、ぼくからも質問を。

これは毎回、同じ質問をゲストの方にお伺いしようと思っているんですが、「10年後の佐藤可士和」は、どんなことをしていると思いますか。

佐藤　いま46歳だから、56歳か。10年って微妙なところですね。そんな遠くもないし、すごい近くもない。少なくとも、いまやっている仕事の延長にはいると思います。希望としては、もっとすごい、本当にグローバルに、もっとスケールのでかい仕事をしたいかな。

片山　これ以上ですか⁉

佐藤　うん（笑）。なんていうんだろう、もっとパブリックなことをやりたいですね。いまももちろん、影響力の大きい仕事をやらせてもらっている自負はあるんだけど、それでも一企業の仕事なんですよね。もうちょっと日本全体とか、世界とか、そういうところにまでクリエイティブの力で貢献できるようになれたらいいなあと思っているんです。それがどういう仕事なのか、はっきりしたイメージがあるわけではないんだけど。でもそうやってやりたいって思っていることで機会も巡ってくると思うし、自分もそういうふうに動いていくのかなって思っていますけどね。

片山　クリエイティブの可能性は、まだまだ広がるということですね。

佐藤　クリエイティブの力って、まだぜんぜん、世の中で使われてないじゃないですか。ここにいるみんなも、美大の中にいるから日々、考えるきっかけがあると思うけど、世間に出たら、みんな驚くほどクリエイティブのことなんて、考えてないもん。

片山　そうですよね。

佐藤　ぼくのことも片山さんのことも、広告業界とか建築業界とか、クリエイティブに興味を持っている人は知っているかもしれないけど、そうじゃなければ「誰それ？」だから。世界の村上隆だって、おじいちゃん、おばあちゃんは知らない可能性が高い。サッカーの中田英寿選手や野球のイチロー選手ならみんな知っていると思うけど、クリエイターってまだまだ、閉じているんですよ。でも、クリエイティブってすごいパワーがある。そのことを本当にぼくは信じてる。だからその力をもっと広めて、世の中がより良くなっていけばいいのになって思っています。あと、基本的なことだけど、健康でいることも本当に大切ですね。めちゃめちゃお腹が痛いときに世界戦略とか考えられるかっていうと、けっこう難しいからさ（笑）。

片山　たしかに（笑）、やっぱり心身が健全というか、フラットな状態でないと、いいものは考えられないよね。いやぁ、ほんとに勉強になります。ついつい聞きたいことが多すぎて、かなり時間が押してしまいました。お忙しいところありがとうございました。

佐藤　片山さんにはユニクロを依頼して強行スケジュールでやってもらった恩もあるから、返せるときに返さないと（笑）。あと、学生のうちは仕事のマインドってわからないかもしれないけど、仕事をしていると必ず、どんな仕事でも、悩むことがあると思う。そういうときに、きょうの話を思い出してもらって、少しでも楽になってもらえたらいいなと思いますね。

片山　きっときょうのお話から、みなさん大きなヒントをもらったと思います。本当にありがとうございました！

佐藤可士和先輩が教えてくれた、「好きなこと」を「仕事」にするためのヒント！

□音楽をつくるのも、絵を描くのも、全部同じこと。
自分なりの方法論を見つけることが大事。

□自分のエゴなんて出していたら通用するはずがない。
企業のため商品のために何がベストかを考える。

□時間もお金も無限ではないから、
どこに投資をするのかが重要です。

□世の中は、思っているよりもクリエイティブに興味ない。
だからこそ、クリエイティブの可能性はまだまだ広がる。

□健康はとても大事。
お腹が痛いときに、世界戦略など考えられませんから。

Music for **instigator** #001

Selected by Shinichi Osawa

NO.	TITLE	ARTIST
1	Gentle Threat	Gonzales
2	Love Will Tear Us Apart	Joy Division
3	Pocket Calculator	Kraftwerk
4	Modi 2	Piero Milesi
5	Plain Sailing	Tracey Thorn
6	These Days (SO Re-Edit)	Nico
7	Gum	A Certain Ratio
8	Atoms For Peace	Thom Yorke
9	Between The Lines	London Underground
10	M.I	Gary Numan
11	Bye Bye Papaye	Antena
12	Autumn	Richard Jobson UTUMN
13	Milestones	Miles Davis
14	Genius Or Lunatic	The Pop Group
15	Rollin' & Scratchin'(Chilly Gonzales Piano Rework)	Daft Punk
16	Don't Let Me Down	The Beatles
17	Too Much Love	LCD Soundsystem
18	Tribute to N.J.P.	Ryuichi Sakamoto
19	24-25	Kings Of Convenience
20	Weakness And Fever	The Durutti Column
21	Gymnopedie #1	Bill Quist
22	Tha	Aphex Twin
23	E Preciso Perdoar	Ambitious Lovers

※上記トラックリストはinstigator official site(http://instigator.jp)でお楽しみいただけます。

#002

中田英寿

一般財団法人 TAKE ACTION FOUNDATION
代表理事／旅人

1977年山梨県生まれ。サッカー日本代表として各年代で世界大会に出場を果たす。高校卒業後、Jリーグ「ベルマーレ平塚（現湘南ベルマーレ）」に入団。1998年、セリエA「A.C.ペルージャ」に移籍し、翌シーズンには、「A.S.ローマ」でスクデットを獲得。2006年のドイツW杯後に現役を引退すると、世界中を旅した経験から、「TAKE ACTION! 2008 +1」キャンペーンを立ち上げ、「+1 FOOTBALL MATCH」などを開催する。その後、2009年に「一般財団法人 TAKE ACTION FOUNDATION」を設立。参加者が楽しみながら社会貢献できる仕組みを作り、社会問題に対して積極的な働きかけを行っている。また、日本の伝統文化の継承に着眼し、「REVALUE NIPPON PROJECT」を通じて、その可能性を世界に発信中。

海外をまわっていて気づいたことは、
自分が日本人であるということでした。
世界中でいろいろなことを勉強したつもりでいたけれど、
自分の足元である日本のことをぜんぜん勉強してこなかった。
それでは意味がないと思ったんです。

サッカーはいちばん長く時間を過ごした兄弟のようなもの

片山　instigator 第2回目のゲストは、中田英寿さんです。元サッカー日本代表。現在、「一般財団法人[※1] TAKE ACTION FOUNDATION」の代表理事であり、「旅人」でもいらっしゃいます。みなさんご存じのスーパースターですね。大きな拍手でお迎えください。

中田　ぼくは大学に通っていないので、こういう場所は少し緊張します。でも気楽に話していきたいと思いますので、よろしくお願いします。

片山　きょうは「中田英寿のこれまでとこれから」をたっぷり語ってもらう予定です。大変貴重な機会です。皆さん、しっかり聞いてくださいね。さっそくですが、まずは、サッカーを始められたきっかけからお話しいただけますか。

中田　ぼくらの世代だと、子どもはまだよく屋外で遊んでいました。ファミコンのようなゲームも出てきてはいたけれど、それよりも野球やサッカーのように、身体を動かす遊びのほうがまだ主流でしたね。それで、だいたい男の子は野球かサッカーのチームに入ることが多かったんです。ぼくも、じゃあどちらに入ろうかと考えたとき、当時、野球は坊主にしなきゃいけないことも多く、練習も毎日あるし、ちょっとしんどそうだったので、サッカーを選びました（笑）。

片山　ぼくは、野球部だったので坊主でしたねえ。

中田　そうですよね。サッカーでも結局は、坊主と同じような短い髪になっていくんですけど。あとは

※1　一般財団法人 TAKE ACTION FOUNDATION　「TAKE ACTION +1」キャンペーンをきっかけに設立された団体。継続的な社会貢献活動を目指す。キャッチフレーズは、「なにかできること、ひとつ。」。

当時マンガの『キャプテン翼』※2が流行っていて、その影響もありました。

片山　始めたのは小学生のころですよね？

中田　小学校3年生の12月1日です。

片山　よく覚えていますね（笑）。

中田　ぼくらのころは、小学校4年生以上でないとサッカークラブに入れなかったんです。でも4年生になるまでどうしても待てなくて、無理にお願いして前倒しで入れてもらったので、よく覚えています。

片山　前倒しで入部するほどなら、初日はサッカーができてさぞうれしかったでしょう。

中田　いえ、それ以上に、とても寒かった（笑）。結局、サッカー部も練習が多くて、土曜日以外は小学校に行く前、朝5時くらいから練習するんです。12月ですからまずとても寒いですし、暗くてボールだってよく見えない。こんな中で練習が始まるのか、と思ったことを非常によく覚えています。

片山　でも、やってみてすぐに「俺、うまい！」って思いました？

中田　いやいやいやいやいや。始めたばかりのころはもちろん、２００６年に引退するまで、自分がうまいと思ったことは一度もないですよ。

片山　ええー、ほんとですか？

中田　ほんとにほんとです（笑）。

片山　でも中学3年生のときにはもう、U-15日本代表に選ばれているじゃないですか。

中田　そのころも、同年代にぼくより上手な選手はたくさんいたんです。ただ、彼らが生れ月の関係で選考から外れたりして、ぼくはそこに運良く転がり込んだ。あとは徐々に徐々に、その中で上を目指し

※2『キャプテン翼』　数多くのサッカー少年に影響を与えた高橋陽一によるサッカー漫画。１９８１年『週刊少年ジャンプ』にて連載スタート。当作品の影響でサッカーを始めたJリーガーは枚挙にいとまがない。また、欧州や南米でも放映されていたこともあり、数多くのスター選手がファンを公言している。

ていただけです。

片山　あれだけ活躍しても、そう思うんですね。そのあと、U-17アジアユース選手権、[※3]全国高校サッカー選手権に出場、18歳でプロとしてベルマーレ平塚（現湘南ベルマーレ）に入団されます。きょう、ここにいる学生のみなさんよりも若いときにプロとしてお金を稼ぐ立場になるわけですが、その前に、どういう学生生活だったのか、教えてください。

中田　まず、ぼくは、まわりから「サッカーだけやっていて勉強ができない、サッカー馬鹿」みたいに思われたくありませんでした。でも実際は代表の合宿で1カ月くらい学校を休むこともざらで、授業もろくに出ることができない。だからといってテストの点数が悪くなるのはすごくイヤだったので、授業に出席できるときはひたすら教科書を先まで読んで、授業の進行よりも20、30ページくらいは先に進めていました。それで、わからないところを自分で先生に聞く方法で勉強していましたね。

片山　先まわりしていたんですか？

中田　はい。まあ、基本的に教科書を読んでいれば、それである程度はわかるじゃないですか。

片山　……会場がざわついてますが（笑）。苦手な科目とかはありませんでした？

中田　国語で「このときの主人公の心情を答えなさい」というような明確な答えがないようなやつは、大嫌いでした。わかるわけないだろう、と書いてテストで0点だったことがあります（笑）。あと歴史のようにひたすら暗記するようなものっていうのも、面倒くさくてイヤでしたね。昔からとても理屈っぽいので、数学のように数式さえ理解できれば時間もかからず、はっきり答えが出るものは得意でした。先まわりして勉強していたのも、そのほうが合理的だからです。

※3　全国高校サッカー選手権に出場　サッカー強豪校である山梨県立韮崎高等学校に入学。2年生のとき第72回全国高等学校サッカー選手権に出場した。

片山　それにしても、卒業してすぐプロ入りするほどの練習量でありながら、ほかの学生より先まわりして勉強していたなんて、すごいですね。

中田　大学進学も、視野に入れていました。試験勉強をする時間もあまりなかったので、行くなら推薦枠を狙いたかったので、テストの結果はそれなりに気にしていました。でも進学するかプロになるかの選択をするとき、考えたんです。大学なら、もっと年齢を重ねて――、たとえばいまぼくは35歳ですが、この年になってもがんばって勉強すれば大学には行ける可能性はあると思う。でもスポーツでプロになろうと思ったら、時間は限られていますよね。だったらまずはプロになろうと。

片山　すごく冷静ですね。普通だったら、18歳でプロになるということだけで、もっと舞い上がってしまいそうだけど。Jリーグの当時12チーム中11チームからオファーを受けている中でベルマーレに入団を決めたのも、練習に参加してみて、その上で、自分で冷静に決断をしたんですよね。

中田　昔から、なんていうのかな、いくら監督やコーチでも、年齢や立場が上だからという理由だけで言うことを聞かなきゃいけないっていうのがあまり好きじゃなかったんです。あくまでも、自分が納得したうえでやるのが好きなんです。この性格に合ったチームに行きたいと思っていたので、いくつかのチームに2泊3日くらいで練習に参加させてもらいました。その中でいちばん自分に合っていると思ったのがベルマーレ平塚だったんです。

片山　そうしてJリーグで活躍を重ね、21歳のときに世界へと活動の場を移します。イタリア・セリエAのペルージャ、ローマ、パルマ、ボローニャ、フィオレンティーナ、それからイングランド・プレミアリーグのボルトンと海外各地でサッカーをされるのですが、最初に海外のチームに移籍するとき、緊

張はありませんでしたか？

中田　これはいまも日本のサッカー協会にすごく感謝していることなんですけど、14歳のときに初めてサッカーで海外に行き、それから年に何回か、海外で試合をするという経験をさせてもらいました。そのおかげで、海外に行くことに対して、それほど特別感はなかったんです。イタリアに行く前には、フランスでワールドカップを経験して、そのレベルも何となく分かっていたので、まあこのくらいだったら行けるかなと。

片山　世界でもやれるという、確信を持って行かれたということですか。

中田　「できる」のと、「勝ちに行く」のは別の話ですけどね。当時は、上で勝負ができるかどうかは考えていませんでした。21歳でイタリアへ行ったときなんて、セリエAのこともほとんど知らなかったんですよ。チームメイトに「次の対戦チームはローマだよ」って言われて、「あー、聞いたことあるな」というぐらいで、チーム名も選手のこともあまり知らなかった。

片山　ヨーロッパに行ってみて、サッカーに対する考え方や、選手の意識の違いは感じましたか。

中田　ええ、やはりサッカーが生活に根ざしている深度が違います。週末になればみんな普通に試合を観に行き、サッカーの新聞を買って読んで、家族でも必ずテレビを見ながら、サッカーについて話し合う。それはもう積み重ねてきた歴史からなる文化であって、くらべると日本は、まだそういった文化が始まったばかりなのかなという気はしました。

片山　そうして7年間イタリアで活躍した後、28歳でイギリスへ。その翌年の２００６年、ドイツのワールドカップを終えて、まだ29歳でありながら現役引退されたときは驚きました。たくさんの人から早すぎる引退として惜しまれたと思うのですが、ご自身はどう感じていたのでしょうか。

中田　小学校3年の12月から21年間、ずっとサッカーのために時間を費やしてきました。サッカーというのはぼくにとって、ある意味、誰よりも長く時間を共有した兄弟みたいなものです。でも、引退を考えたころは、サッカーをしていて初めて、悩んだんです。サッカーの盛り上がりと比例して、サッカー業界自体が大きなビジネスになりました。ビジネスとしてサッカーに関わる人たちが増え、また選手たちも、純粋にサッカーを楽しむというより、お金を稼ぐ手段としてビジネスライクに考えたり、有名になることのほうが目標になったりする人が多くなってきているように感じて……。自分がその中でサッカーを楽しんでやっていけるのか、やっていく意味があるのか、ずいぶんと考えました。そういうこともあってイタリアからイギリスに移ったわけですが、場所を変えてもそう違いはなく、だんだんサッカーが楽しいと思えなくなってきてしまった。ぼくは生活をするためにサッカーをやっているわけではなく、ぼくの人生のためにやっている。ただのビジネスとしてサッカーをするのは、ぼくにとっては兄弟をお金で売るのと同じ感覚です。そんなことができるわけもないので、引退という道を選びました。

世界を旅して見えてきた、新たな風景

片山　ここまでが、選手現役時代の中田さんのお話です。突然の引退に続いて、さらにみんなが驚いたのは、「旅人」になったことだと思うんですよ。ストレートにお聞きしたいんですけど、なぜ旅だったんですか？

中田　新しく何かを始めるときって、この先、自分がどういうことができて、どういうことがやりたいのか、ということを自分の経験や知識から可能性を考えて決めると思うんです。でもぼくは29歳になるまでサッカーしかやってきませんでした。試合や遠征でいろんな国には行ったけれど、基本的には空港とホテルとスタジアムくらいしか知らない。いくつの国を訪問しても、ぼくが生きている世界っていうのは、サッカーの中の世界であって、外の世界ではないわけです。だったら次のことを考える前に、これからの人生の選択肢を増やすため、サッカー以外の世界をできるだけ見てみようと思ったのがきっかけでした。

片山　意外だったのは、いわゆる開発途上国と呼ばれる国、それも、治安の良くない地域を多くまわっていることです。なぜそういう場所を選んだんですか？

中田　サッカーしかしていないとはいえ、現役時代にイタリア、イギリスに住んでいたので、ちょっとした休日にヨーロッパはほとんどの国を訪れました。もちろん、都市によって違いはあるのですが、それでも先進国といわれる国に何があって、どういうことが起きるかは、ある程度は予測がつきます。けれど発展途上国はまったく未知で、予測ができない。そういうところに惹かれていった気はします。

片山　実際に訪問してみていかがでしたか。

中田　物質的に足りないものが多いと、人は、それをアイデアで補うんですよね。そういったアイデアは、いままで見ていたものを違う角度から見せてくれるきっかけにもなるし、必ず自分に刺激をくれます。そういう意味で途上国のほうが驚くことが多くて、好きですね。

片山　この前、一緒にお食事をしたときに、「便利なことがいいとは限らないし、むしろ便利じゃないほうがすばらしいこともある」というようなお話をしていました。それはやはり、そういうところに行ってみて感じたことなんでしょうね。

中田　そうですね。よく「ラクだから」ってまるで良いことのように言う人がいますけれど、ぼくはもともとその言い方が好きじゃないんです。「ラク」って、ただ労力が減るという意味であって、「良い」や「楽しい」とイコールではありませんよね。「楽しい」は、自分がそこに対して努力をした結果、自分が楽しめるということだと思います。同じ字を書いたとしても、「楽しい」と「ラク」っていうのはまったく違う。不便なことがあっても、その分、工夫して楽しめることもある。そういうことは、日本だけにいるとなかなか気づきにくかったかもしれません。

片山　なるほど。ぼくもきっと、日々の中で見落としていることがありそうです。できればいままで訪問された国について、ひとつひとつ細かく話を伺いたいところなのですが、中田さんはなにしろたくさんの国をまわっています。そこできょうは、ぼくがとくにお話を聞いてみたい国を3カ国選びました。まずひとつめは、ブータン王国。世界最年少の元首となったジグミ・ケサル・ナムゲル・ワンチュク国王陛下と王妃陛下が昨年日本にいらっしゃって、そのことでも話題になりましたね。ヒマラヤ山麓の南にあり、九州と同じくらいの国土に人口約70万人が住んでいます。独自の基本方針「ＧＮＨ[※4]（国民総幸福量）」を掲げていて、実際に２００５年に行われた国勢調査では国民の約97パーセントが「幸せ」と回答したという、国民総幸福量の高い国として有名です。日本のものさしで考えると、あまりものがなくて、不便なように思えるけれど、でもそれを貧しいと感じるのは勝手な日本の価値観なんですよね。ブータンの人々はまた違う価値観を持って暮らしている。実際に行ってみて、いかがでしたか。

※4　ＧＮＨ（国民総幸福量）　Gross National Happiness の頭文字を取ったもので、「国民全体の幸福度」を示す指数。物質的、経済的ではなく、精神面での豊かさを「値」としている。１９７２年にブータン王国の国王ジグミ・シンゲ・ワンチュクの提唱により、ブータン王国で初めて調査が行われた。また、２００６年に発表された英国レスター大学の社会心理学者エードリアン・ホワイト教授の調査によると、「世界幸福度ランキング」は次の通り。1位デンマーク、2位スイス、3位オーストリア。なお、ブータンは8位、日本は90位。

ブータン王国

ガーナ共和国

中田　まずこれまで１００カ国くらいをまわった中で、人間が良かったなあと思う国のトップスリーに入ります。でも、行くまでがけっこう大変でしたね。空港はひとつだけで飛行機の本数は少ないですし、入国しても、電車はありません。道に信号もありません。山道なのに、ガードレールもない。ライトもない。

片山　不便というか、あぶないじゃないですか。

中田　ええ、車の運転中に崖から落ちて亡くなるという事故も結構あると聞きました。それくらいインフラもあまり整っていない厳しいところなんですが、犯罪もほとんどないんです。首都に小さな刑務所があるくらいで、たぶん、殺人犯罪なんて年間に1、2件あるかないか程度。それくらい安全な国です。

片山　みんな幸せそうに暮らしていましたか？

中田　少なくとも、ものがないからといって不満を抱いているような感じはなかったですね。本当に優しい、いい人たちで、初めて行ったときに一緒にサッカーをやって、すぐに仲良くなれました。ワンチュク国王の戴冠式のときにも宮殿に招いていただいたのですが、宮殿といっても、いま話をしているこの大学の講堂よりも狭いくらいのスペースです。和やかな雰囲気の中で楽しく食事もご一緒させていただき、本当にすばらしい思い出となりました。物質的には質素な国ですが、精神的な部分では、とてもとても豊かな国だと思います。

片山　そうなんですね。ぼくもいつか、ぜひ行ってみたいです。ふたつめにお話を伺いたいのは、西アフリカのガーナ共和国です。ブータン王国とは違って、ＨＩＶの感染者が26万人以上、毎年３万人以上がエイズで死亡しているという、かなり大きな問題を抱えている国です。

中田　西アフリカは基本的に気候状況が厳しく、栄養不足に加え衛生面での問題もある、病気の多いエ

ルワンダ共和国

リアです。さらに宗教的に避妊が禁止されている地域もあり、避妊具が普及していなかったり、そもそも教育自体が行きわたっていなかったりすることも大きな問題だと思います。

片山　そういった問題に対して、サッカーを通じて面白い取り組みをされているＮＰＯがあると聞きました。

中田　ええ、ありますね。たとえば予防接種のとき、「注射をするから来てください」といっても、誰も来てくれません。興味がないし、そもそも注射の意味がわからない。でも「サッカーの試合をしますよ」というと、みんな集まってくる。そこでサッカーの試合のおまけのようなかたちで予防接種をしたり、あるいは簡易的な学校のような場をつくって教育をしたり、というような取り組みはいくつもあるようです。

片山　サッカーはそれほどまでに影響力のあるものなんですね。

中田　ぼくがガーナ北部を訪れたのは経済・教育支援のプロジェクト視察が目的でしたが、そのときに会った子どもたちも、みんなサッカーが大好きでしたね。もっと、「学校に行って勉強をしたらサッカーグランドを使えるようにする」とか、そういうやり方で教育に活かすことができれば面白いかもしれないですね。

片山　中田さんのアドバイスが実際にかたちになっていくといいですね。では、もうひとつ、最後にルワンダ共和国のお話を。こちらは中央アフリカですね。この国では１９９４年に、フツ族とツチ族というふたつの民族間の争いで、１００日間のうちに１００万人が殺害されたという大事件[※5]が起こりました。[※6]『ホテル・ルワンダ』という映画にもなっているので知っている人も多いと思います。

※5　大事件　ルワンダ虐殺。長年続いていた民族間の争いが悪化。フツ族によるツチ族の弾圧が行われた。正確な犠牲者数は明らかになっていないが、約50万人から１００万人の間、すなわちルワンダ全国民の10％～20％が犠牲者に。その後、報復を恐れた約２００万人のフツ族が国外に脱出。難民キャンプの劣悪な環境により、数千人が命を落とした。

※6　『ホテル・ルワンダ』　ルワンダ紛争の中、１２００名以上の難民を自分が働いていたホテルにかくまったホテルマンの実話を基にした映画。アカデミー賞やゴールデングローブ賞にノミネートされ、その内容も高い評価を得ている。舞台となったホテルは、後に営業を再開。

中田　ぼくも映画の『ホテル・ルワンダ』を見て、行きました。「ホテル・ルワンダ」という名前のホテルは実在するんですよ。勉強のひとつとして実際に行って泊まりました。まだ20年たっていませんから、現地の人にとっても遠い記憶ではありません。人の殺害された場所がそのままだったり、人骨もまだたくさん残っています。ぼくが会った人たちの中には、フツ族とツチ族で結婚している夫婦もいました。普通に話をしているときはなんでもないけれど、お互いの種族の話になると、やはり沈黙してしまう。

片山　つらい話ですね。

中田　民族紛争はいまも全世界であります。そういう問題をどうやったら乗り越えていけるのか、子どもたちにどう伝えていくべきなのか、まだまだ考えなければならないことはたくさん残っていると思います。

片山　いまはちょっとインターネットで調べればあらゆる情報が入ってきます。それでつい知った気になってしまうのですが、その場に行ってみるとぜんぜん違うのでしょうね。

中田　インターネットは便利ですし、とてもいいと思うんです。でもそこがゴールになってしまっている人が多いことには疑問を持っています。ツイッターやフェイスブックのようなソーシャルネットワークでも、そこで誰かとつながっていること自体がゴールになってしまっている人がけっこういますよね。でもそれは違う。そういうものは実際に会ってつきあっていく上でのコミュニケーションツールのひとつであって、ゴールではない。インターネットの情報も同じです。美味しいごはん屋さんにしても、インターネットでいくら情報を得ても、そこに書いてあることと自分が思うことが同じであることは少ない。調べること自体はとても大事ですが、情報はあくまでも情報でしかなく、その先まで行動を起こすことで初めて意味を持つのではないかと、最近よく思います。

片山　自分の目で見て、自分で感じることが大事なんですね。

中田　東北の震災でも、現場を見て感じて何か行動を起こすのと、ただ単に情報を目で追って頭だけで考えるのとでは、一方通行か双方向かという違いがあると思います。どちらがいい悪いではないけれど、情報が簡単に手に入るからこそ、実際に自分で動いて体験する生の情報というものが、とくにこれからの社会では重要になってくると思う。学生のみなさんも、時間があればぜひ、自分の目で世界を見てきてほしいと思います。

財団という仕組みによってできること

片山　そうして長い旅からいったん日本に戻り、２００９年に「一般財団法人TAKE ACTION FOUNDATION」を設立されました。実際に各国を見てまわった経験から生まれた活動だと思いますが、その成り立ちをお話しいただけますか。

中田　日本では財団の仕組みがあまり知られていませんが、海外ではポピュラーで、かつ会社組織よりも自由に活動しやすい組織形態です。活動の軸としては社会支援活動になるのですが、基本はぼくがやりたいと思ったことを何でもやる組織ですね。

片山　途上国の子どもたちにまだ使える使用済みサッカーボールを配布したり、東日本大震災や宮崎の口蹄疫被害などの復興支援でチャリティーオークションやサッカーのチャリティーマッチを開催したりと、さまざまな活動をされていますよね。とくにチャリティーマッチでは中田さんをはじめ、元サッカー選手によるチーム「TAKE ACTION F.C.」[※7]が結成されてさすがだなと思いました。こうしてサッカーのユニフォームを着たということは、２００６年に引退したときから、サッカーに対する思いがまた違う形に変化したと考えてもいいのでしょうか。

中田　どうでしょう（笑）。ただ、チャリティー活動を行う上で、義務感みたいなものを持つのも持たれるのもぼくは嫌だったんです。ぼくにとっては、チャリティーであっても、まず自分が楽しめるものでありたい。参加する人たち全員に、なにかしらメリットを感じてもらえるものでありたいと考えています。たとえば、ぼくがそうやって活動するメリットとしては、いろいろな人とつながって、楽しめる。選手たちには、きちんと謝礼を払う。チャリティーマッチでも、ぼくは選手にきちんとした謝礼を払っています。だからこそ選手も一生懸命やるし、観客のみなさんも、普段ありえないようなメンバーだからこそお金を出して観に来てくれる。もちろん完全なる善意のみによって行われるチャリティーもすばらしいと思いますけど、ぼくはクオリティを保ちつつ長く継続していきたいので、そういう形を選んでいます。

片山　日本に戻ってから、日本の47都道府県の旅[※8]も続けていますよね。

中田　3年間ずっと海外をまわっていて気づいたことのひとつは、自分が日本人であるということでした。海外で出会う人の中で、ぼくのことを「元サッカー選手」だと知っている人もいます。でも多くの人にとっては、ぼくはまず「日本人」です。だからみんな、日本のことを知りたがるんですよ。「日本はどんなところなのか」「どの都市が楽しいのか」「何が素敵なのか」。ところがそう尋ねられてもぼくは、

※7　「TAKE ACTION F.C.」　サッカーを通じた社会貢献プロジェクト。国内外で活躍した元プロサッカー選手を中心にしたチームを、チャリティーマッチやサッカースクールなどに派遣している。

※8　47都道府県の旅　伝統文化の継承に着眼した「REVALUE NIPPON PROJECT」の一環として、２００９年4月に沖縄をスタート。２０１３年5月までに43都府県を訪れている。伝統工芸や伝統芸能、農業、漁業、酒造、神社仏閣など、その間に訪れた場所は１２７９軒にも上る。

TAKE ACTION FOUNDATION

シンガポールとタイの試合の収益から日本赤十字と共同で被災地のチ

ほとんど答えることができませんでした。世界をまわって、いろいろなことを勉強した気でいたけれど、自分の足元である日本のことをぜんぜん勉強してこなかった。それでは意味がないと思ったんです。

片山　それはいつごろのお話ですか。

中田　海外にいても日本にいても、自分が日本人であることを確立するということが、この先ぜったいに重要になるんじゃないかなと考えたのが3年前くらいですね。じゃあどうやって勉強しようかなと考えたとき、自分の出身県についてすら、よく知らないことに気づきました。ぼくは山梨出身なんですけど、どんなものが名産なのか、方言があるのかどうかも、少ししか知らなかった。そう考えていくうちに、同じ日本国内でも県によってかなり違いがあるはずだと思い、47都道府県をぜんぶまわろうと決意しました。まず東京から沖縄に自動車を運んで、その一台の自動車でひたすら全国をまわっています。

片山　ぼくは岡山出身なんですけど、岡山のこと、中田さんはぼくよりも詳しいんですよ。なんで知らないんだって怒られながら、岡山名物のB級グルメについて逆に教えてもらいましたから（笑）。

中田　ええ。海外の人からよく聞かれることって、やはり「どこに泊まったらいいか」と「どのレストランがおいしいか」ですから、リサーチに力が入ります。

片山　ほんとに詳しいですよね。ヒデさんに聞けばハズレません。

中田　そういってもらえるとうれしいです。先ほどお話ししたように、インターネットで調べた良さではなく、自分が実際に行ってみて、良かったところをお伝えできるように心がけているので。

片山　もしかしてハズレもあるんですか？

中田　もちろんありますよ。いやー、ハズレたときはつらいです（笑）。

片山　同じ土地でも、宿やホテルを毎日替えるんですよね。

中田　ひとつの県につき10日から2週間くらい滞在していろいろまわるんですが、毎日宿泊先の宿を変え、様々な人々を訪れ、その土地の文化を少しでも勉強するようにしています。風土、伝統工芸、伝統芸能、農業、漁業、日本酒に神社仏閣。そうそう、仏教と神道が混在するという宗教形態も、世界からするとすごく不思議に思えることなんです。あまり違いを意識せずに参拝している人が多いと思いますが……。

片山　海外の人はびっくりしますよね。

中田　ええ。そんなふうに、見知っていたつもりの日本をひとつひとつ再発見しながら、いまはちょうど4年目に入り、東京をまわっているところです。

片山　そのような旅を続ける一方で、先ほどの財団の活動では２０１０年から「CHARITY GALA」[※9]という、とても華やかなイベントを開催されています。日本の伝統工芸の技術・魅力を多くの人に知ってもらうきっかけ作りを目的として、工芸家やデザイナー、アーティストがテーマにそってコラボ作品を展開し、チャリティオークション形式で発表する。第1回目は「陶磁器」、第2回の２０１１年は「和紙」がテーマでした。こちらも、都道府県の旅から派生したアイデアだとか。

中田　全国の伝統工芸をいろいろ見てまわったとき、その技術と作品のすばらしさにびっくりしたんです。いままで伝統工芸というものに興味がなくて目を向けてこなかったけれど、要はアートと同じ。すごく心が動きました。これはもっと、多くの人に知ってもらったほうがいいんじゃないかと思ったのがそもそものきっかけです。

※9「CHARITY GALA」GALA（ガラ）とはスペイン語で「歓楽・お祭り」の意味。欧米では寄付を目的とした「CHARITY GALA」が頻繁に行われている。

片山　昨年開催された第2回の「CHARITY GALA」には、ぼくも参加させていただきました。会場はザ・リッツカールトン大阪。インテリアも参加者のドレスコードもブラックという、シックで夢のような映画のような世界観の中、伝統工芸作品がどんどん紹介される。ぼくはもう緊張して汗だくでした（笑）。

中田　「CHARITY GALA」の目標は、お金を集めて伝統工芸の担い手に寄付するのではなく、その伝統工芸の世界をもっと広く世に知ってもらい、興味を持ってもらうことです。そのためには、現代のライフスタイルに合ったデザインが必要だと考えました。また、片山さんのようなインテリアデザイナーの方や、建築家、現代アーティスト、またはファッションデザイナーの方の力とコラボレーションをすることで、工芸作家の方自身が有名でなくても、そのプロジェクトを雑誌やTVで紹介することで、その工芸作家の方たちにもスポットライトが当たるようにしました。やはりその世界に興味を持ってもらうためには、まずその分野のスターをつくっていくことが近道だと思うので。

片山　ぼくが参加させてもらった昨年は和紙がテーマで、NIGO®さんと張り子職人の橋本彰一[※10]さんとぼくの、3人チームで参加しました。ぼく自身非常に気づきが多かったです。正直なところ予備知識がなかったので、まず和紙の可能性そのものに素直に驚きましたし、和紙ってかっこいいんだって知って、すごく衝撃的でした。

中田　かっこいいですよね、和紙。ちなみに今年は「竹」をテーマでやる予定です。

片山　これはぼくの主観ですが、伝統工芸は素材ありき。素材に対してどうつくっていくかだと思うんです。アートは基本的にアイデアありきで素材を選んでいく。アプローチの違いはあれども、結果として同じものに行き着く可能性はあるわけですよね。そのあたりをうまく融合して、素材ありきの発想で

※10　橋本彰一（はしもと・しょういち）　張り子職人。和紙を用いた張り子の人形工房が集まる福島県郡山市の集落「高柴デコ屋敷」にある本家大黒屋21代目当主。元禄時代から伝わる手法を維持しながらも、新しい感性によってデザイン・制作を行っている。

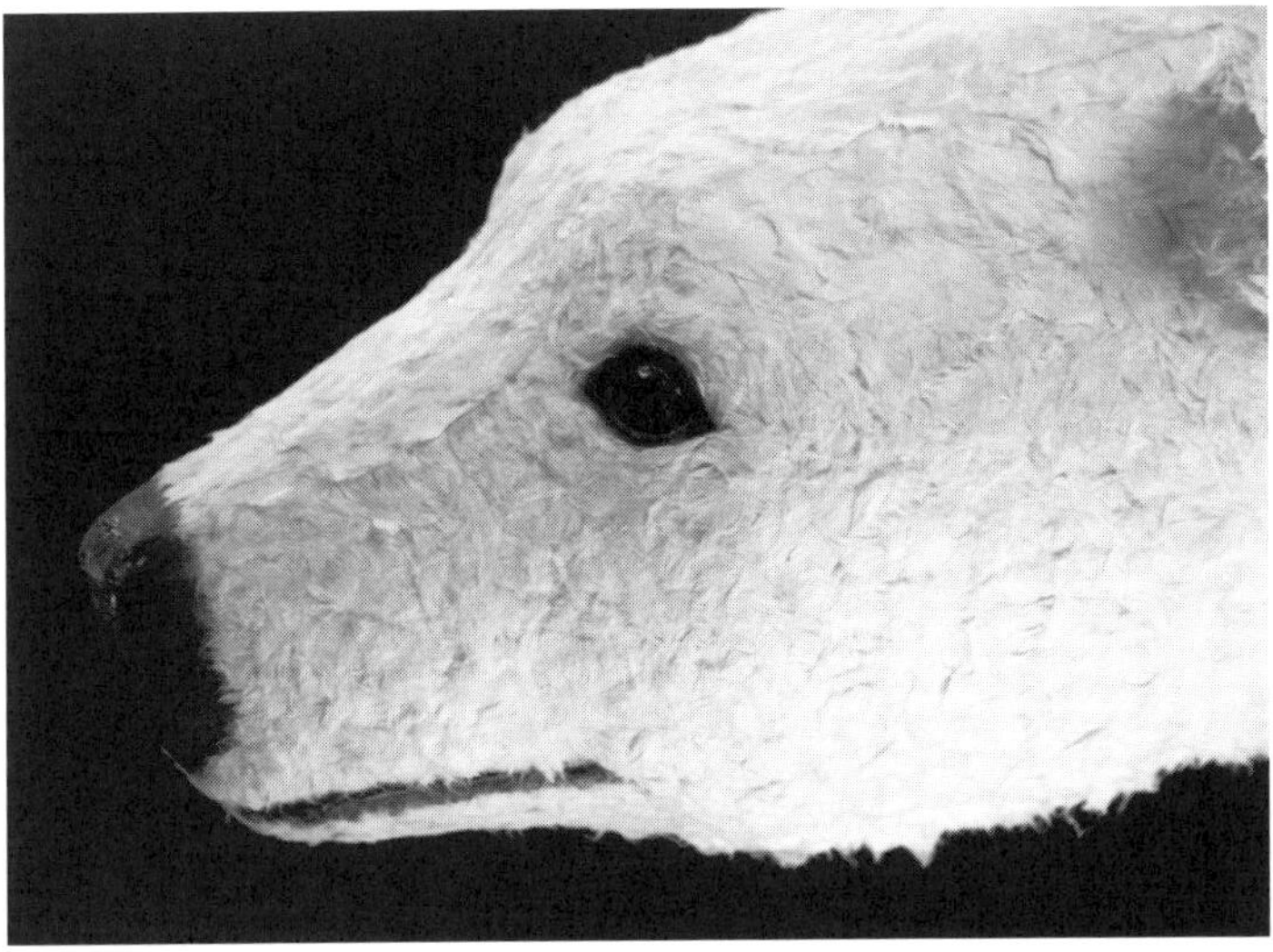

CHARITY GALA／PROJECT 2011／NIGO®×橋本彰一×片山正通　Photo: Junichi Takahashi

アーティストやデザイナーの方々にチャレンジしてもらう。工芸家の皆さんは、いままでにはないデザインということで、もしかしたら新しいことを開発しなくてはいけないのかもしれないけれども、そういう努力を積み重ねることもまた伝統の熟成につながるように感じました。実際にＮＩＧＯ®さんとぼくも、チームメイトの橋本さんに、セオリーを知らないからこそ無茶を言ってしまったかもしれません。でも「いいですよ、やってみましょう」って楽しんで応えてもらえたのが、ぼくはすごくうれしかったです。

中田　誤解されやすいのですが、伝統っていうのは、昔のことを同じように今やることではないんですよね。革新を続けた結果、残ってきたものが伝統であって。いま新しいことも、そうして続いていけば伝統になります。そういう新しい伝統をつくるというのがひとつの目標ではありますね。それに一方でいまは、ファッションも建築もプロダクトデザインも、これまでにないくらい、日本が注目されているときだと思うんです。でも、世界で活躍されている方は基本的にひとりで活動されている方が多く、なかなか横のつながりも少ない。そこで、[※11]「REVALUE NIPPON PROJECT」というこのプラットフォームを使って、世界で活躍している日本人がつながってほしいという思いでやっています。

片山　ぼくもまだまだいろいろ勉強しないといけないなと思いました。でも、ヒデさんがこうして引っぱっていってくれることで、日本がまだ秘めているかっこよさに、もっとみんな気がつくんじゃないかなと思いますね。

※11「REVALUE NIPPON PROJECT」２００９年にスタートしたTAKE ACTION FOUNDATIONのプロジェクトのひとつ。日本の伝統工芸・文化・技術などの魅力をより多くの人に知ってもらう〝きっかけ〟をつくることで、伝統文化の継承・発展を促すことを目的としている。

伝統から学ぶこころ

片山　ここから、いまのお話にあったような、非常にモダンな伝統工芸をつくる作家さんを5名、紹介していただこうと思います。まずは、ガラス作家の江波冨士子[※12]さんの作品から。みなさんスライドの写真を見てくださいね。

中田　ガラスといえば、イタリアのムラーノが非常に有名ですが、世界各地で使われている素材です。江波さんの作品は、女性のみなさんに非常に好まれそうな、とても可愛らしい印象のものが多いですね。たとえば「ベジタブル」という作品は、その名前のとおり、カラフルで小さな野菜のモチーフがちりばめられています。

片山　なす、かぼちゃ、きゅうりに、トマト?……これだけの細工をするのはすごく大変でしょうね。

中田　ガラスの素地に、いろいろなモチーフの元となる色ガラスを組み合わせていくんです。それをふくらませて焼くと、こうしてモチーフが浮き上がってくるんですよ。野菜のほかにも、蜂だったり、ハート型だったり、幾何学模様だったり、いろいろな模様がつくれます。

片山　ヒデさんも実際工房に行ったんですよね。

中田　はい、教えてもらいながら、自分の作品をつくってきました。伝統工芸というと敷居が高いような気がしますが、こうして作品を見ていくと、現代の生活の中にも自然に溶け込んでいくことがわかっていただけると思います。ぼくはずっとイタリアに住んでいたのに、美術館にはあまり行かなかったん

※12　江波冨士子（えなみ・ふじこ）　ガラス工芸作家。美術大学のガラスコースを卒業後、アメリカに渡る。帰国後、ガラス工房「潮工房」を設立。ムッリーネ技法（金太郎飴のような色ガラスの棒をつくり、それをカットして作品の土台となるガラスに貼り付けていく手法）の名手。

です。でも家具や建築のデザインを見るのは好きでした。やはり、生活にきちんとリンクしているもののほうが親しみやすい。伝統工芸でも、日常使いのできるものに惹かれることが多いです。

片山　次に紹介する漆作家の三好[※13]かがりさんの作品も、日常的に使えるものですね。

中田　日本の伝統工芸の素材はいろいろありますが、ぼくがとくに好きなのは和紙と漆なんです。なぜかというと、とても使い勝手がいいから。全国をまわる中でも、和紙と漆の作家さんとはたくさんお会いするようにしています。三好さんの技法でとくにすごいのは螺鈿[※14]（らでん）技法です。貝殻の内側を削り取った部分に、金箔などを貼りこんでいくんですよ。この技法によって、漆にのせたときに色味の違いが出てきて、これがかっこいい。

片山　写真を拝見していると、伝統工芸というより、モダンなプロダクトデザインというようなイメージがあります。

中田　そうですね。ぼくが伝統工芸に惹かれた理由のひとつは、デザインや現代アートとも通じる感覚だからです。

片山　たしかにそうですね。そして、3人目は、染織家の志村[※15]ふくみさん。紫綬褒章を授与されている人間国宝の方です。

中田　いま染色というと、ほとんどが化学染料を使ったものだと思います。でもこの方は、天然の草木が持つ色素だけで染めていく。同じ種類の草ならいつも同じ色になるわけではなくて、当然個体差があり、月の満ち欠けによっても、色の出が違うんだそうです。

片山　ええ、そうなんですか！

※13　三好かがり（みよし・かがり）　漆作家。漆や螺鈿といった日本の伝統的な手法を用いながらも、都市の夜景や音楽など、現代的なモチーフを扱った作品を得意としている。

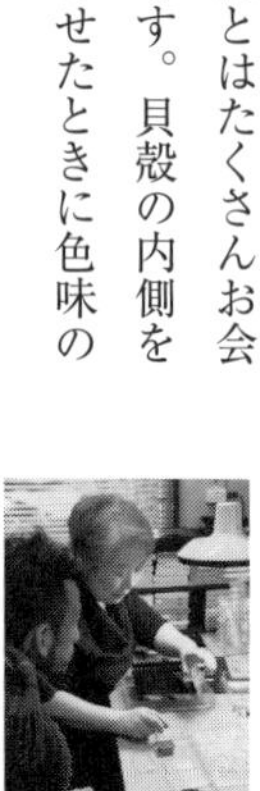

※14　螺鈿技法　漆器などの伝統工芸に用いられる装飾技法のひとつ。漆塗りを施した表面を彫り込み、その模様に合わせて切り出した貝片の内側（真珠層）をはめ込む手法。

※15　志村ふくみ（しむら・ふくみ）　染織家。紬織の重要無形文化財保持者（人間国宝）。草木染めの糸を使用した紬織の作品で知られる。1986年、紫綬褒章を受章。

中田　らしいですよ。ぼくもいままで知らなかったけれど、日本には、日本古来の色っていうのが本当にたくさんあるんですよね。ブルーと水色の中間くらいの色だけ見ても、たくさんの種類がある。さらに志村さんは、名前のないような、こころに訴えかけてくるような色をつくられる方です。いま89歳ですがまだまだ元気に活動されていて、ぼくの生まれて初めての着物も、志村さんにつくっていただきました。

片山　いいですね。そんなに微妙なことで色が変わるのなら、本当に間違いなく一点ものですね。その人にいちばん合った色が見つかりそうです。そして、4人目は陶芸家の新里明士※16さん。この方は、たしかずいぶん若い作家さんでしたよね。

中田　ぼくと同世代ですね。岐阜に住んでいるんですが、若くて、見た目もかっこいいんですよ。先ほどお話しした「CHARITY GALA」の2010年のプロジェクトにも、現代アート作家の宮島達男※17さん、※18藤原ヒロシさんとチームを組んで参加していただきました。宮島さんはずっとLEDを使った作品をつくられていて、「デジタル・カウンター※19」という作品群が非常に有名です。デジタル・カウンターのドットを、新里さんの陶器のドットに重ね合わせるという発想をされて、穴の大きさを少しずつ変えることで、陶器を見る方向によってあるナンバーが見えてくるという、※20ユニークな作品ができあがりました。

片山　いまスライドに出ている「光器」という作品、ドット柄に見えるんですが、どうやってつくっているのか不思議だったんですよ。

中田　器が半乾きの状態のときに、細いドリルで穴を開けてつくります。その、穴の開いた状態の上から、ガラスでできた透明の釉薬をかけて仕上げてあるので、普通の器として使うことができるんですよ。

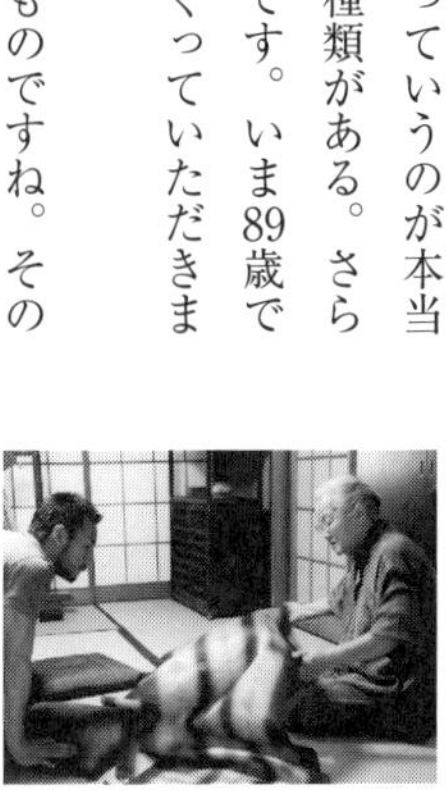

Photo: Junichi Takahashi

※16　新里明士（にいさと・あきお）　陶磁器作家。代表作は、磁器の素地を透かし彫りにし、その箇所に釉薬を充填して焼き上げる「蛍手（ほたるで）」という技術を独自に進化させた「光器」シリーズ。

Photo: Junichi Takahashi

ただ、言うは易しで。ぼくもやってみたんですけど、これがすごく難しい。まず半乾きで柔らかい状態の陶器にきれいに穴を開けるには、すばやく正確に作業しないといけない。うまくやらないと穴が崩れてしまいます。

片山　穴を開けるのも、古い技法なんですか？

中田　いえ、これは彼がオリジナルで開発した技だと思います。

片山　やはり伝統工芸の世界でも、オリジナルの新しい技術がどんどん生まれているんですね。

中田　とくに若い作家の方々は、新しいアイデアとコンセプトを持ってやっているので、面白いものが本当に多いですよ。

片山　ご紹介いただくたびに、どんどん、伝統工芸に対するイメージが変わっていきます。でも単純に知らないだけで、日本のあちこちできっとたくさんすばらしい作品が生まれているんでしょうね。それでは最後、5人目は、木象嵌[※21]（もくぞうがん）作家の戸島甲喜[※22]さん。いまスライドに映っているこの作品（114頁）は、どうやってつくられているんですか？　一見、絵に見えますが、とても立体的な作品ですね。

中田　これもすごいんですよ。木象嵌という技術自体は、1200年前からある伝統工芸の技法だといわれています。箱根の寄木細工などが代表的な木象嵌ですね。これはすごく複雑に見えますが、天然の木の板に、ほかの木のピースをあてこんでいるだけなんですよ。ただ、色の違いを出すためにさまざまな木の素材を使ったり、熱した砂の中にいれて、その焦げの濃淡で陰影を表現したり、ものすごい手間と時間をかけて完成させています。最終的にきれいに削って、一枚の絵として完成させるまで、気の遠

※17　宮島達男（みやじま・たつお）　現代美術家。1988年、ヴェネツィア・ビエンナーレに出品したデジタル数字の作品で国際的に注目を浴びる。発光ダイオード（LED）のデジタル・カウンターを用いた作品群が有名。

※18　藤原ヒロシ（ふじわら・ひろし）　ミュージシャン、DJ、音楽プロデューサー、ファッション・デザイナーなど、多彩な顔を持つクリエイター。80年代にDJとしてキャリアをスタートさせると、90年代には、小泉今日子、藤井フミヤ、UAなどのプロデュースを手がける。近年は、自身の音楽活動の他、アパレルやプロダクトのデザインワークに携わるなど、独自の活動を続けている。

くなるような作業の積み重ねですね。

片山　ひとつの作品をつくるのに、どのくらいかかるんですか？

中田　数年はかかっているはずです。以前工房でお話を伺ったときは、6、7年と聞きました。

片山　それだけ手が込んでいるということですね。

中田　戸島さんはもう50年もそうやって木象嵌をつくり続けているんです。伝統工芸の作家さんたちのお話を聞いていて思うのは、ある程度、技術を習得して作品をつくったら終わりということはなくて、基本的にずっと同じ技術を深めていくんですよね。それが、伝統工芸というものの敷居を高くしてしまっている理由のひとつかもしれないけれど、でも美術を勉強している方であれば、こういった伝統工芸の技術も自分の領域に入れていってもらうと、もっともっと面白いことができるのではないかと思います。いま紹介したような作品の中で興味を持ったものがあれば、ぜひ工房を訪ねて、実際に制作体験をしてみてもらいたいですね。

片山　通常は何日か通って、一緒につくるんですか。

中田　基本的には、必ず何かしらの体験をさせてもらうようにしています。本当にあらゆる技術をやらせていただきましたね。逆にいうと、そういう作家さんたちもほかの工芸技術を体験する機会はあまりないので、いろいろな工房をまわったぼくだからこそ見えるものもあると思うんですよ。たとえば、木を燃やしてできる木灰という素材は、いろいろな工芸技術の中で使われています。そういう共通点が、じつは日本の原点にも通じるのではないかと考えたりすると、非常に面白いですね。

片山　「CHARITY GALA」に参加したときに、改めて自分が知らない日本の美の技術が多いことに気

※19「デジタル・カウンター」
「宮島達男 Counter Void 2003年 テレビ朝日所蔵作品」

※20 ユニークな作品

Photo: Junichi Takahashi

※21 木象嵌 天然木材の色を活かして絵画や図柄を表現する木画技術。糸鋸でさまざまな形に切り抜き、そのパーツを地板にはめ込んでいく。

づかされました。身近なところに、じつはすばらしいものがまだまだ残っている。そしてそれは、知らないままでいるのがもったいない、日本の大きな宝物なんですよね。

中田　アートの世界に詳しいわけではありませんが、いろいろな方と話をしていると、いまは世界的にさまざまな内容が均一化しやすくなっているようですね。全体的なセンスが上がったからかもしれないけれど、どこに行ってもある程度のレベルの、同じようなデザインが出てきやすい。そういうときにどこで差を出していくかというと、やはり自分のルーツというのがとても大きなエネルギーになるのではないかと思います。

片山　確かにそうですね。

中田　日本の工芸技術はただでさえ独特で、海外の多くの人から認められているものですよね。サッカーがヨーロッパや南米で生活に根づいているように、日本の美意識もまた、日本文化の中に息づいているモノだと思います。そういうことをきちんと勉強して海外に出ていけば、均一化している中でもう一歩前に出ていける可能性っていうのがたくさんあると思う。とくにみなさんのように美術を学んでいる方は、学生のうちに、日本がもともと持っている技術をうまく自分に組み込んでやっていくと、先々で本当に強い味方になってくれるんじゃないかな。

※22　戸島甲喜（とじま・こうき）　木像嵌作家。イタリア人教師より木象嵌・工芸彫刻を学ぶ。その後、イタリアに滞在し、古典家具の修理・修復に携わる。帰国後、作家活動を開始。１９９６年には、千葉県指定伝統的工芸品の認定を受ける。

短いスパンで自分の10割を出し尽くす

片山　すばらしいお話をありがとうございました。ここで、学生のみなさんからの質問を受け付けたいと思います。質問したい人は挙手してください。ええと、……では、はい、手前の彼女、どうぞ。

学生A　よろしくお願いします。１００カ国以上の世界中を旅されて、本当にいろいろな出会いや経験があったと思うのですが、その中でも、いちばん感動したことを教えてほしいです。

中田　そうですね、ぼくは基本的に人間が好きなので、旅の目的はその土地に行くことではなく、人に会うことです。それは世界でも日本国内でも同じで、いまだとたとえば工芸家の方、農家の方、また神社仏閣に行ったらそこの宮司さんや和尚さんに話を聞く。そういったふれあいの中でアイデアをもらったり、感動したりすることが多いですね。もちろん、大自然を目のあたりにして衝撃を受けることもたくさんあります。そういう、自然からのインパクトのほうが、一瞬の感動は強いこともありますが、最終的にこころに残っているのは、やはり人と人とのふれあいですが……。

学生A　ありがとうございました、すごく感動しました。

片山　では次は、そこの彼、行きましょう。

学生B　ものすごくいろいろなことにチャレンジされていますが、すごく疲れることもあると思うんです。疲れていたり、だるかったりするときでもがんばるためのモチベーションは、どこから来るのでしょうか？「モテたい」とかでしょうか？

片山　面白い質問ですね（笑）。

中田　まあ、そういうことも多々ありますよ（笑）。ぼくは洋服が好きなんですけど、それも自分がどう見られるかに対してストイックでありたいからだし、当然その中には「カッコつけたい」とか「モテたい」とかいう気持ちも含まれています。ただどんなことをするにしても、基本的には、自分が楽しいかどうか、それしかないです。自発的に選ぶことだからこそ、ほかのことよりもより努力をするし、ツライことでも耐えることができる。いまも日本全国を旅しているというと「旅はラクでいいな～」という印象を持たれる方が多いようです。でもたとえば神社仏閣に行くとき、あまり人がいない状況で行きたいので、だいたい日の出と同時に行くようにしています。夏だったら4時起き、冬でも5時起きコースになる。これ、やりたいことでなかったらぼくはイヤです（笑）。もしモチベーションを持ち続けたいのだったら、やりたいことをするっていうのが、いちばん大事だと思いますね。まあ、楽しむためには努力しないと駄目ですが。

片山　はい、ではそこの、「welcome」っていうシャツを着ている彼、どうぞ。

学生C　ええと、よろしくお願いします。ぼくは学校がそんなに好きではないんですが、中田さんがもし18歳のときにベルマーレに入団せず、大学に進学していたら、いまどんなことをしていたと思いますか？

中田　そうですね、ぼくもいわゆる「学校に行く」ということが、そんなに大好きではなかったんですよ。でもこれも先ほどの質問の回答と同じで、やりたいことがあるからそこに行くわけです。サッカー選手じゃなかったら、たぶんそのときにやりたいことのために、どこかの大学に入って、それに関連し

た仕事をしていたかもしれませんね。やはりモテたいとかカッコつけたいとかはすごく重要なモチベーションなので（笑）、そのあたりも含めて、自分の納得のいく道を選んだと思います。そのスタンスは昔もいまも変わっていませんね。

学生C　ありがとうございました。

片山　では次の質問に行きましょう。

学生D　いままでの人生の中で、たくさんいろんな人に会ったと思うんですけど、自分にいちばん影響を与えた方を教えてください。

中田　いないです（笑）。

片山　即答ですね。

中田　ええとですね、サッカーをやっていたときから、憧れの選手とか、目指す選手っていなかったんですよ。というのは、どんな人でも、それぞれ得意なところと苦手なところがあると思うんです。たとえ世界一上手いと思われている選手でも、ある部分はほかの選手より劣っているところがぜったいある。となると、いろんな人のいいところをそれぞれ盗んでいくほうが合理的な考え方だと思うんです。だから特定の誰かを真似たり、強く影響を受けたということは、ないと思います。逆にいえばいままで出会った人たち全員から、いろいろな影響を受けているんじゃないかな。

学生D　何かを考えたり、決断するときに、誰かの影響を感じることもないですか？

中田　もう自分でとことん考えて、すべて自分の責任の上で決めます。

学生D　わかりました。ありがとうございます。

片山　では、名残惜しいけどそろそろ時間です。次で最後にしましょう。

学生E　すばらしいお話をありがとうございました。中田さんは次々に自分でテーマを見つけて勉強されている気がします。なぜそんなに勉強熱心なんですか。

中田　何のために勉強するかというと、実際の生活で使いたいからです。ただの知識だけで済ますのではなく、身につけたい。たとえばきょうの朝は、「礼法」というものに行ってきました。

片山　礼法ってみんなわかるかな。

中田　要は、日常でのふるまいの作法ですね。立ち方、座り方。食事の仕方。お辞儀の仕方。何でそれを勉強したいかと思ったかというと、やっぱり最終的には、さきほど言ったように、カッコつけたいからです（笑）。作法というのは、相手へのマナーでもあるけれど、なにより、いちばん合理的で美しいふるまいなんですよ。

片山　ああ、なるほど。それはそうですね。

中田　それを選択するかどうかは場にもよるし自由だけれど、知っていて選択するのと知らないのとではまったく違います。そう考えていくと知らないことだらけで、勉強したいことはまだまだたくさんありますね。

学生E　ありがとうございました。中田さんの好奇心とか能力はほんとにすごいと思います。

中田　ありがとうございます（笑）！

片山　では最後に恒例の質問をぼくからお尋ねしたいのですが、中田さんご自身は10年後にどんなことをされていると思いますか？　45歳の中田英寿のビジョンを教えてください。

中田　ぼく、ほんとに1年先のことも考えないんですよ（笑）。ただ、サッカーを辞めて今年で6年。これからやってみたいことはいろいろありますけど、いまの時点では、サッカーをやっていたこと以上のステップにはまだ踏み出せていないと思っています。サッカーをやっていたときも、本当に自分が満足できるところに行けたわけではないんです。だから、次にチャレンジすることは、それを超えられるようにがんばりたい。自分のやりたいことの中から、世界一を狙えるようなことをやれたら、そのときに壁をひとつ、超えられるような気がしています。それは10年先かもしれないし、5年先かもしれないし、20年、30年かかるかもしれません。でもぼくは、きょう、あす、という短い単位で10割の力を出し尽くしながら、その積み重ねを大切にやっていくんだと思います。ぼくがいま日本全国をまわって、それが何になるかって何にもならないかもしれない。ただ単に自分の知識が増えて、何かウンチクをよくしゃべるだけの奴になるのかもしれないけど、それでもぼくは、ひとつひとつのアクションの積み重ねが、大きな力になることを信じたい。そしてその原動力は、やはり「自分がやりたい、楽しみたい」と思う気持ちでしかないんです。誰かのためにやっているわけでも、誰かにお願いされているわけでもありませんから、きっとこのまま、進んでいくのだと思います。

片山　このinstigatorというイベントを企画したとき、なぜ中田さんに来ていただきたいと考えたかというと、29歳でサッカー選手を引退されたあとも、次々に予想を超えるような濃い活動をされていて、ますます目が離せないというか、刺激をいただいているからです。きょうのお話もやはり非常に刺激的でした。

中田　ぼくとしても、片山さんとの出会いがあったからきょうここにいて、みなさんとの出会いがあった。これがまた、何かしらにつながっていくんだと思います。またの機会があったら、ぜひ呼んでください。

片山　ほんとですか！　ぜひお願いします。きょうはどうもありがとうございました。

中田英寿先輩が教えてくれた、「好きなこと」を「仕事」にするためのヒント！

- □年齢や立場が上だからという理由だけで言うことを聞くのが好きじゃない。自分が納得したうえでやるのが好きなんです。

- □ぼくは生活をするためにサッカーをやっているわけではなく、ぼくの人生のためにやっている。

- □情報が簡単に手に入る時代だからこそ、実際に自分で動いて体験する生の情報が重要になる。

- □モチベーションを持ち続けるには、やりたいことをするのがいちばん大事。その分、努力が必要ですが。

- □モテたいとか、カッコつけたいとか、自分にとってはすごく重要なモチベーションです（笑）。

- □特定の誰かを真似たり、強く影響を受けたということはありません。逆にいえば、いままで出会った人たち全員から、少しずつ影響を受けています。

Music for **instigator** #002

Selected by Shinichi Osawa

NO.	TITLE	ARTIST
1	Perth (The Polish Ambassador Remix)	Bon Iver
2	Circular Breathing	Wim Mertens
3	Swinging Party	Kindness
4	Welcome To The World Of Plastic Beach	Gorillaz
5	I Will Do Things	Marc Rapson
6	I Wanna Be Your Dog	Iggy Pop
7	I Feel Just Like A Child	Devendra Banhart
8	Waterfall	Linus Loves
9	The April Fools	Earl Klugh
10	Nantes	Beirut
11	King	UB40
12	I Just Wasn't Made For These Times	The Beach Boys
13	Origins	Tennis
14	Cet Enfant Que Je T'avais Fait	Brigitte Fontaine & Jacques Higelin
15	Close Cover	Wim Mertens
16	On My Own	Seeker Lover Keeper
17	What The World Needs Now	Christopher Scott

※上記トラックリストはinstigator official site(http://instigator.jp)でお楽しみいただけます。

Relation

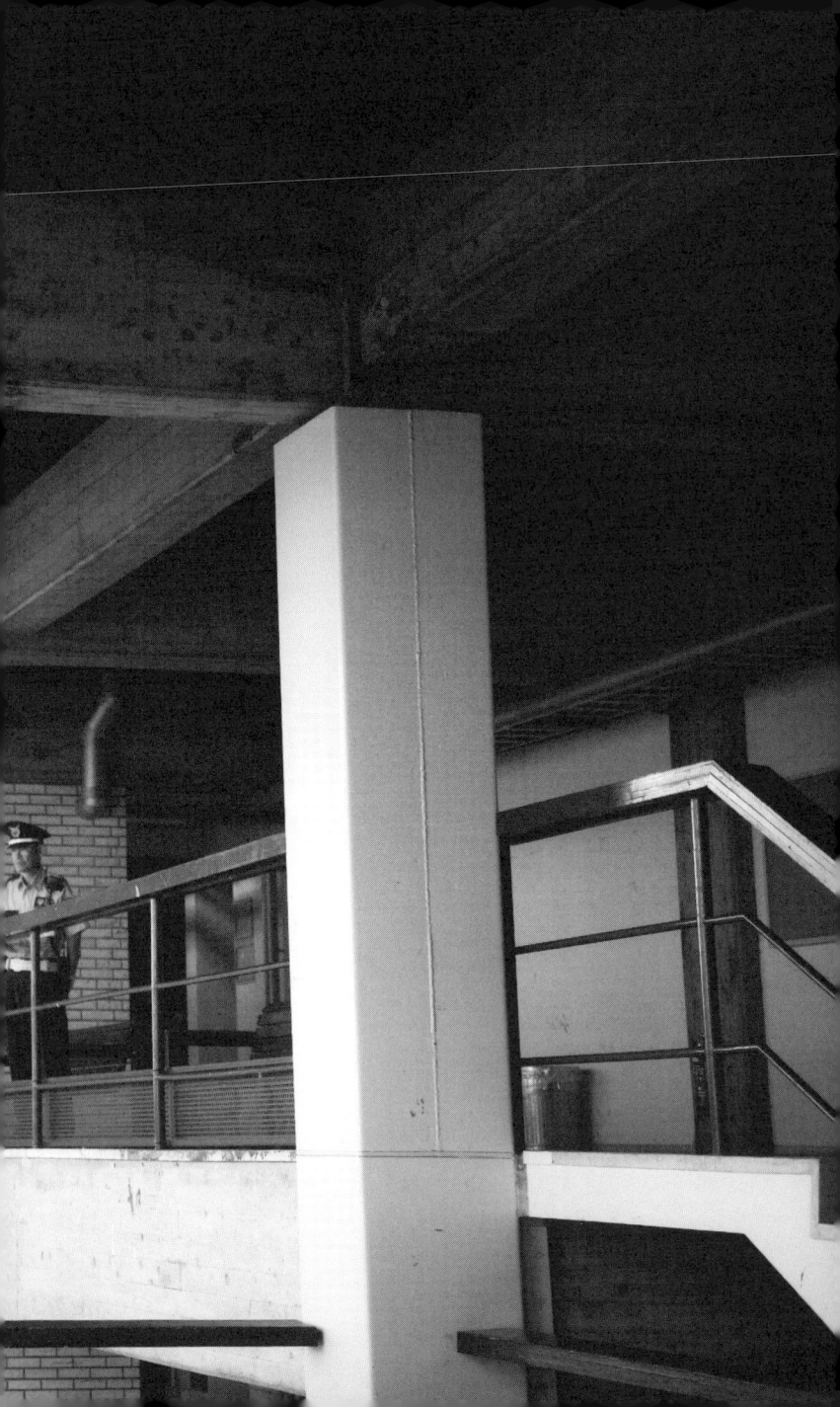

第11講義室
7/401

いいとも!
NIGO®
H.M.

#003

NIGO®

クリエイティブ・ディレクター

1993年に自ら立ち上げた「A BATHING APE®」のクリエイションからは離れ、現在はフリーランスのクリエイティブ・ディレクターとして活動中。ハイエンドなストリートファッションの先駆者として世界中からリスペクトを集める。自身のブランド、「HUMAN MADE」のディレクションのほか、カレーショップ「CURRY UP®」、ヒップホップグループ「TERIYAKI BOYZ®」のプロデューサーも務めている。

完全に自分のためにつくっていますね。
自分が好きなときに行けるカフェ、
思いついたときに行ける美容室。
そんなふうにまずは自分ありきでものをつくっています。

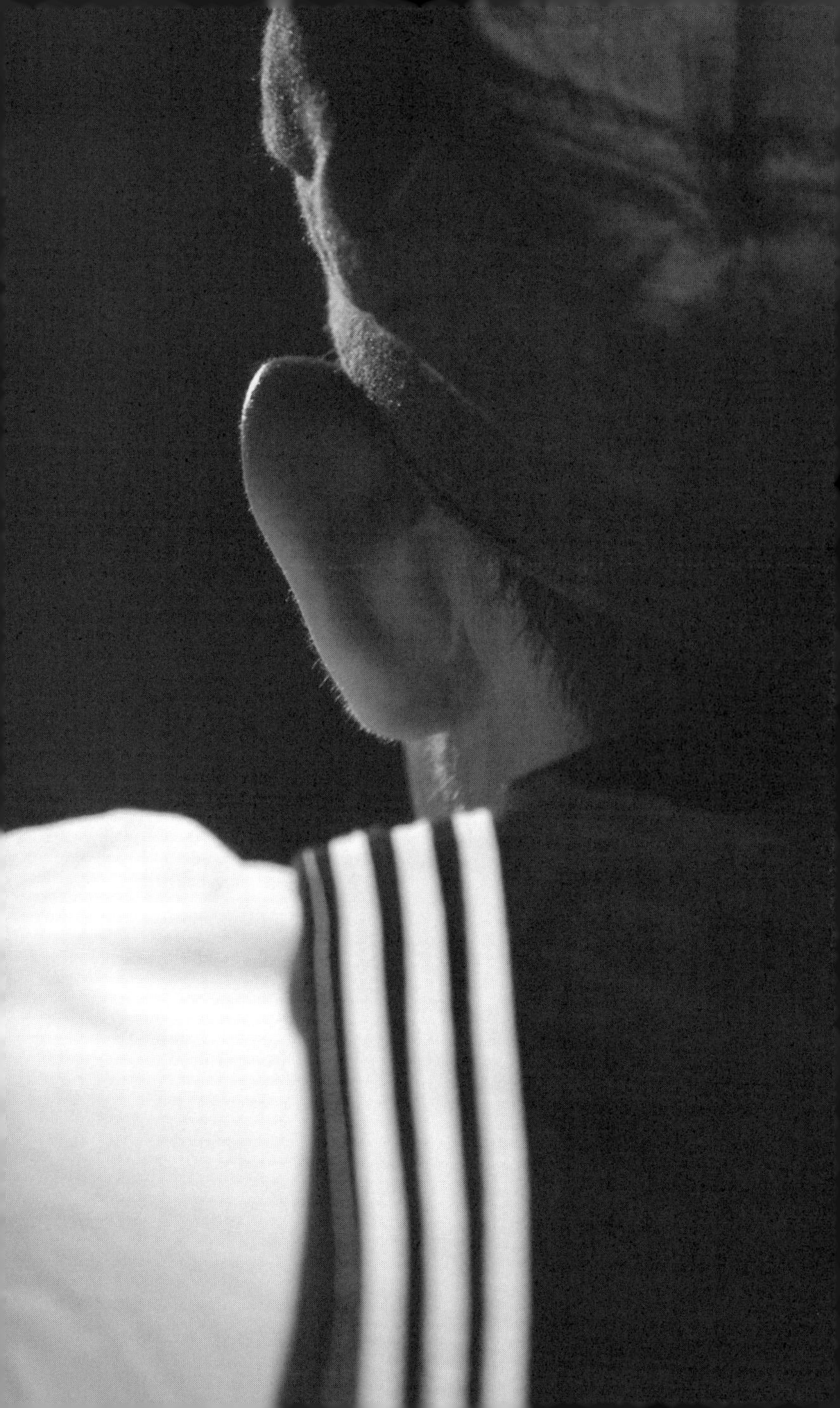

昼食代を貯めて東京に通った10代のころ

片山　きょうのゲストは、ぼくが15年くらいのお付き合いをさせていただいている、NIGO®さんです。[※1]「A BATHING APE IN LUKEWARM WATER」（「A BATHING APE®」「BAPE®」）、[※2]「HUMAN MADE」などのブランドデザイナーでありディレクター。また、ヒップホップグループ[※3]「TERIYAKI BOYZ®」のプロデューサー兼DJ。ほかにも多岐にわたって活動をされている〝クリエイティブメーカー〟です。よろしくお願いします。

NIGO®　よろしくお願いします。

片山　初めて会ったのはNIGO®さんが26歳、ぼくが31歳のときでしたね。[※4]裏原ムーブメントの前夜。あれから15年、あっという間でした。ここにいるみなさんは20歳前後でしょう。15年なんて長い年月だと思っているかもしれないけど、意外と早いからね、気をつけて（笑）。

NIGO®　ほんと早いですね。片山さんにはお世話になりっぱなしです。

片山　いやいやそれはこちらのセリフですよ。さて、そんな長い付き合いではありますが、きょうは改めて、日本のカルチャーシーンを語る上で欠かすことのできないNIGO®さんの軌跡をたどっていきたいと思っております。まず子ども時代のエピソードからお話しいただけますか。群馬県の、前橋市ご出身でしたよね。

NIGO®　はい。まあ、いたって普通の子でしたね。特別にいい子でも不良でもないけど、親の言う

※１「A BATHING APE IN LUKEWARM WATER」アパレルブランド「A BATHING APE®」の正式名称。１９９３年、NIGO®によって設立されると、瞬く間に〝裏原ブーム〟を代表するブランドに成長。猿の顔を迷彩柄（カモフラージュ）に組み入れた〝エイプカモ〟がトレードマーク。

※２「HUMAN MADE」NIGO®がデザイナーを務めるアパレルブランド。２０１０年秋冬シーズンよりスタート。

※3「TERIYAKI BOYZ®」 MCのILMARI、RYO-Z、VERBAL、WISE、DJのNIGO®、

ことはわりとよく聞いていたかな。あとは釣りが好きでした。父親が釣り好きで、夏場は午前中だけ働いて、午後は鮎釣りに行くような人だったんですよ。よく一緒に連れていってもらってました。

片山　きょうはレアな写真もたくさん持ってきていただいたので、お話を聞きながらスライドに映していきます。いま映っているのが、釣りにいそしむＮＩＧＯ®[※5]少年です。けっこう大きな魚を釣っていますね。この釣り好きだったＮＩＧＯ®少年がファッションに目覚めたのは、いつごろですか？　なにか特別なきっかけがあったんでしょうか。

ＮＩＧＯ®　きっかけというかちょっと遡ると、中学生のときに好きだった女の子が、チェッカーズ[※6]のファンだったんです。それで中1の夏休み初日、1984年の7月21日に近所のレコード屋さんでアルバムを買って、いいなあと思って、それからチェッカーズの記事が載っている雑誌をよく見るようになりました。その中でも『オリーブ』[※7]という雑誌が面白くて、それからですね。

片山　84年というと、ここにいる学生のみんなはまだ生まれてないでしょうけど、ぼくらの世代、藤井フミヤさん率いるチェッカーズはものすごい人気でした。『オリーブ』というのは、〝オリーブ少女〟という言葉ができるほどの独特の世界観があった伝説的な女性誌です。最先端のファッションとか、当時はまだそこまで注目されていなかったサブカルチャーや、海外ネタとか、独特の面白い記事がたくさんあって男性読者も多かったんですよ。ＮＩＧＯ®さんは『オリーブ』の、どういう記事にハマりました？

ＮＩＧＯ®　ファッションでいうと、最初はやはりチェッカーズ特集号です。そこに載っていた「45rpm」[※8]のチェッカーズセブンというTシャツがほしくて、親に頼み込んで渋谷のパルコパート3まで買いに行ったんですよ。高崎線の快速アーバンに乗って、片道1時間半かけて。おしゃれみたいなものにはも

4ＭＣ＋1ＤＪで構成されるヒップホップグループ。カニエ・ウェスト、ザ・ネプチューンズなど、ビッグネームがプロデューサーに名を連ねる。

※4　裏原ムーブメント　90年代、原宿の裏側（神宮前から千駄ヶ谷あたり）のエリアに個性ある若いデザイナーがこぞってショップをオープンさせると、ストリートファッション系の若者たちを中心に人気が爆発。開店前からレアアイテムを求める長蛇の列が社会現象となった。

※5　ＮＩＧＯ®少年

※6　チェッカーズ　1980年代から90年代にかけて活動した男性7人によるロックバンド。その人気は一世を風靡し、若者のファッションにも多大な影

ともと興味があったので、それからすぐに服にハマりました。

片山　いいなあ、そのころぼくは岡山にいたので、東京なんて妄想するしかなかったです。ただ、チェッカーズがプライベートでも愛用していた「45rpm」は岡山にも出店していたので、しっかりバイト代をつぎこんでいました。リアルタイムで東京に通われていたなら、さぞや、いろいろなお店をチェックできたでしょうね。

NIGO®　そうですね、すっかり『オリーブ』にハマって、その後、メンズ版にあたる『ポパイ』[※9]も読むようになって、載っている場所やモノは何でもかんでもチェックしました。中学生のときは親と一緒に、高校生になるとひとりで、ほとんど毎週通うようになりましたね。

片山　高校生のときは、お金はどうしていたんですか。交通費もけっこうかかるでしょう。バイトしていたとか？

NIGO®　いや、親から渡される昼食代の1000円を、毎日使わずに貯めていました（笑）。昼飯は食べないし、ジュースも飲まなかったですね。こづかいはすべて、東京に行くための資金になりました。

片山　NIGO®さんにもそんな時代があったんですねえ。東京のどのあたりをまわっていたんですか？渋谷とか？

NIGO®　はい、ほとんどコースは決まっていました。まず渋谷へ行って、原宿まで歩いて、そのあと、ちょっと自由が丘に行ったりして。最後は、帰りの電車を御徒町で降りてアメ横まで歩いて、上野から快速アーバンです。

片山　なんだか微笑ましいお話ですね。じゃあ、チェッカーズをきっかけにして『オリーブ』や『ポパ

響を与えた。リードボーカルは藤井郁弥（フミヤ）。

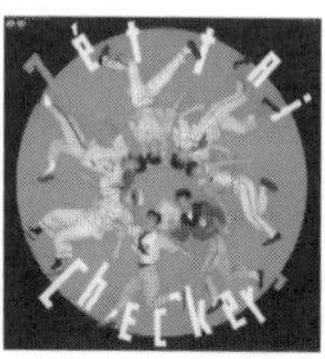

※7『オリーブ』1982年にマガジンハウスから創刊された女性ファッション誌。新しいタイプの〝都会的少女文化〟を提示するサブカルチャー雑誌として人気を博す。現在は休刊中。

イ』に出会い、そこからファッションと、カルチャーにも興味を持っていったと。ヒップホップ音楽に出会うのはまだ先ですか?

NIGO® 音楽もルーツをたどればそのころです。チェッカーズがオールディーズに影響を受けたというインタビューを読んで、また地元のレコード屋さんに行って、オールディーズコーナーを見ていた。そのときに何もわからずに、ただジャケットがかっこいいと思って買ったのがバディ・ホリー[※10]の「Showcase」[※11]でした。きょう持ってきたんですよ。えっと、これなんですけど。

片山 おお、すごい。もの持ちが良いんですね。

NIGO® 一応、東京に出てくるときに実家から持ってきました。これをずっと部屋に飾っていましたね。

片山 いまは音楽というと、ただのデータなのかもしれないけど、レコードには音源以外にもいろんな情報が詰まっているんですよね。ジャケットデザインもその大きな要素のひとつで、ジャケ買いで出会うモノもある。油断すると曲がっちゃったり傷がついちゃったりするから気をつかったものです。

NIGO® そうそう、レコードは危険でした。でもそうしてバディ・ホリーをジャケ買いしたおかげで、チェッカーズ以外の音楽にもどんどん興味を持つようになったんです。古今東西のいろんな音楽を聴きましたね。それに並行して、『宝島』[※12]という雑誌も読むようになっていて、こちらがまた、ものすごい影響を受けました。

片山 『宝島』もサブカルチャーや海外の情報が満載の、ぼくらのバイブルでしたよねえ。

NIGO® とくに高木完[※13]ちゃんと藤原ヒロシ[※14]くんのユニット、タイニー・パンクス[※15]が連載していたコ

※8 チェッカーズ特集号

※9 『ポパイ』 1976年、マガジンハウスから創刊された男性ファッション誌。創刊当時は、主にアメリカ西海岸の現代的ライフスタイルを紹介。若者カルチャーをリードし、ひとつの時代をつくり上げる大きな役割を担った。

※10 バディ・ホリー 1936年アメリカ生まれ。ミュージシャン。ロックンロール創成期に活躍し、ビートルズをはじめとした数多くのロックミュージシャンに影響を与えた伝説のロックンローラー。1986

H.M.

ラムは欠かさずチェックして。

片山　「LAST Orgy」ね。タイニー・パンクスのおふたりがどんどん、レアな情報を発信するコラムで、ぼくも夢中で読んでました。

NIGO®　その影響はほんと、もうめちゃくちゃ大きくて、好きな音楽もヒップホップやテクノに移行していきます。ＹＭＯ[※16]とPLASTICS[※17]にけっこうハマって。17歳くらいのころに、フェイクの毛皮を着てPLASTICSのライブに行きましたね。そこで飲んでるのは午後の紅茶とかなんですけど（笑）。

片山　そのころにはもう、高校卒業したら東京に住もうと思ってました？

NIGO®　もう行きたくて住みたくて仕方なかった。親は大学に行かせたかったみたいですけど、ぼくはぜんぜんその気はなくて、ただ東京に行きたかった。

片山　じゃあ、進路に関しては反対もあった？

NIGO®　まあ、毛皮とか着てどんどん変な格好になっていくし、家族からもなんか、触れないほうがいいような変わりモノ扱いをされるようになっていき（笑）、最終的には「もうどうしょうもなさそうだから好きなようにさせちゃえば」みたいな感じで、高校卒業後、東京に行けることになりました。

片山　そんな（笑）。でも、その時の判断がＮＩＧＯ®さんにとってものすごく大きな転機をもたらすわけですよね。しかも、たった数年のうちに。

年に「ロックの殿堂」入り。

※11「Showcase」

※12『宝島』　1973年、晶文社より創刊。その後、宝島社より復刊。70年代はサブカルチャー雑誌としての位置付けであったが、80年代に入ると、パンク、ニューウェーブなど、ファッションや音楽の特集を頻繁に組むようになる。

※13　高木完（たかぎ・かん）　1961年生まれ。日本のヒップホップ黎明期より活動を続けるヒップホップミュージシャン、DJ、プロデューサー。クラブミュージックレーベルを設立し、多くのヒップホッパーを世に送り出している。

在学中にストリートカルチャーの中心へ

片山　そして上京してファッションの専門学校、文化服装学院[※18]（以下、文化）に進学されるのですが、ファッション科ではなくエディター科に入られているのが、NIGO®さんらしくて面白いなあと思いました。自分が洋服をデザインするよりも、ファッションを取り巻くいろいろなことをやりたかったということですよね？

NIGO®　当時、服をつくることにはまったく興味がなかったですね。ただ親を安心させるためにとりあえず学校に行っておこうということで、文化を選んだのもなんとなくでした。エディター科に入ったのもそれほどきちんと考えていたわけではなくて、当初は、タイニー・パンクスの完ちゃんとかヒロシくんみたいに雑誌にコラムを書いたり、カッコいいものを着て情報を提供したり、そういうことができたらいいなって思っていました。

片山　学校はちゃんと行っていたんですか？

NIGO®　いえ、行ってませんでした（笑）。こうして大学生のみなさんの前で話しているけれど、ぼくは学生としてはぜんぜんいい見本ではないですね。学校に行かないし友だちもいないし、学生としてはかなりダメでした（笑）。でも文化に入っていなければぜったいできなかった人脈っていうのもあって、まず入学してすぐにジョニオくんと知り合ったんです。「UNDERCOVER」デザイナーの高橋盾[※19]くん。ひとつ上の先輩だったんですけど、ジョニオくんから声をかけてきてくれて、地元が一緒だっていうこ

※14　藤原ヒロシ（ふじわら・ひろし）　1964年生まれ。ミュージシャン、DJ、音楽プロデューサー、ファッション・デザイナーなど、多彩な顔を持つクリエイター。80年代にDJとしてキャリアをスタートさせると、90年代には、小泉今日子、藤井フミヤ、UAなどのプロデュースを手がける。近年は、自身の音楽活動の他、アパレルやプロダクトのデザインワークに携わるなど、独自の活動を続けている。

※15　タイニー・パンクス　1986年に結成された高木完と藤原ヒロシによるヒップホップ・ユニット。日本のヒップホップのパイオニアとして知られる。

※16　YMO（イエロー・マジック・オーケストラ）　1978年、細野晴臣、高橋幸宏、坂本龍一の三人によって結成された音楽グループ。シンセサイザーとコンピュータを駆使した

とですぐに仲良くなったんですよ。

片山　おふたりとも群馬県出身なんですよね。

NIGO®　彼はほんと奇抜でした。毎日のように髪の毛の色が変わっていたし、文化でも有名人でした。それ以上に学外でもいろいろな人脈があったので、いろんな人を紹介してもらったんですよ。

片山　いまでは日本のストリートファッションを代表するようなおふたりですけど、当時は普通に学校で知り合った学生同士だったんですよね。そして学生の頃からファッション業界に出入りしていたんですよね？

NIGO®　そうですね、DJのカルチャーがアンダーグラウンドで流行りはじめたころでしたから、ジョニオくんに連れられて、西麻布にあったクラブ「P.PICASSO」でやっていた大貫憲章[※20]さんの「LONDON NITE」っていうイベントに毎週遊びに行ったり。まあ、何をしていたかというと、要はほぼ毎日どこかのクラブに出かけては朝まで飲んでいました。学校なんか行けるわけがない、と思うんですけど、それでもちゃんと行っていたのがジョニオくんなんですよね（笑）。

片山　彼がすごくマジメに授業に出ていたという話は聞いたことがあります。朝まで遊んでいて学校にも行っているのだとしたら、すごいですね。

NIGO®　彼は服装科だったので、課題もかなりあったんじゃないかな。

片山　でもNIGO®さんもアルバイトはしていたんですよね？　伝説のカレー屋さんで。

NIGO®　はい。原宿の「GHEE（ギー）」でバイトしてました。

片山　ぼく、独立したばかりのころ、「GHEE」の裏に事務所があったんです。

斬新な音楽で、1980年代に巻き起こったテクノムーブメントの中心的バンドとして、国際的に評価されている。

※17　PLASTICS　1976年に結成された日本の伝説的テクノポップバンド。1979年にUKデビューを果たすと、解散までのわずか2年の間に数々のヒット曲を生み出し、テクノポップブームを牽引した。

※18　文化服装学院　ファッション（服飾・デザイン）専門学校。ファッションデザイナー、スタイリストなど、多くの服飾関係者を輩出している。卒業生に、高田賢三、山本耀司、コシノジュンコなど。

※19　高橋盾（たかはし・じゅん）　1969年生まれ。ファッションデザイナー。愛称はジョニオ。文化服装学院在学中から友人と共に「UNDERCO

NIGO®　あ、そうなんですか？　じゃあ、近くで会っていたかもしれないですね。

片山　ですね。このカレー屋さんがなぜ伝説かというと、もちろん美味しいっていうのもあるんだけど、タレントさんとかモデルさんとか文化人とかが集まる、カルチャーの中心地みたいな場所だったんですよね。アルバイトの店員さんたちも、華やかでした。

NIGO®　日雇いっていうか、その日のうちにギャラがもらえるシステムだったんですよ。ランチタイムが2000円。ディナーが3000円、みたいに。シフトの自由がきくから、俳優さんとかモデルさんとかもバイトしていました。仕事が終わったあと「GHEE」に集まって、そのままみんなでクラブに行ったりして。ほんと、夜な夜な遊んでいましたね。

片山　ほかにも、在学中からお仕事を始められていたんですよね？

NIGO®　ええ、遊びの中からコネクションがかなり広がって、その関係でいろいろやらせてもらってました。とっかかりが『ポパイ』のモデルもどき（笑）。そのあと、20歳くらいのときに、巻頭ファッションページのスタイリングをいきなり任されたんです。当時の担当していたスタイリストさんに「ぼくもう辞めたいから、キミやって」って言われて、わけもわからず、下積みもなくいきなりスタイリストになってしまったんです。

片山　中山秀征[※21]さんのスタイリストもしていたんですよね。

NIGO®　はい。「ミルク」っていうブランドをされている、大川ひとみ[※22]さん。それこそチェッカーズの衣装を担当したり、藤原ヒロシくんを発掘したり、もう神様みたいな影響力のあるデザイナーなんですけど。

VER」を立ち上げ、1993年、NIGO®と共に「NOWHERE」をオープン。近年では、NIKEとのランニングウェア「GYAKUSOU」、ユニクロとのコラボレーションライン「UU（ユニクロ×アンダーカバー）」を発表。

※20　大貫憲章（おおぬき・けんしょう）1951年生まれ。音楽評論家。ディスクジョッキー。ロック中心に執筆活動を行い、パンクロック、UKロックに造詣が深い。1980年より続くパンク中心のDJイベント「LONDON NITE」を主催。当イベントには、雑誌編集者やファッション関係者などが数多く詰めかけた。

※21　中山秀征（なかやま・ひでゆき）1967年生まれ。タレント、司会者、俳優。

片山　日本のヴィヴィアン・ウエストウッド※23っていうところでしょうか。

NIGO®　そうですね。ジョニオくんとぼくは、そのひとみさんに可愛がってもらっていたんです。もともとは、ひとみさんが中山さんのスタイリストをやっていたんですよ。でも、中山さんは当時週に8本のレギュラー番組を抱えていて、ひとみさんも時間的にいっぱいいっぱいな感じになっていたんです。それで「ちょっとやってみなさいよ」ってたまたま居合わせたぼくが話をふられて、その次の日からもう、やってました。

片山　そういうの、ビビったりしないんですか？

NIGO®　もう何でもやりたいっていう感じだったので。ひたすら前向きな感じで、すごくうれしかったです。

片山　でも独学なんですよね。スタイリングの概念とかそういうのって、感覚的にやってたんですか？　これとこれ、みたいに。

NIGO®　そうですね。フィーリングで。

片山　それが仕事になっちゃうんだから、やっぱりすごい！　週8本のレギュラー出演をしている中山さんのスタイリストなら、アルバイトというより、本格的なビジネスになっていたのでは？

NIGO®　はい、けっこういいお金をいただいていて、じゅうぶん、生活できていました。ひとみさんの影響はほんと、すごく大きいです。そのあと、『宝島』で連載を始めるんですけど、それもジョニオくんと一緒にひとみさんの家にいるとき、「雑誌で何かやりたいなー」って言ったら、ひとみさんが当時の編集長にその場で電話して、「ちょっと面白い若者がふたりいるから、何かやらせてくれない？」っ

※22　大川ひとみ（おおかわ・ひとみ）　1947年生まれ。ファッションデザイナー。1970年、原宿セントラルアパートで「MILK」をスタート。少女と大人が混在するガーリーでロマンチックなデザインで一世を風靡する。

※23　ヴィヴィアン・ウエストウッド　1941年イギリス生まれ。ファッションデザイナー。自身の名前を冠したファッションブランドは、反逆性とエレガンスを兼ね揃えたアヴァンギャルドなデザインが特徴的。

て頼んでくれて、すぐに決まったんですよ。これが21歳のときでした。

片山　それで、東京に来る前に、読者として憧れていたコーナー「LAST Orgy」を襲名して、ジョニオくんと「LAST Orgy2」をはじめるんですよね。イチ読者だったころから3年くらいのスパンで後継者になっちゃったってことですよね。

NIGO®　自分でも、まさかの、「え、いいんですか？」状態でした。まあでも、そもそもＮＩＧＯ®っていう名前の由来が、「藤原ヒロシに似てる」→「藤原ヒロシ2号」→「2号だからＮＩＧＯ®」ですからね。彼のアシスタントをやっていたってこともあるんですけど。

片山　たしかに、似ていますよね。ぼくまだ藤原ヒロシさんの前だと緊張するので、たまにドキッとするときありますよ（笑）。

NIGO®　歳を取るごとに、より似てきてるなって自分でも思います（笑）。そういう感じでぼくら、憧れていたシーンのど真ん中にいきなりポンッて入ってしまったんですよね。「面白い若造がいる」っていうことでいろいろ取り上げてもらって、ぼくの場合はさらに本人公認の「藤原ヒロシ２号」ですから、けっこうインパクト強かったと思うんですよ。ＨＦアカデミーは上下関係みたいなものはぜんぜんなくて、タメグチでも呼び捨てでもいいよっていう世界なんです。だから、最初は「さん」だったのにいつのまにか「くん」になっていったりしました、すごくお世話になっているのに（笑）。

片山　たしかに、「かわいがってやった」みたいな感じはないですよね。先輩後輩ではなく、すごく友だちっぽい。それで、この雑誌の連載をきっかけにして、ついにＮＩＧＯ®さんの最初のお店がオープンします。

NIGO® はい、連載コラムの中で「お店をやっちゃおう！」みたいな企画が出てきて、すでに当時「UNDERCOVER」を立ち上げていたジョニオくんとふたりで「NOWHERE」[※24]をプロデュース出店しました。店の半分がジョニオくん、もう半分がぼくのスペース。

片山　そのときNIGO®さんは何を売っていたんですか？

NIGO® 月に2回くらい海外に買い付けに行ったものを、セレクトショップみたいな感じで売っていました。でも当時のメインの仕事はスタイリストだったので、趣味の域を出ていませんでしたね。店をやってること自体が面白くてかっこいいみたいな。

片山　お店を構えた場所は、やがて「裏原」と言われる一大ムーブメントを起こすエリアですが、当時はまだ、このあたりの原宿のカルチャーみたいなものってぜんぜん形成されていないわけじゃないですか。上の世代のカルチャーはあったかもしれないけど。

NIGO® ほんとに住宅地でしたよね。人もそんなに歩いていなかったし。まあ、実際は、店というよりは、ほとんど仲間の溜まり場ですよ。夕方になるとみんな集まってきて、入口にだらっと座っているので、普通にやってきたお客さんは怖くて入れなかったと思います。かなりガラが悪かった。

片山　でもすごい並んでいましたよね。

NIGO® オープン当初はそうでもなかったんですけど、2周年のときは、１５００人とか並んじゃってましたね。

片山　１５００！　だって、何坪ですか、10坪くらいでしょ？

NIGO® 6坪だったかな。

※24「NOWHERE」

片山　売る商品ないでしょう、そんなに並ばれても。

NIGO®　もうスカスカでした。

片山　いやはや。そんなふうに最初から上り調子なわけですが、半年後の「NOWHERE」改装と同時に、ついにＮＩＧＯ®さんのブランド「A BATHING APE®」（以下、ＢＡＰＥ®）が立ち上がります。服をつくる気がなかったＮＩＧＯ®さんが、デザインを始めた理由を聞かせてもらえますか。

NIGO®　まず、時間的にも体力的にも月2回の買い付けが厳しくなってきていたんです。それに、まわりの店との兼ね合いで値段を考えたりするのもだんだん面倒くさくなってきていた。それでちょっと悩んでたら、ジョニオくんに「もう、自分で服つくっちゃえば？」って言われて。その言葉に背を押された感じですね。

片山　でも服づくりって、いきなりできるんですか？

NIGO®　それで考えたのがカジュアルなものです。きちっとデザイン画を書いてパターン引いて……という本格的な服づくりではなく、ありもののＴシャツのボディに、自分がデザインしたイラストをプリントする。まずはそういう手法で始まりました。

片山　そういう構えのなさというか、勇気というか、軽やかさというか……独特ですよね。ぼく、ずっとＮＩＧＯ®さんとお付き合いさせていただいていますけど、いつも淡々と前に進んでいる印象です。

NIGO®　きっとあまり何も考えてないんですよ。良い意味で、目標もなかったし。もし「東京でファッションを勉強して、自分のブランドをつくってコレクションやってやる！」というような野心を持って

いたとしたら、またぜんぜん違うかたちになっていたでしょうね。

爆発的な裏原ブームと「A BATHING APE®」の躍進

片山　ぼくがＮＩＧＯ®さんと初めてお仕事させていただいたのは、「ＢＡＰＥ®」の誕生から５年後の１９９８年でした。ＮＩＧＯ®さんがぼくの事務所に訪ねて来てくれたんです。いまでもその時の仕事を超えることが目標になっているくらい、ぼくにとっては本当に大きな転機でした。バブル経済崩壊後に独立して、発表できるような仕事もなく悶々としていた時期だった。そんなときにＮＩＧＯ®さんが現れて、「どうぞ」みたいな感じでチャンスをくれたんです。

NIGO®　裏原ブームが97年くらいから起きてきて、ものすごい人が集まるようになり、ぼくらもちょっと嫌気がさしてたところでした。そんなとき、店づくりに関して、今度はちゃんとプロを入れてやっていこうかみたいな話もあって、知り合いに何人かのデザイナーを紹介してもらったんですよね。その中で最後にお会いしたのが片山さんでした。で、事務所に入ったとたんに、「あ、この人で決まり」って思ったのをよく覚えています。

片山　当時は参宮橋の、小さな二階建ての一軒家。天井高２メートルくらいの狭い事務所で。モノがいっぱいあって。

NIGO®　ＣＤが山積みでしたよね。なんかもうその部屋を見て、この人にならたぶんいろいろわかってもらえるかなっていう。ほんとにフィーリングでお願いしちゃったんですけど。

片山　おかげさまで何とかこんなところにいます。そのとき、50坪くらいの、当時のぼくにとってはけっこう広いスペースのインテリアデザインを依頼していただいたんですが、ＮＩＧＯ®さんからの条件はふたつだけでした。「外に並ぶと近所の迷惑になるので、店舗の中に通路をつくってください」っていうのと、「服は、20着くらいかかればそれでいいです」って。

ＮＩＧＯ®　その当時、平日でも毎日50人とか１００人とかのお客さんが、店の外に並んでいたんです。だからそれだけはお願いしておこうと。

片山　もうひとつよく覚えているんですけど、そのあと「これから全国で展開していこうと思うんです」ってボソッと言ったんですよ。ＮＩＧＯ®さん当時27歳で。正直、「え、最初の店がまだ出来てないのに、もう全国展開？」って驚きましたね。ただ、いままでのＤＣブランドの流れとはぜんぜん違う人なんだなっていうことをすごく感じたし、ぼく自身、ここで答えが出せなかったら終わりだなというくらいの気持ちで取り組んだ記憶があります。なのにＮＩＧＯ®さん外国にしょっちゅう行っていて、現場にぜんぜん来てくれない（笑）。

ＮＩＧＯ®　あ、そうでしたっけ？　でも片山さん、模型をつくってくれましたよね、ショップの完成形の。そういうの初めてだったから「お、すごい店ができるぞ！」ってかなり興奮しましたよ。次のレベルに行ったなっていう感覚がありました。

片山　いや、こっちは最後までけっこうドキドキでした（笑）。このあたりから「ＢＡＰＥ®」の躍進はさらに勢いを増し、「NOWHERE」は99年にいわゆる裏原から青山にも進出しますよね。場所は近いけれどぜんぜんカルチャーが違うエリアに。

NOWHERE (BUSY WORK SHOP® HARAJUKU)
photo : Kozo Takayama

NIGO®　「裏原」がすごいブームになっちゃって、「これはもう危ないよね」ってジョニオくんと話したんです。このときはもう、ふたりとも一生この仕事をやっていくつもりだったので、ブームに巻き込まれて終わってしまうわけにはいかない。それで原宿を脱出しました。

片山　ほぼ同じ時期に、香港にも出店されました。

NIGO®　原宿から青山に逃げて、そこから次はもう海外しかないと考えたんです。地方は地方で、どんどん店は増えていましたけど。

片山　なるほど。そうして拡大を続ける中で、２００１年にはPEPSIとのタイアップキャンペーンがありました。これもかなり、エポックメイキングな出来事だったのでは？

NIGO®　そうですね。これは、ディレクターの大貫卓也[※25]さんから連絡をいただいたんです。大貫さん、短パンとサンダルでひょいっとやってきて「〝裏原 PEPSI〟みたいなキャンペーンやろうと思うんだけど、どう？」って。もう「裏原」からは離れていたから、最初、微妙な返事したんですよ。「じゃあどういうのだったらやるの？」って聞かれて、その場の思い付きで「BAPE®×PEPSIでBAPEPSIみたいのだったらいいですよ」って答えたら、「じゃあ、それやろうか」って、あっさり決まっちゃいました。ただ正直、そのあとちょっと悩みましたね。それまで希少性のあるブランドっていう立ち位置でやってきたものが、全国のコンビニに並ぶのってどうなんだろうって。

片山　いま聞いていても、ものすごく大きな選択だったことがわかります。マス商品とは距離を置いていたはずの「ＢＡＰＥ®」が、正反対ともいえる、どこにでも置いてあるメジャーな存在のPEPSIと組む。とても大きな方向転換ですよね。

※25　大貫卓也（おおぬき・たくや）　１９５８年生まれ。クリエイティブディレクター、アートディレクター。博報堂を経て大貫デザインを設立。主な仕事に、「プール冷えてます」（としまえん）、「hungry?」（日清カップヌードル）、「Yonda?」（新潮文庫）、TSUBAKI（資生堂）など。

BUDDY HOLLY
Showcase

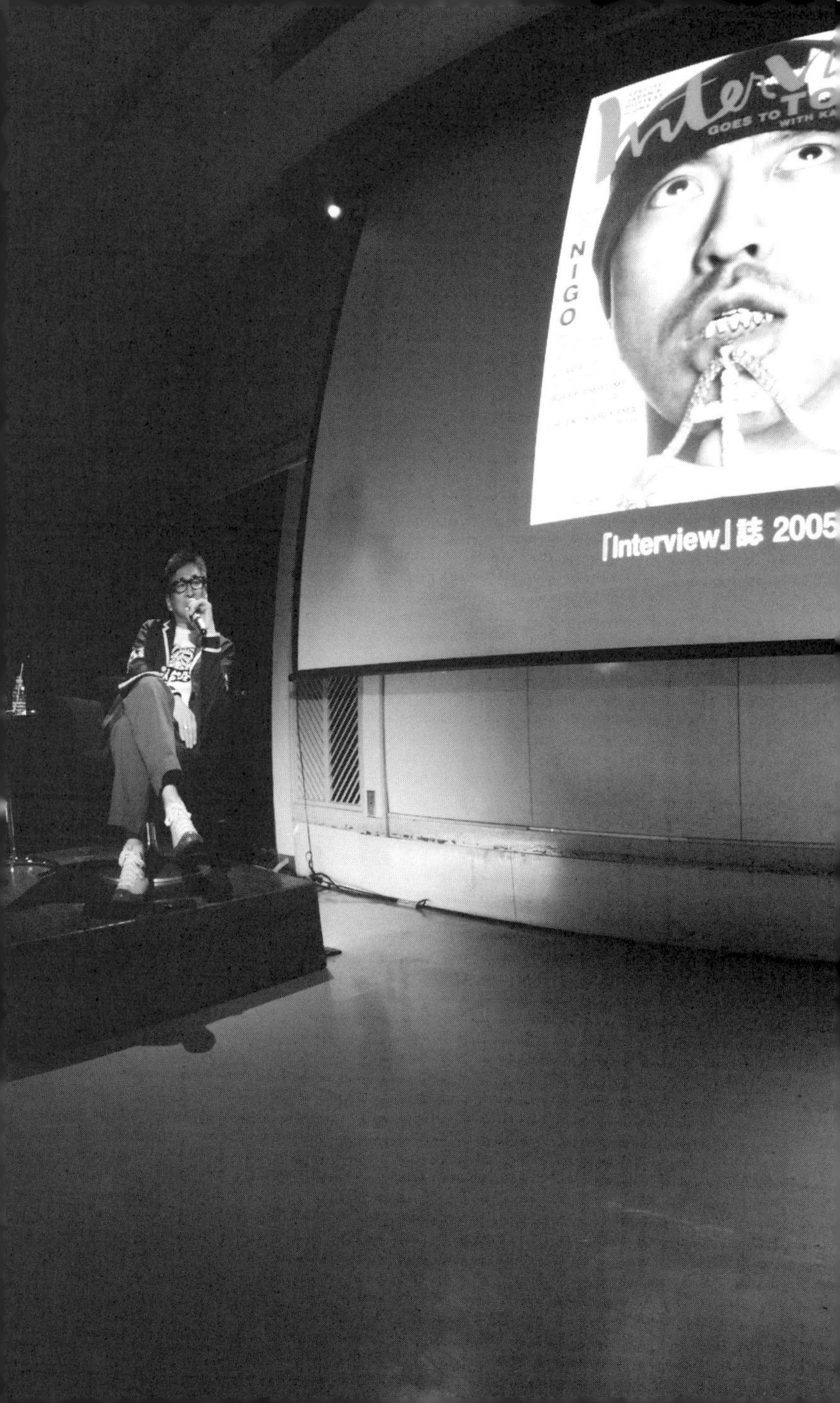
GOES TO
NIGO
「Interview」誌 2005

NIGO®　一時的にワッともてはやされて、キャンペーン終了と同時にブランドが終わるリスクがありました。でも、このまま希少性を保つことと、メジャーな存在としてやっていくことを比べたら、メジャーでやっていくほうがいろいろなことにチャレンジできるはずだと思って、踏み切ったんです。

片山　そして実際に、このキャンペーンを機に、「ＢＡＰＥ®」は一気にメジャーな道を進んでいくことになったんですね。

まずは、自分ありきのものづくり

片山　そのあと「ＢＡＰＥ®」は、アパレルショップだけではなく横軸の展開が一気に増えていきます。カフェ「BAPE® CAFÉ!?」、美容院「BAPE® CUTS」、キャラクターアイテムとキッズアイテムを取り扱う「BABY MILO® STORE」。すべてのインテリアデザインを担当させてもらいましたが、アパレルショップを展開していくのとはまったく違う意味がありますよね。どういう狙いがあって、そういうことを考えられたんですかね？

NIGO®　ええとですね、ぜんぶ、ブランドを始めた当初からやりたかったものです。漠然といつかやりたいと思っていたんだけど、資金力やブランドの知名度ができてきたのがこのタイミングだったんですよ。もう、完全に自分のためにつくっていますね。自分が好きなときに行けるカフェ、思いついたときに行ける美容室。そんなふうにまずは自分ありきでものをつくっています。

片山　ＮＩＧＯ®さん、一時期、毎日美容室に行っていましたもんね。

BAPE® CAFÉ!?

BAPE® CUTS

BABY MILO® STORE
photo : Kozo Takayama

NIGO® 短いときはそうでした。いちいち予約するの面倒なので、ふらっと行ける「BAPE® CUTS」があって助かりました。それと、ブランドとしても、そういう展開をしているところは他になかったので、面白いかなとも思って。アパレルから出発しましたけど、このあたりから「ライフスタイルカンパニー」を名乗るようになったんですよ。生活全般のブランディングっていう意識が出てきて。それに、こういうときって人との出会いとかも、すごい偶然で起きるんですよね。カフェは、いつも行っていたカフェのスタッフが店を辞めて、自分たちで新しい店をやろうって言っていたところに乗せてもらったかたちでしたし、美容室も、それまで10年以上やってもらってたスタイリストさんからはなかなかいい返事がもらえなかったんだけど、たまたま代理で切ってもらった人に話したら「いいよ、やろう！」って即OKもらって。そんなふうに自然な流れで人が集まってきて、いろいろなことが同時多発的に起きました。

片山 じゃあ、ほんとにすごく普通の流れで気負うことなく、他業種のお店を手がけられたんですね。しかもここから、さらに異業種とのコラボレーションがどんどん生まれます。たとえば、全日本プロレスとのコラボレーションの「BAPESTA!! PRO-WRESTLING」[※26]。これはプロレスがお好きだってことですか？ それとも、「BAPE®」っていうブランドがどんどんメジャーになっていくための、ひとつのメディアとして考えていたのでしょうか？

NIGO® 子どものころにテレビでよくプロレスを見ていたので、ただ好きだっていうノリでやりました（笑）。

片山 やはりそうなんですね（笑）。このプロジェクトからは、『キン肉マン』[※27]のゆでたまご先生とNI

※26「BAPESTA!! PRO-WRESTLING」

※27『キン肉マン』ゆでたまごによるプロレス系格闘漫画。集英社の『週刊少年ジャンプ』で1979年から1987年まで連載。1983年には、テレビアニメ化もされている。キャラクターの人形型消しゴム（キン肉マン消しゴム）が発売され社会現象に。

GO®さんとのコラボレーションで「APEGON」※28というキャラクターまで生まれました。これもぼくら世代だと夢のような話なんだけど。みんな、『キン肉マン』は知ってるかな？　知っている人、手あげてみてください。

N I G O®　あ、けっこう知っていますね。「BAPE STA!! PRO-WRESTLING」はいままでに8回開催されて、「APEGON」は2010年に出場したレスラーです。

片山　それと、忘れてはならないのが、2004年にアメリカを代表するニュース誌『TIME』※29の特集で「アジアの英雄20人」に選出されたことです。日本人ではイチローとNIGO®さんのふたりだけですから、これはもうホントすごいことで。このとき、プライベートな話題でも盛り上がりましたよね。

N I G O®　このころちょうど、奥さん（女優の牧瀬里穂さん）と付き合い始めて、それがちょっとフライデーか何かに出ちゃったんですよね。そのタイミングだったので、異常にクローズアップされちゃって。

片山　大騒ぎになっていましたよね（笑）。この年には、TERIYAKI BOYZ®というヒップホップユニットを結成されて、こちらも話題になりました。メンバーもすごいです。RIP SLYMEのILMARIさん、RYO-Zさん、m-floのVERBALさん、BAPE SOUNDSのWISEさん、そしてNIGO®さんがプロデュースとDJを担当。スケジュール管理だけでも大変そうです。

N I G O®　もともとILMARIくんとはすごく仲が良かったので、ぼくがソロアルバム『(B)APE SOUNDS』をつくるときに「何かやってよ」って頼んだんです。そしたら彼がほかの3人を連れてきた。

※28「APEGON」

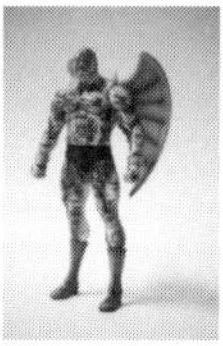

※29『TIME』

最初は彼ら4人でTERIYAKI BOYZ®を名乗っていて、ぼくはメンバーではありませんでした。だからいまでも「4MC+1DJ」というスタイルで、4人とは少し距離を空けています。

片山　TERIYAKI BOYZ®のお話はのちほどまた伺いたいと思いますが、その後、ヒップホップアーティストであり音楽プロデューサーのファレル・ウィリアムスさん[※30]と一緒に、「Billionaire Boys Club (clothing) / ICE CREAM」というファッションブランドも立ち上げています。彼はマドンナのプロデュースをしたり、自身もビルボードチャートに入っているようなスーパースターです。世代的には同じくらいですか。

NIGO®　ひとつかふたつ下くらいですね。もともとぼくは彼のファンで、普通にCDを買っていたんです。彼はファッションも異色だったんですよね。ヒップホップってみんなダボダボの服を着ているのに、彼だけ細身のジーンズにTシャツで、なんかジャラジャラつけていて目立っていた。ひょんなきっかけで知り合って、来日したときにぼくの音楽スタジオを貸したりしているうちに仲良くなって、ある日「ブランドをやりたいんだけど相談に乗ってくれ」って声をかけられて。それでバージニアにあった彼の家に招待されて、クローゼットを見せてもらったら8割方、持ってるものが同じだったんですよ。で、そんなに趣味が合うならちょっとやってみようかなって、それで始めたのがこのブランドです。

片山　完全に共同で立ち上げたんですか。それぞれの役割は?

NIGO®　彼が方向性を考えるフロントマンで、ぼくが裏方で服をつくるというかたちです。すごく楽しかったですよ。単純に海外に行く機会も増えたし、行けばいわゆるセレブのど真ん中に行けちゃう。マドンナと同じテーブルで食事するとか、ちょっともう、自分でもわけがわからない感じでしたけど

※30　ファレル・ウィリアムス　1973年アメリカ生まれ。音楽プロデューサー、歌手、MC、ファッションデザイナー。音楽プロデュースグループ「The Neptunes」やヒップホップグループ「N*E*R*D」のメンバーでもある。

※31「LOUIS VUITTON」とのコラボ

Billionaire Boys Club (clothing) / ICE CREAM
photo : Kozo Takayama

（笑）。すごく刺激になったし。面白いものをつくっていこうっていうモチベーションが上がりました。

片山　そのあとは海外の出店数もどんどん増え、「LOUIS VUITTON」[※31]とのコラボや、「FENDI」[※32]のイベントプロデュースなどなど、世界のラグジュアリーブランドとも仕事をされています。国内でも、「ＢＡＰＥ®」は２００７年にフジテレビのチャリティー番組「24時間テレビ」[※33]の公式Ｔシャツに採用されています。たしか、番組のチャリティーＴシャツの史上最高売上を記録したそうですね。

NIGO®　そうですね。街でも着ている人をけっこう見かけましたね。それはすごくうれしかったです。

片山　文字どおり、国民的ブランドですよね。ほかにも、たくさんのことをされていて、紹介しきれないくらいですが、２００８年にそれまでの集大成として、アメリカのRIZZOLI社から、アニバーサリーブックにあたる『A BATHING APE BOOK』[※34]を出版されました。

NIGO®　ブランド15周年ということで、一括りしてみようかな、と。出版社がすごく力を入れてくれて、結局2年くらいかけてじっくりつくりました。アパレルのネタ帳にもなっているんですよ、じつは。

片山　本当に、きょうのお話がＮＩＧＯ®さんの軌跡のほんの一部だっていうことがよくわかる、めちゃめちゃ内容の濃い本です。この本が出た年には、『GQ JAPAN』のMen of the Year 2008も受賞されています。一緒に受賞されているのが、朝原宣治さん、北野武さん、世界のナベアツさん、松本潤さん、村上隆さん。すごいメンバーです。実はこの授賞式の前日に、入籍されたんですよね。

NIGO®　そうなんです、これもまた偶然なんですけど、時期が重なってクローズアップされちゃって、ナベアツさんにいじられた記憶があります。

※32「FENDI」のイベント

※33「24時間テレビ」公式Ｔシャツ

※34『A BATHING APE BOOK』

片山　こういうふうに怒涛の展開が起きているとき、ご自身でＮＩＧＯ®という存在はどう見えているんですか。普段と変わらず、楽しんでやってらっしゃるのでしょうか。

NIGO®　う〜ん、どうだろ。相変わらずあまり考えてない気はします。ただまぁ、このメンツの中に入っていいのかなあとは思いましたけど（笑）。

片山　そんな目まぐるしい２００８年でしたが、２００９年にはさらに先へ進みます。先ほど少しお話のあったTERIYAKI BOYZ®の、セカンドアルバム[※35]「SERIOUS JAPANESE」とＤＶＤの[※36]「DELICIOUS JAPANESE」を同時発売されるのですが、これはＮＩＧＯ®さんが関わられてきた、カルチャー全般をすべて包括したような作品になっていますよね。

NIGO®　そうですね、ここでやっとかたちになったという実感はありました。もともとぼくは、音楽とファッションから、ひとつのカルチャーが生まれるという方程式を持っています。たとえば、パンクの音楽があってパンクのファッションがあって、パンクカルチャーになる。そういう意味では、ここでやっと、「ＢＡＰＥ®」のファッションがあって、「ＢＡＰＥ®」の音があって、小さいですけど「ＢＡＰＥ®」のカルチャーができたのかなって。

片山　音楽とファッションって切り離せるものではないんですよね、本当は。でもそのシーンを包括的につくっていくようなブランディングって、なかなかできることではないと思います。それは、文化服装学院でエディター科に入ったＮＩＧＯ®さんならではの感覚的な部分が大きいんじゃないかなあ。クリエイトではなく、エディットしている感覚。このときのアルバムのジャケットもユニークですね。ＹＭＯのアルバム[※37]「増殖」のジャケットを彷彿とさせるデザインで。一方のＤＶＤジャケットは

※35「SERIOUS JAPANESE」

※36「DELICIOUS JAPANESE」

PLASTICSのアルバム「welcome back」[※38]をサンプリングされていますね。

NIGO®　ええ、ずっと好きだったので。ぼくのものづくりのやり方みたいなものをわかってもらえたら面白いかなと思って、あえてこういうかたちにしました。

片山　YMOにしてもPLASTICSにしても、いままでの日本人とは違う感覚や概念をバーンと世界に持っていった人たちじゃないですか。その感覚みたいなものをNIGO®さんはちゃんと自分の中で温めていて、その先に自分がいるっていうことをすごく素直に表現されているように思います。で、ルーツといえば、釣具メーカーのDAIWAともコラボレーションされてますよね。「A FISHING APE®」[※39]。instigator 第1回に来ていただいた佐藤可士和さんとの協同プロジェクトということで、ぼく自身もとてもうれしいコラボでした。これは可士和さんからお話が？

NIGO®　可士和さんもぼくも、別々にDAIWAさんと話を進めていたんですよ。そしたらある日、可士和さんから「NIGO®くん、DAIWAで何かやってるでしょ？　一緒にやろうよ」、みたいな連絡があって。

片山　そこから一気に加速した感じですか？

NIGO®　はい。よりパワフルなものになったというか。

片山　ここでは、小学校のときから好きだった釣りが、仕事になっている。

NIGO®　結びつけちゃってる感はありますね。

片山　一方で、ユナイテッドアローズとのコラボレーション「MR.BATHING APE by UNITED ARROWS」では、これまでのカジュアルブランドとしてのイメージを覆すようなスーツブランドを手

※37　YMO「増殖」

※38　PLASTICS「welcome back」

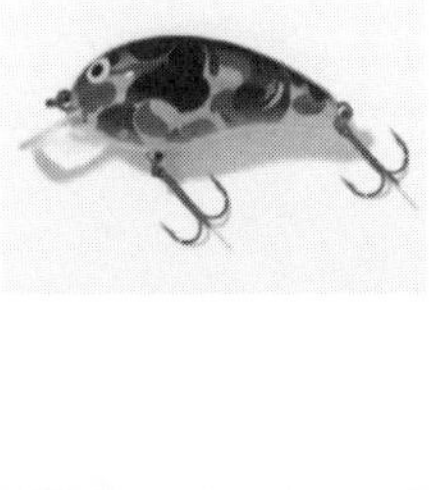
※39「A FISHING APE®」

がけられています。グッと抑えたデザインなんだけど、よく見るとネクタイが迷彩柄だったりして、遊びごころが効いていますよね。

NIGO® 30代になってからスーツに興味が出てきました。それとこのころ、大企業の若社長みたいな友だちが増えてきていて、みんなスーツを着ているんですよね。それでスーツも面白いなと思い始めて。これはさすがに4年くらいちゃんと勉強しました。ただスーツ業界ってアパレルでもいちばん難しいといわれる分野なので、「BAPE®」単独で展開してもうまくいかなかったと思います。アローズと協業でやれたからこそ、うまく参入できた。ずっとぼくの服を買ってくれていて、いまはスーツを着ているような人たちが、また「BAPE®」の面白さを思い出してくれたらいいなという気持ちもありましたね。

原点に立ち返って見えてくるもの

片山 そのような多方面での活躍が続く中、これはお伺いしていいか少し迷ったのですが、2011年1月、「BAPE®」を売却されました。ぼくは『WWD』[※40]のインタビューで知って、突然のことでものすごく驚きました。さまざまな理由があるとは思うのですが、このことでNIGO®さん自身にはどのような変化がありましたか。

NIGO® そうですね、「BAPE®」を手放した個人的にいちばん大きな理由としては、やはり船が大きくなりすぎてしまって、好きなものを好きなようにつくれなくなってしまったことです。「BAP

※40『WWD』 INFASパブリケーションズが発行する日本で唯一のファッション&ビューティ週刊誌。1997年に創刊され、ファッションニュース、トレンド、コレクション、アパレル関連情報などを発信している。

E®」というブランドにお客さんが望むものを、ぼく自身がもう、着なくなってしまった。迷彩の猿柄のフードとかも、ぼくにとっては昔つくったものなので、このまま続けていくのはどうなんだろうというジレンマがずっとありました。経営的な面を考えても、自分はマネージメントが得意なわけではないし、このまま続けてうまくいかなくなるよりは、ブランディングの上手な、香港店を出店したときに組んだ香港[※41]のパートナーに率いてもらったほうがいいかなと。

片山　売却された直後にお会いしたときのこと、よく覚えています。ぼくは心配でけっこう緊張して会ったんですけど、ＮＩＧＯ®さんはすごく軽やかな顔をされていてまた違う意味でびっくりしました。いま思うと、次のステージにステップアップするための、大きなスタート地点だったのかなっていう気がします。

NIGO®　引き際も大事だと思うので。でもまあ、裏原から青山に行ったのと、同じようなノリですよ。基本の考え方は変わってないです（笑）。

片山　きょう、ＮＩＧＯ®さんとぼくが着ている「HUMAN MADE」は、２０１０年に新しく立ち上げられたブランドです。「ＢＡＰＥ®」から離れることも視野に入れながら、自由なものづくりをするために立ち上げたんですか？

NIGO®　そうですね。やっぱり自分が好きなもの、つくりたいものを発信していくことが自分の原点だなと。「HUMAN MADE」は、初心に戻ったような感覚でやってます。

片山　昨年8月には「HUMAN MADE」のコンセプトショップもオープンしました。「COLD COFFEE®」という、ちょっと変わった名前のショップで、外観もカフェっぽい。やはり勘違いする人が多くて、コー

※41　香港のパートナー　香港を中心にセレクトショップを運営する「I.T」。１９８８年にウェイ兄弟によって設立。同社が運営する「I.T リミテッド」は、小規模店舗のセレクトショップからスタートし、２０１０年には中国本土に１８６店舗を展開し、急成長を遂げている。

ヒーのメーカーが営業に来たりしていましたよね。しかもオープン当初は、金、土、日しか開いてない。ぼくの友だちは「いつ行っても閉まっている」と嘆いていましたが（笑）。

NIGO®　そういうの、いまの時代に合ってるかなあと思ったんですけど、どうなんでしょうね？　求められるものがどんどん変わっているので、売り方とか見せ方とかは、つねに試行錯誤しています。

片山　さっき原点とおっしゃっていたとおり、「COLD COFFEE®」は立ち上げ当初の「NOWHERE」を彷彿とさせるところがありますよ。「HUMAN MADE」はNIGO®さんが好きだったものを長い時間かけて熟成させてきた、原点みたいなものが詰まったブランドっていう印象です。

NIGO®　そうですね。ほんとは、アパレルはもう辞めようと思ったんですよ。それをぽろっとユナイテッドアローズの重松理[※42]さんに話したら、「何を言ってるの！」ってすごい怒られて。あとで調べたら、重松さんがビームスから独立してアローズを始めたのって、当時のぼくと同じ39歳のときだったんです。その重松さんに「まだまだできるよ」っていわれたら、まあやるしかないかなって思って。

片山　それで、どんどん新しいことを始められているんですね。たとえば、「EFFECTOR by NIGO®」[※43]というメガネをプロデュースしてます。これもちょっと面白いこだわりが見えます。みなさん覚えていますか。NIGO®少年がチェッカーズの次にジャケ買いした、バディ・ホリーの「Showcase」[※44]。あのジャケットと、NIGO®さんデザインのマネキンを並べてみると……。

NIGO®　これもルーツというかですね、まったく同じようなものではつまらないので、もう少し深く掘ったんです。まずバディ[※45]・ホリーの高校の卒業アルバムを入手しました。1955年の、本物なんですけど。

※42　重松理（しげまつ・おさむ）　1949年生まれ。セレクトショップなどを運営する株式会社ユナイテッドアローズの取締役会長。セレクトショップの草分け的存在「ビームス」の立ち上げに携わり、1号店の店長に。その後、ユナイテッドアローズを設立し、代表取締役社長に就任した。

※43「EFFECTOR by NIGO®」

※44「Showcase」

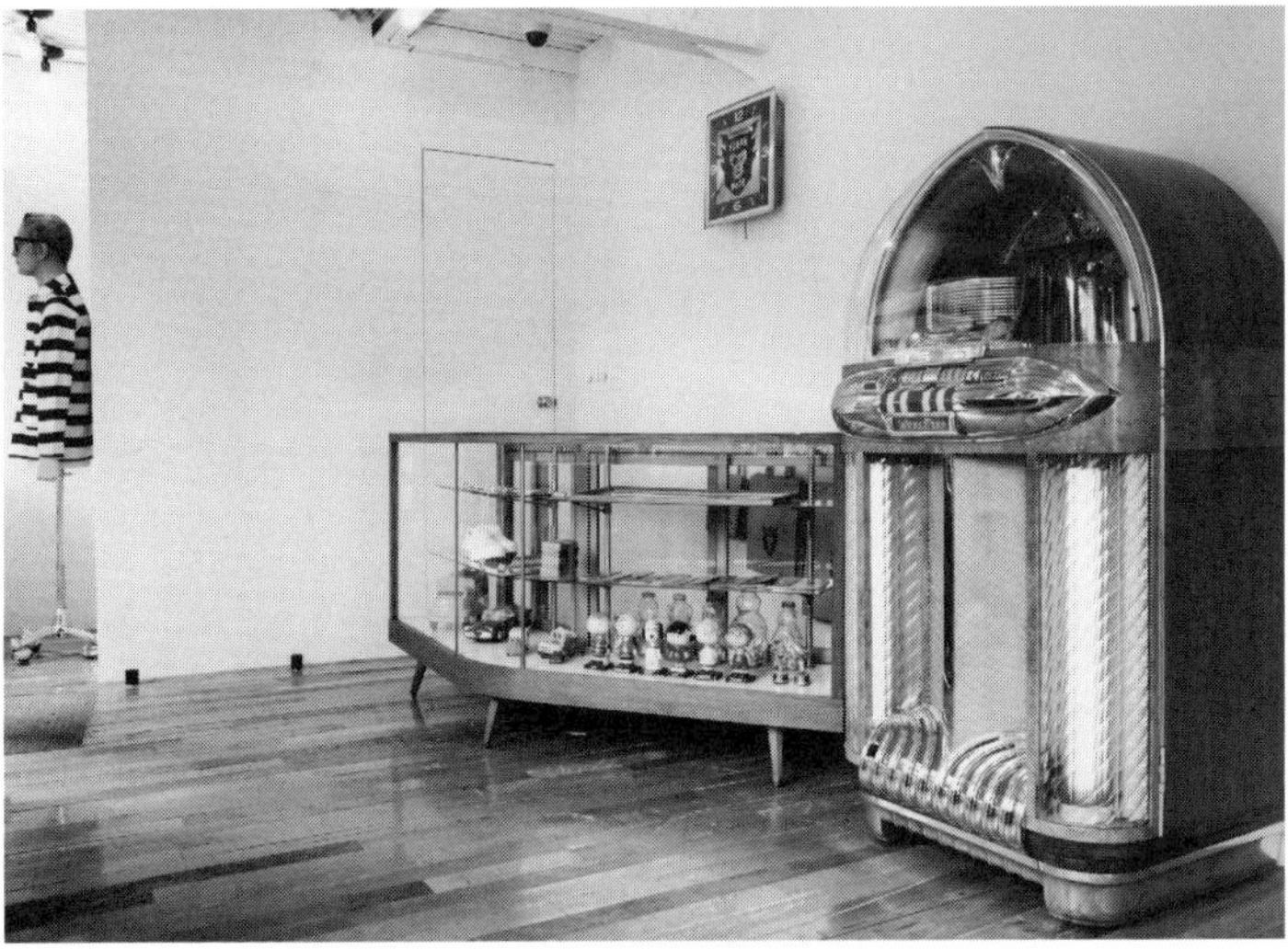

COLD COFFEE®

片山　何でこんなもの持ってるんですか（笑）。

NIGO®　それを参考に、マネキン※46の頭をつくって、そのマネキンに80年代のチェッカーズなイメージでセーラーカラーの服を着せました。

片山　このマネキンは「HUMAN MADE」のイメージキャラにもなってますよね？　NIGO®さんて、見えない部分でのこだわりがものすごく細かいんですよね、あまりそういうイメージを持っているひと多くないかもしれないけど。マネキンをつくるためにバディ・ホリーの卒業アルバムを手に入れるとか、ちょっとすごいでしょ（笑）。そういうところを知ってからもう1回「BAPE®」や「HUMAN MADE」の服を見てもらうと、また印象がずいぶん違うんじゃないかなと思います。そして、カレー屋さん※47「CURRY UP®」が開店します。これも原点に帰っている気がしますが。

NIGO®　そうですね、アパレルをやっていなかったら、カレー屋をやっていたと思うくらいカレー好きなので。

片山　ほんとに美味しいので、みなさん、機会があったらぜひ行ってみてください。それにしてもNIGO®さんは本当に、自分のルーツを大切にしながら進化を続けているイメージですね。これでもまだすべてを紹介しきれてないくらいですから。

NIGO®　20歳から始めて、60歳までに何ができるか考えたときに、ちょうど後半戦に入ったあたりなのかなという気はします。そのためにもいったん、原点に立ち返ろうというモードがあるのかもしれません。ただぼくらは、もともとが雑誌の文化なんですよね。つまり、情報の更新ペースが月に1回くらいだった。それがいまは、秒単位じゃないですか。そのスピードでやっていく感覚って大変だろうな

※45　バディ・ホリーの高校の卒業アルバム

※46　マネキン

※47　「CURRY UP®」かつて原宿に存在した人気カレーショップでアルバイト経験のあるNIGO®がトータルプロデュースを手がけている。

と思うんですけど、自分はあえてそういうものとは真逆なことをやりたいんです。

片山　いまの時代でクリエイションしていく上で、ぼくはふたつのことをよく考えます。ひとつは、すごく早く判断していかないといけないっていう速度感。もうひとつは、そこでしかあり得ない空気感みたいなものをどうクリエイションするか。「HUMAN MADE」の服って、そういう情報量が、じつは尋常じゃないほど詰まっているじゃないですか。そこまでやらなくてもいいんじゃないかと思うようなことも詰まってる。でもそういうことが、服が好きな人には伝わるんですよ。それに、ご自分のブランドをちゃんと自分で着ているデザイナーって、意外と少ないんですよね。

NIGO®　それはそうかも。ある意味、みんな行き詰まっているのかもしれないですね。その上で、何ができるかっていうことを考えているんだと思うけど。

片山　お話を伺っていて、結局、自分がやりたいことにリアルに反応していくことこそが大事なんだという気がしました。

新しい才能をバックアップできる存在に

片山　ではここで、生徒さんからの質問を受け付けます。NIGO®さんに聞きたいことがある人は手を挙げてね。はい、ではそちらの彼、どうぞ。

学生A　お話ありがとうございました。服屋をはじめ、カレー屋とか、釣りの道具など、いろんな分野でのブランディングのお話がすごく面白かったです。ひとつ気になったんですけど、「CURRY UP®」は、

「ＢＡＰＥ®」を意識したブランディングになっているんでしょうか？

ＮＩＧＯ®　いや、まったく別ですね。ほんとにパーソナルな部分で始めてます。うまいカレー屋があったら夕飯がラクだな、とかそういうノリなんですよ。まあ、「ＢＡＰＥ®」も最初はそうだったんだけど。

学生Ａ　いま新たに考えてるブランディングがあったら教えてください。

ＮＩＧＯ®　そうですね、本格的に動くのは来年かなと思っていますが、考えていることはあります。まだちょっとオフレコです（笑）。

学生Ａ　わかりました、ありがとうございました。

片山　期待していてね。はい、では次は奥の彼女、どうぞ。

学生Ｂ　本日は、貴重なお時間ありがとうございました。ＮＩＧＯ®さんはさまざまなジャンルのお仕事をなさっていますけど、その中で自分の信念というか、貫き通してきたブレないものっていうのはありますか？

ＮＩＧＯ®　どうかな、ブレブレなんですけど（笑）。服も経営も映像も、専門的な知識はなかったし……。ただ、自分が育ってきた過程の経験値がすべて活かされてるっていう感じなんですよ。見たり聞いたりしてきたことがデータベースになっていて、何かあるたびにそこから引っぱり出してきて使うケースが多いです。だから、まったく知らないことはやらないですね。たとえばスーツを始めたときは、それなりの勉強をしましたし。知識がないままノリでものづくりはしないです。それは笑われちゃうっていうか、やっぱり恥ずかしいことだから。

片山　ぼくも15年お付き合いしているけど、ＮＩＧＯ®さんのアイデアってすごくポンッと出てくるんですよね。だけど、そこの奥にはじつはすごい努力とか調査とかがある。だからブランドが成功するんです。じゃなかったら長続きしないからね。でも、そういう裏をぜんぜん感じさせないのがＮＩＧＯ®さんなんだよなあ。

学生Ｂ　ありがとうございました。

片山　じゃあ、次はその左側の彼、どうぞ。

学生Ｃ　今日はありがとうございます。お話を聞いていて、コラボとかで、いろんな方を巻き込んでいくパワーをすごく感じました。そういう力っていうのは、どういうところから来るんでしょうか。

ＮＩＧＯ®　ぼくの場合は、ラッキーだったっていう一言で完結してしまいます。本当に、片山さんをはじめ、まわりの人たちにすごく恵まれて、それもすごく影響力のある人が多かった。そもそも共感してくれる人って、ほんのひと握りだと思っているんです。おそらく9割以上はぼくのこと苦手で嫌いだろうなってずっと思ってる。そう思ったほうが、何か言われたりしても、ぜんぜん気にならないし、自分の好きなことができたりするので。でもまわりを見ていると、他人の評価につぶされちゃう人も多いです。そうならないためには、この人とコラボしたいとか、これがいいって本当に思ったものを実現することが大切なのかなと思います。あとはやっぱり、ビジネスとしてコラボするにしても、最初は友だちっていうのが大きいかもしれない。前提としてお互いに好きなものをわかっているから、やりやすいですね。

片山　ＮＩＧＯ®さんはよく、嫌いな人に好かれなくていいとか、特別に人が好きなわけでもないって言いますよね。でもいざお付き合いすると、友だちのことをとても大事にする。そういうところが、質問者のいう力なのかもしれませんね。では、次の質問で最後にしましょうか。

学生D　よろしくお願いします。ＮＩＧＯ®さんはなんでも思いどおりに歩まれてきたイメージなんですけど、苦労された経験ってありますか?

NIGO®　苦労……っていうふうに思ったことはないかなあ。悔しい思いならありますけどね。たとえば、まだ10代でＤＪ駆け出しのころ、スチャダラパー[※48]とTOKYO NO.1 SOUL SET[※49]と一緒に大阪でイベントをしたとき。スチャダラがやって、ソウルセットがやって、「次はDJ.NIGO®です」って紹介されたとたん、お客さんが全員、帰っちゃったんですよ。まあ、いまは笑い話にしてますけど、こころの底ではずっと何か残ってて、そんな思いがあって、TERIYAKIやったりしてるのかもしれないですね。

片山　そういうころもあったんですね。

NIGO®　ぜんぜんありました。でも、それでめちゃめちゃ落ち込んでっていうわけでもなく、すべて前向きに捉えていくんですよ、ぼくの場合。失敗なんか誰でもあります。だから、みなさんも、あんまり失敗とか気にせずやるのがいいと思いますね。

片山　ありがとうございました。最後に、ぼくからも。みなさんにお伺いしている質問なんですが、ＮＩＧＯ®さんの10年後のビジョンって、どのようなイメージですか?

NIGO®　10年後。52歳ですか。そうですね、まあ、第一線とはいわないですけど、このままやっていたいとは思っています。いま60代の人たちを見ると、ものすごい経験値があって、やはりものすごい影響を受けるんです。できればそれを超えるような50歳だったり60歳だったりでありたいかな。あとまあ、ブランドを売ってしまうと、デザイナーってだいたい死んでしまうんですけど、そうではなく、何

※48　スチャダラパー　BOSE、ANI、SHINCOの3人組によるヒップホップグループ。1988年に結成され、高木完プロデュースにより1990年にデビュー。1994年、小沢健二とのコラボシングル「今夜はブギー・バック」が50万枚を超える大ヒットを記録し、日本の音楽シーンにヒップホップを浸透させるきっかけをつくった。

※49　TOKYO NO.1 SOUL SET　川辺ヒロシ、BIKKE、渡辺俊美の3人によって結成されたヒップホップグループ。インディーズレーベルから数枚の作品をリリース後、1994年にメジャーデビュー。歌ともラップともつかない独特のサウンドスタイルで注目される。近年はメンバーそれぞれが別名義でも活動している。

か新しいやり方をつねに示していきたいですね。たぶん10年後っていうと、ここにいるみなさんが30歳ちょっとで、メインを張るというか、いちばん、いい時期になっていると思う。一緒に仕事することがあるかもしれないよね。それを楽しめるような、そんな52歳になるために、これからもまだまだ経験を積んでいきたいと思います（笑）。

片山　実際にいまは、新しい才能の発掘にも注力されていますよね。「HUMAN MADE」では、無名だった新人アーティストにアートワークを依頼されていますし。

NIGO®　そろそろ若い子たちをバックアップしてあげる立場でもあると思うんです。だから、若い才能にはすごく興味がありますね。

片山　何かの縁で武蔵美の生徒たちの才能に触れることがあったら、かわいがってもらえるとうれしいです。いやあ、きょうは改めてＮＩＧＯ®さんのお話を伺えて、ぼく自身とってもうれしかったです。どうもありがとうございました！

NIGO®先輩が教えてくれた、「好きなこと」を「仕事」にするためのヒント！

□高校時代、昼食代の1000円を毎日使わずに貯めて、おこづかいはすべて、東京に通うための資金になりました。

□もともとぼくは、音楽とファッションから、ひとつのカルチャーが生まれるという方程式を持っています。

□「BAPE®」を手放したいちばん大きな理由は、好きなものを好きなようにつくれなくなってしまったから。

□服も経営も映像も、専門的な知識はありませんでした。ただ、自分が育ってきた経過の経験値すべてがものづくりに活かされています。

□おそらく9割以上はぼくのことを苦手で嫌いだろうなと思うようにしています。そう思ったほうが、何か言われても、ぜんぜん気にならないし、自分の好きなことができるから。

Music for **instigator** #003

Selected by Shinichi Osawa

NO.	TITLE	ARTIST
1	One Out of Many	The Pop Group
2	Kenaston	Chilly Gonzales
3	Nothing Gold	Joakim
4	Yes I Do	Chicks On Speed
5	Running From The Sun	Chromatics
6	Blue Lebaron	Real Estate
7	You Need Me On My Own	Totally Enormous Extinct Dinosaurs
8	I, Bloodbrother Be	Shock Headed Peters
9	Bombastic	Kindness
10	Armour Poisson	Marie Trintignant
11	No Testament	Wim Mertens
12	Waves City	Drums Of Death
13	Le Reve	Jorge Arriagada
14	Where I End And I Begin	Thom & Nackt
15	Atoms For Peace (For Tet Remix)	Thom Yorke
16	One Christmas For Your Thoughts	The Durutti Column
17	Clair De Lune	Cécile Bruynoghe
18	Sketch For “Face Of Helen”	Arthur Russell

※上記トラックリストはinstigator official site(http://instigator.jp)でお楽しみいただけます。

instig

#004

本広克行

映画監督／演出家

1965年生まれ。香川県出身。横浜放送映画専門学院（現・日本映画大学）卒業。広告制作会社、バラエティ番組のディレクター、テレビドラマのディレクターを経て、『7月7日、晴れ』で劇場映画デビュー。2003年に公開された『踊る大捜査線 THE MOVIE 2 レインボーブリッジを封鎖せよ!』は、日本実写映画興行収入歴代1位を記録。その後も『UDON』、『少林少女』、『曲がれ!スプーン』など、数々の作品を発表する。その一方で、舞台の演出やAKB48のシングル「Everyday、カチューシャ」のミュージックビデオなども手がけている。近年は、シリーズ最終作となる『踊る大捜査線 THE FINAL 新たなる希望』を2012年に公開。総監督を務めたテレビアニメ『PSYCHO-PASS サイコパス』も話題に。

学校に通いながら、
どうしたらここからのし上がれるかを考えていて、
結論としてとにかく絶対量を観ることだと思ったんです。
誰よりも多く映画を観ていたら勝てるだろうって。

生死の境を期に映画の道へ

片山　こんにちは。第４回目のinstigator、ゲストは映画監督の本広克行さんです。現在『踊る大捜査線 THE FINAL 新たなる希望』[※1]が絶賛公開中という、すごいタイミングで来ていただきました。実は、子ども同士がたまたま同じ学校に通っていたという縁で知り合ったんです。いまも家族ぐるみのお付き合いをさせていただいていて、今年の夏休みは一緒に屋久島旅行[※2]に行きました。そんな間柄ですので、ぼくも非常にリラックスしていますし、本広監督もよりホンネで話してくれると思っています。それではみなさん、大きな拍手でお迎えください。

本広　いやあ、驚いた。いっぱい人がいますね。

片山　おかげさまで満員御礼です。さっそくですが、きょうは少年時代のお話から伺おうと目論んでいます。聞きたいお話がいっぱいあるので、どんどん進めていきますよ（笑）。本広監督は１９６５年生まれ、ぼくよりひとつ先輩の同世代で、香川県のご出身。ぼくは岡山出身なので、こちらもかなり親近感があります。

本広　瀬戸内海をはさんで向こう側ですもんね。

片山　香川県で過ごした少年時代はどんな感じでしたか？

本広　じつは引っ越しの多い一家でして、生まれは高知なんですよ。そこから徳島に行き、西宮に行き、広島に行き……とぐるぐるまわって、香川は小学校の高学年から。で、まあ転校生らしく、いじめられ

※1　『踊る大捜査線 THE FINAL 新たなる希望』　2012年に公開された『踊る大走査線シリーズ』の最終作。公開83日間で460万人を動員、最終興行収入は59.7億円を記録。本作の公開により15年にわたるシリーズが完結した。

※2　屋久島旅行

た経験も豊富です。地方の転校生だった方はわかると思うんですけど、子どものときって言葉のイントネーションが少し違うだけで、「あいつ、なんか変」っていう違和感だけでいじめの対象になるわけです。それでぼくは中学生時代までを暗黒時代と呼んでます（笑）。

片山　いじめっていますごい問題になっていますけど、ぼくらの世代でもそういうのありましたよね。ぼくは野球部だったので、体育会系の先輩のしごきみたいなのもありました。いま思うと、あれもいじめの一種だよなあ。監督はどうしたらそれを回避できるかとか、考えたりしました？

本広　いつも考えていましたよ、おかげで相手の様子を窺うとか、場の空気を察するとか、そういうことを察知する能力は子ども時代にかなり磨かれた気がします（笑）。

片山　さすが監督、ただでは起きません。そのころから映画がお好きだったんですか？

本広　そうですね、ぼくらが10代のころって、影響を受けた映画がいっぱいあって、とくに『スター・ウォーズ』[※3]はものすごい衝撃で、クーラーがガンガン効いている田舎の映画館で、一日中観ていた記憶があります。次の日、一緒に観に行った仲間はみんな風邪ひいていて（笑）。

片山　寒さにふるえながら、こういう映画を自分でもつくりたいと考えたり？

本広　いや、まだそこまで夢を持っている感じじゃなかったです。高校生[※4]くらいになると、逆に、この先どんな大人になってどう生きていくのかがあまりに漠然としていて、不安に思うこともあって。一時はちょっと精神的にすさんでいました。

片山　高校生のときに、事故に遭われていますよね。ちょうどそのころですか？

本広　そうです、バイクで事故って、全身むち打ちになってあちこち傷だらけになって。死ぬかと思い

※3　『スター・ウォーズ』　映画監督であるジョージ・ルーカスの構想を基に映画化されたスペースオペラ作品。シリーズ第1作目の『スター・ウォーズ 新たなる希望』は1977年に公開され、世界的なSFブームを巻き起こした。アメリカ国内のみでの総合興行収入は歴代2位。1989年にはアメリカ国立フィルム登録簿に永久保存登録されている。

※4　高校生　高校時代の本広青年

ました。

片山　三途の川を見ました……？

本広　三途の川は見なかったけど、よく、交通事故の衝突の瞬間は時間を永遠に感じるとかいうでしょう。あれを体験しましたよ。ずいぶん長い時間をかけて、スローモーションみたいにワーッと空を飛んでいた記憶があります。ぼくの映画ってスローモーションがやたら多いんですが、それはあの事故のせいです。そのあとも意識が飛び飛びになっているんですけど、救急車の中、病室の天井、看護士さんのいる病室……というふうに、ぜんぶ映像で覚えています。

片山　そういう体験が、いまのご職業に通じている感じがしますね。

本広　絵も文章も書けないし写真も下手くそなんですけど、映像を記憶する能力はあるみたいです。映像のモンタージュみたいなことがすごく好きですし、たとえば好きな映画のワンシーンを思い浮かべるときも、そのシーンに使われた一連のカットを一瞬で記憶して、人に説明することができます。映画やテレビ番組をつくるときにも、美術担当スタッフに「『ゴッドファーザー』[※5]で、マーロン・ブランド[※6]が最初に黒い世界からヌッと登場するシーン、ああいう感じでお願いします」というふうに説明しています。

片山　わかりやすいですね。

本広　具体的なサンプルを出して話していく。イメージを共有する時に今までに観た作品などのビジュアルをごく普通に恥じらいもなく引用してます。

片山　でも事故当時は、まだ映像の世界へ行こうとは思っていなかったんですよね？

※5　『ゴッドファーザー』　1972年に公開されたアメリカ映画。監督はフランシス・フォード・コッポラ。アメリカに生きるイタリア人移民の一族の栄光と悲劇を描く。アカデミー賞8部門で10個のノミネートを受け、3個のアカデミー賞を受賞した。

※6　マーロン・ブランド　1924年アメリカ生まれ。映画俳優。主な出演作は『ゴッドファーザー』、『地獄の黙示録』など。その演技力は後世の役者に多大な影響を与え、「20世紀最高の俳優」と称される。アカデミー主演男優賞、ゴールデングローブ賞主演男優賞、カンヌ国際映画祭男優賞など、受賞多数。

本広　じつはこの事故がひとつのきっかけになります。入院中、病室でずっと寝ていたんですが、高校時代のテニス仲間がお見舞いに来てくれるとき、雑誌を差し入れてくれたりするんです。男子の怪我の入院ですから、基本はエッチな雑誌とかなんですけど、その中に『キネマ旬報』[※7]があって、その雑誌に今村昌平[※8]監督が校長先生をしている日本映画学校[※9]（現在は「日本映画大学」）の生徒募集の広告が載っていたんです。それを見たときに、思ったんですよ。今回は助かったけど、人間なんていつ死ぬかわからない。だったら好きなことやって生きたほうがいいよなあって。この事故がなければ工業大学を受験してシステムエンジニアあたりを目指していたと思うんですけど、それを機に大学受験もぜんぶ辞めて、映画の学校に進学することにしました。

片山　やはり運命というか、見えない力の導きみたいなものを感じます。そして高校卒業後に、住み慣れた香川を離れ、横浜の学校に進学するんですね。映画学校は、いかがでしたか。

本広　まず、1年生のときに1週間、磐梯山のふもとの農家に預けられて、びっちり田植え[※10]の作業をやらされました。今村監督の方針のひとつに「映画づくりと米づくりは同じである」というのがあるんです。

片山　……なんだか大変そうですね。

本広　それはもう大変で、女子は泣きながら作業をやってました。ほかにもハードな授業が多いので、入学時に２５８名いた1年生のうち、１００人くらいは半年以内に辞めていきました。まあぼくも、こんなことをやるために横浜まで来たわけじゃない、映画を早くつくりたいっていう思いだけでしたから。

片山　それでも、卒業までがんばった。

本広　四国から出て来て引っ込みがつかないですから。正直、当時の今村監督がおっしゃっていたこと

※7　『キネマ旬報』　１９１９（大正８）年、キネマ旬報社より創刊された映画雑誌。同誌の「キネマ旬報ベストテン」は１９２４年にスタートし、その年を代表する日本映画、外国映画などを選出。厳正かつ開かれた審査により、日本においてもっとも権威のある映画賞のひとつとして知られる。

※8　今村昌平（いまむら・しょうへい）　１９２６年東京市生まれ。映画監督。重いテーマを扱いつつも、そこはかとないユーモアが漂う独特の作品を数多く残す。『楢山節考』（１９８３年）、『うなぎ』（１９９７年）で2度のカンヌ国際映画祭パルムドールを受賞。

※9　日本映画学校　映画監督の今村昌平を学院長とする映画専門学校。１９７５年、前身となる「横浜放送映画専門学院」が開校。１９８５年に

は、卒業してもしばらくはよくわかっていなかったです。自分が監督になり、作品を撮るようになってから、やっと「映画づくりと米づくりは同じである」が理解できるようになりました。

片山　そうですか。そんな過酷な映画学校時代、レンタルビデオ店でアルバイトもしていたんですよね。

本広　はい、そうです。学校に通いながら、どうしたらここからのし上がれるかを考えていて、結論としてとにかく絶対量を観ることだと思ったんです。誰よりも多く映画を観ていたら勝てるだろうって。でも当時のビデオレンタルって高くて、1泊2日で900円くらいだったかな。アルバイトしているとそれがタダで借りられたので、1日5本は観てました。映画界の現状を把握する意味でも、ビデオ屋さんでのバイトは最適でしたね。

片山　お客さんにオススメしたりとか、そういうこともしていたんですか?

本広　はい。夜中の2時3時までやっていて、常連さんとはだんだんコミュニケーションもできるようになっていきましたから。この人はきっとアクション映画路線が好きなんだろうな、とか、あとはまあ、夜中にひとりでビデオ屋に訪れる青少年にはアダルトビデオの旬の路線もお伝えしたり（笑）。

片山　まさか、その路線だけで1日5本ということも……。

本広　勢いとしてはそれくらいもう。

片山　いやいやまあ、そのあたりはちょっと秘密にしておきましょう（笑）。きょうはお互い、家族も見に来ていますからね。

本広　あ、忘れてました。そうです、そんなことはありません。

片山　（笑）。でも映画を薦めるなんて、常連さんとはいえ相手のことをよく見ていないとできないこと

「日本映画学校」と改称し、現在は、私立大学「日本映画大学」への改組移行により閉校している。

※10　田植えの作業

だと思います。きっと監督はそのころから、人を喜ばせるための観察眼や、サービス精神をお持ちだったのでしょう。映画学校時代には、実際の撮影現場にも行きましたか？

本広　そうですね、学校の授業の一環で。岡本喜八[※11]監督の現場にエキストラをしながら見学させていただいたりしました。とくに印象に残っているのは、『ザ・ハングマン』という、名高達男さん主演のテレビドラマの撮影です。爆破シーンの撮影なんて、もうＡＤさんたち、全身ドロドロになってるんですよ。それを見て正直、こんな仕事したくねーなって思わないこともなかったんですけど（笑）、まあある種の覚悟が生まれましたね。先日『踊る大捜査線 THE LAST TV サラリーマン刑事と最後の難事件』で名高さんに出演していただいた際にその話をしたら、すんごく喜んでいただけました。

片山　なるほど、そういうひとつひとつの経験や想いが、いまにつながっているんですね。

「30歳までに映画を1本撮ります！」

片山　映画学校を卒業して、まず、ＣＭ制作会社にお勤めになったのはどういういきさつがあったんですか？

本広　学生時代の卒業課題で、監督にはなれずにプロデューサーをやっていたんです。本当はやっぱり監督をやりたかったし、編集でも良かったんだけど、どちらもなれなくて。ただプロデューサーとしてちゃんと作品をつくったので、その実績から学校が紹介してくれた就職先がＣＭ制作会社の電通映画社（現在は電通テック）でした。1年でクビになりましたけど。

※11　岡本喜八（おかもと・きはち）1924年鳥取県生まれ。映画監督。59年『独立愚連隊』の大ヒット以後、良質な娯楽作品を量産する。ユーモア溢れるストーリー、軽快なテンポ、独創的なカメラワークなど、〝喜八タッチ〟と呼ばれる手法を確立し、多くの映画ファンを魅了した。

片山　え、どうして？

本広　水が合わなかったんですね。ＣＭというのは、クライアントの意見がすべてでしょう。要は現場の９人が面白いと思う作品でも、お金を持っているひとりに気に入られなければ、すべてがひっくり返ってしまう。逆にいうと、プレゼン能力の高いディレクターのＣＭは、内容がまあちょっとアレでも通るんですよ。この世界は自分が良いと思うモノは関係ない、意味がないんだって若き日のぼくは思ってしまって、そしたら身体が動かなくなって、遅刻が多くなってクビです。向いてなかったんです。

片山　それで、次は共同テレビの契約社員になるんですね。いま、プロジェクターに写真が映っていますけど、こちらがＡＤ時代に手がけられていた深夜番組[※12]『アイドル探偵団』。

本広　１００人くらいのアイドルをどんどん撮影していく番組でした。右側にいるのがぼくです。体型ガリガリで。髪型やばいなあ（笑）。

片山　このときは20代前半？

本広　22、23歳かな。

片山　すでにいろいろ仕切っていたとお聞きしましたけど。

本広　深夜番組がたくさんつくられるようになったころで、なにしろ作品数が多くて。ろくに経験のないＡＤなのにプロデューサーに近いこともやらされていました。今度はえらく適当なものだなと思いながらやっていました（笑）

片山　責任もとらないといけないんですか？

本広　はい。予算オーバーすると上司から怒られる。まあそのあたりは、ディレクターの皆さんとうま

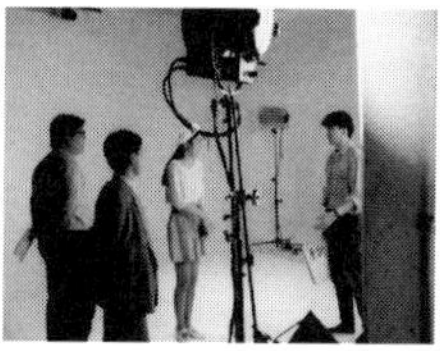

※12『アイドル探偵団』

くネゴシエーションするようにしていました。

片山　視聴率とかは？

本広　深夜番組だと、ほとんど関係なかったんですよね。まったくゼロのときは×印が出るんですけど。×でもそんなに問題視はされてなかった。黎明期だったので、いろいろおおらかでしたね、いま考えてみると。

片山　だからこの当時の深夜番組は実験的な名作も多く生まれたんですね。監督はバラエティを経て、この後とうとうドラマ制作に関わることになります。[※13]『上品ドライバー』シリーズの演出や、[※14]『NIGHT HEAD』のテレビシリーズでは監督も手がけています。ぼくらのようなデザイナーの場合は、デザイン事務所に入って働きながら師匠や先輩の技を盗んで……という下積みのプロセスがけっこう長くありましたが、こういった演出や監督というのは、いきなり白羽の矢が立つものなんですか？

本広　ある日上司に「お前、映画学校を出てるなら、ドラマ撮れるだろう」と言われてドラマ制作の流れに入っていったんですよ。先輩たちが手一杯なので、手伝え、と。

片山　撮れといわれて撮れてしまうのがすごい。AD時代から、ドラマに対しての自信はあったんでしょうか。

本広　そうですね、当時のぼくは生意気で先輩方より自分の方がって思ってました（笑）。カット割や芝居づけも、ぼくだったらこうするなってよく思っていましたね。しかもそれを隠さずに「30歳になるまでに映画を1本撮ります！」ってあちこちで豪語していて、けっこう先輩たちから呆れられてました。

片山　よく嫌われませんでしたね（笑）。

※13『上品ドライバー』
1990年代、フジテレビの深夜帯で放送されていた不定期テレビ番組。企画はホイチョイプロダクション、脚本は小山薫堂。シリーズ全体を通して、自動車に関する文化、技術、問題などをテーマにしたコメディドラマとして構成されている。

※14『NIGHT HEAD』
1992年にフジテレビ系で放送されたSF特撮テレビドラマ。深夜帯の放送にもかかわらず高視聴率を記録した。超能力を持つ兄弟役に、ほぼ無名だった豊川悦司と武田真

本広　むしろお役に立っている気満々でしたよ（笑）。実際「ここでヒッチコックならこういう手を使いますよね」とか、「あの監督の演出だったら、こういう感じだと思うんですけど」とか口を出していましたし。

片山　じゃあ、先輩方は本広情報を重宝がっていた感じですか。

本広　だと思います。「何か参考になる映画ある？」とか、「タイトルバックつくりたいから、ヒントになる映像を編集してビデオにまとめておいて」とかリクエストされていたので。

片山　学生時代に1日5本以上の映画を観てきた本広ライブラリーを活かしてますね。やがてゴールデンタイムのドラマ枠にも進出して、織田裕二[※15]さんと出会ったきっかけでもある『お金がない！』や、脚本家の君塚良一[※16]さんとの初タッグになった『ヘルプ！』などなど、20代後半に次々と連続ドラマを手がけられます。そしてついに1996年、29歳のとき、観月ありささん、萩原聖人さん主演の『7月7日、晴れ』[※17]で映画監督デビュー。見事に有言実行しましたね。

本広　公開時は30歳になってましたけど、ぎりぎり間に合いました。

片山　全国ロードショーの映画を撮るのってそう簡単なことじゃないと思うんですよ。この作品の監督に抜擢された理由は何だったんですか？

本広　『7月7日、晴れ』は、極端なエンターテイメント作品なんです。言ってみれば、現実にはぜったいありえないおとぎ話のようなストーリー。セリフとかもちょっとフワフワしている感じで（笑）。なので、先輩たちは自分の作風に合わないということでみなさん断ったんですよね。でもぼくは30歳までに映画を撮ると豪語していたから、そこまで考えている余裕はなくて。35ミリフィルムで撮ることだ

治を起用。彼らの過酷な運命を描き、カルト的な人気を得た。

※15　織田裕二（おだ・ゆうじ）　1967年神奈川県生まれ。俳優、歌手。1987年、映画『湘南爆走族』で主演デビュー。1991年に出演したドラマ『東京ラブストーリー』で大ブレイクし、1997年にはドラマ『踊る大走査線』でその人気を不動のものとする。その他、音楽活動も積極的に展開するなど、多方面でマルチな才能を発揮している。

※16　君塚良一（きみづか・りょういち）　1958年東京都生まれ。脚本家、映画監督、放送作家。萩本欽一に師事し、バラエティの構成に携わった後、ドラマの脚本を手掛けるようになる。主な作品に、『ずっとあなたが好きだった』、『踊る大走査線シリーズ』、『さよなら、小津先生』など。

けプロデューサーに了解をもらって、すぐにありさと萩原くんを口説きに行きました。

片山 観月さんは『ヘルプ!』で、萩原さんの事務所とは、『NIGHT HEAD』でご一緒されているんですよね。『7月7日、晴れ』は、ドリカムが歌う主題歌も大ヒットして、ものすごい話題になりました。

本広 いま見ると素敵な映画に仕上がってます。

片山 この映画を見て、織田裕二さんからわざわざ電話があったとか。

本広 そうなんです。ぼく、『お金がない!』の撮影のとき、織田さんにも「30歳までに映画を撮りますから!」って(笑)。それを覚えていてくれて、本当に試写で見てくれて、電話かけてきてくれたんです。1時間くらいお話しして、何か一緒にやれたらいいねという話にもそのときなって。

片山 その約束が、1年後の1997年、『踊る大捜査線』[※18]で叶うわけですね。

本広 はい。最初フジテレビの亀山千広[※19]プロデューサーに呼び出されて「踊る」の企画を知らされたんですけど、あとから聞いたら、織田さんの逆指名だったという。

片山 そういうことはよくあるんですか?

本広 いや、どうでしょう。普通、局のプロデューサーが制作会社のディレクターに声をかけること自体、ないんですよ。その当時もなんでぼくが呼ばれたのかわかりませんでした。でも亀山さんは『ロングバケーション』[※20]の大ヒットのあとで肩の力が抜けていて、自由にやらせてくれたんですよね。たぶんビデオにもならないだろうし、1回こっきりオンエアの3ヵ月ドラマだから好きにやっていいよー、って。

片山 まさかのちにこんな大ヒット作品になるとは思わなかったんですね。

本広 それは、だれも思わなかったですね。ビデオにもならないと思っていたからこそ、いろいろやれ

※17『7月7日、晴れ』 1996年に公開された日本映画。フジテレビジョン製作。主演は萩原聖人、観月ありさ。七夕伝説をモチーフに、困難な恋に立ち向かう男女の姿を描く。

※18『踊る大捜査線』

1997年にフジテレビ系で放送された連続テレビドラマ。主演は織田裕二。従来の「刑事ドラマ」とは異なり、警察機構を会社組織に置き換え、署内

た部分は大きいんですよ。たとえば音楽も、本放送の中だけなら音楽はどれでも使っていいんです。だからハリウッドの大作やエヴァンゲリオンのサントラを使ったり、もう好き放題やってしまって。そしたらサブカル層からの反響がすごくて、ニフティのドラマフォーラムから火が付いて。内容的にも、刑事モノじゃなくて警察モノのドラマにしようということで、内部事情をたくさん描いたんです。刑事がタクシーの領収書を精算するシーンとか。それが、いままでの刑事ドラマに対してのカウンターとか言われて、すごく話題にしてもらいました。

片山　それは戦略というか、狙って仕掛けていったんですか？

本広　いえ、ぼくは何も考えてなくて、ただ好きなもの、見たいものを出してしまえって（笑）。

片山　がむしゃらだったというわけですね。

本広　そうでしたね。なんでウケてるんだろうっていう分析をしたのもあとからでした。

片山　『踊る大走査線』シリーズについては、のちほどまた詳しくお話を伺いますが、最高視聴率が23・1パーセント、結果的にはテレビシリーズ5本、スピンオフシリーズ3本、映画が最新作を含めて4本つくられるという、まさに国民的な超大ヒットシリーズになっていきました。その後、1998年に現在も所属しているロボットという事務所に移り、ドラマ『蘇える金狼』や映画『スペーストラベラーズ』など、どんどん話題作が世に出て行きます。今回調べていて面白いなーと思ったのが、監督と組んだチームの方も、みなさん出世されているんですよね。『スペーストラベラーズ』で助監督だった羽住英一郎さんも、いま『海猿』シリーズで大ヒットを飛ばしています。

本広　理由はわからないんですけど、ぼくと一緒に仕事した人って、すごいブレイクするんですよ。羽

の権力争いや駆け引きを描いた「警察ドラマ」という設定が話題に。その後、スペシャルドラマ版を経て映画化され、国民的な人気を獲得する。

※19　亀山千広（かめやま・ちひろ）　1956年静岡県生まれ。『踊る大走査線シリーズ』のプロデューサーであり、現在は、フジテレビジョン代表取締役社長。『あすなろ白書』、『ロングバケーション』などのテレビドラマをプロデュース後、2003年より映画事業局長となり、『踊る大走査線 THE MOVIE』、『海猿 ウミザル』など、多くのヒット作を手がけている。2013年より現職。

※20　『ロングバケーション』　1996年にフジテレビ系列で放送された連続ドラマ。主演は木村拓哉、山口智子。月曜9時（月9枠）にて放送されていた

住はほんともうすごいけど、『蘇える金狼』のときに組んだ佐藤東弥さん、大谷太郎さんもそれぞれヒット映画を撮られていて。

片山 それって一緒に仕事をしているときから何かわかりますか。ブレイクするひとに共通する何か。

本広 みんな、自分があります。たとえばぼくが監督で羽住が助監督のときも、対等なんです。「監督はそういうけど、オレだったらこうします」って、意見を入れてくる。

片山 共同テレビのAD時代に、本広さんがやっていたような感じですか。

本広 そうですね。自分が思ったことに対しては、妥協しない。

片山 後輩に意見されて、イラッと来たりしないんですか？

本広 それはないです。ぼくの作品づくりの理想は、基本は一匹狼。ひとりでやっている中で、たまたま気の合う人や、才能のある人に出会ってるだけなんです。去る者は追わず、来る者は拒まずの精神です。

片山 といっても、現場では監督以下、数百人のスタッフが動くわけじゃないですか。たまたま一緒、というだけでは、なかなかまとまらないと思うのですが……。

本広 みんなが発言しやすい環境をつくることは意識しています。助監督のいちばん下っ端でも、美術の助手でも、まずはみんなが意見を出せる空間をつくる。そしていいアイデアを出したら、「面白いね」って褒めて、それを横からぶんどるくらいの勢いで（笑）、みんなでつくってる感じを大きくしていく。その責任感の植えつけがいいのかもしれないですね。

片山 なるほどねえ。やはり本広監督の人柄が大きいんだろうなあ。

本広 あとですね、阿部寛[※21]さん。いまコメディやらせても上手い俳優としても大ブレイクしていますよ

ため、「月曜日はOLが街から消える」と言われるほどの社会現象を巻き起こした。最終回の視聴率は36・7％を記録。

※21 阿部寛（あべ・ひろし） 1964年神奈川県生まれ。俳優。1985年、「ノンノ・ボーイフレンド大賞」で優勝し、カリスマモデルとして活躍。1987年に映画『はいからさんが通る』で俳優デビュー。その後不遇の時代を経て、1993年、つかこうへい作・演出の舞台『熱海殺人事件 モンテカルロ・イリュージョン』でバイセクシャルの刑事役を好演。この作品が転機となり、演技力を兼ね備えた実力派俳優としての地位を固める。主な出演作に『TRICK』、『HERO』、『アンティーク～西洋骨董洋菓子店～』など。

※22 『アンティーク～西洋骨董洋菓子店～』 2001年にフジテレビ系

ね。阿部さんに映像の笑いの基本を植えつけたのは、ぼくだっていう自負があります。

片山　え、本当ですか？

本広　阿部さんはそう思ってないでしょうけど（笑）。2001年に『アンティーク～西洋骨董洋菓子店～』[※22]というテレビドラマをやったときなんですけど、当時、阿部さんはコメディ芝居の組み立てに迷っていて、でも、このドラマで何もしないことの面白さに気がついたはずです。

片山　これはマンガが原作なんですよね。

本広　そもそも、ぼくの中に「BL」と「ケーキ」っていうテーマがあったんですよ。BLってわかりますか？　ボーイズラブ。まずケーキは、本当にぼく無類のケーキ好きなので、毎回収録のあとにケーキが食べれたら最高だなあって思ってた（笑）。同時に、「月9でBLやったら面白いよな」って思っていたときに、よしながふみさんの原作と出会いまして。

片山　二枚目俳優てんこもりで、BLドラマ。

本広　まあ裏テーマですけど、微妙なヘンなシーンがいっぱいあります。

片山　このあたりになると、けっこう狙ってきてます？

本広　そうですね。音楽もミスチルの曲しか使わないとか。

片山　最終話のサブタイトルも、ミスチルの曲名を使っていますよね。

本広　だから、ミスチルのプロデューサーの小林武史さんにお会いしたとき、小林さん、ちょっと半笑いでした。変なことやるなって思われていたんでしょうね。

列で放送されたテレビドラマ。よしながふみによる漫画『西洋骨董洋菓子店』が原作。主な出演者は、滝沢秀明、藤木直人、阿部寛、椎名桔平など。劇中に流れる音楽は、すべてMr.Childrenの楽曲が使用されている。

※23　さぬき映画祭　香川県高松市を主会場に県内各所で行われている、映画・映像に関する総合的な映画祭。2006年に第1回が開催され、現在は第7回を数える。香川をイメージする映像作品の企画募集、ワークショップ、多彩なゲストによるトークショーなどが行われている。さぬき映画祭2013年のディレクターには本広克行監督が就任。

※24　大林宣彦（おおばやし・のぶひこ）　1938年広島県生まれ。映画監督。自主映画作りと並行してテレビCMの制作に携わり、2000本

さぬき三部作で故郷に恩返しを

片山　なるほどなあ。こんなふうに次々とユニークな作品をつくられていくわけですが、ぼくは、ご自身の出身県が舞台の「さぬき三部作」がとても好きなんですよ。

本広　香川は2006年から「さぬき映画祭」[※23]というのを始めたんです。そのときに、かの大林宣彦監督[※24]に「きみはさぬきという土地に育てられたんだから、故郷に恩返しをしなさい」と言われまして、これはもう、大林監督の尾道三部作にちなんで、さぬき三部作をやるしかないと思って。

片山　第1作目の『サマータイムマシン・ブルース』[※25]は、劇団ヨーロッパ企画[※26]の舞台演劇が基になっているんですよね。

本広　はい。このころはちょうど『踊る大捜査線 THE MOVIE 2 レインボーブリッジを封鎖せよ！』[※27]が大ヒットした後で、次にどういう映画を撮ろうかって自分の中で迷っていたんですよ。そのときにヨーロッパ企画の演劇に出会って、「これだ！」と一気に！（笑）。

片山　『THE MOVIE 2』はちょっと、並外れてすごかったですもんね。興行収入173・5億円。日本実写映画の興行収益のうち、50億以上の差を付けていまだに1位独走していますから。

本広　そうなんですよねえ。

片山　『サマータイムマシン・ブルース』には、当時はまだ新人だった人気俳優がたくさん出演しています。瑛太さんに上野樹里さん[※28]、真木よう子さん、佐々木蔵之介さん、ムロツヨシさんも。

以上のCM作品を生み出す。その後、劇場映画に進出。故郷の尾道を舞台にした〝尾道三部作〟を発表し、多くの熱狂的な支持を集める。代表作に『転校生』、『時をかける少女』、『青春デンデケデケデケ』など。

※25　『サマータイムマシン・ブルース』　2003年公開の日本映画。劇団ヨーロッパ企画による同名舞台を本広克行監督により映画化。謎のタイムマシンで今日と昨日を行き来する大学生の騒動をコミカルなタッチで描く。主演は、瑛太、上野樹里。監督の出身地である香川県で撮影が行われたことも話題に。

※26　劇団ヨーロッパ企画　1998年に結成された劇団。京都を中心に活動している。代表の上田誠がこれまでの全公演の脚本・演出を担当。『サマータイムマシン・ブルース』と

本広　これもまあ、『THE MOVIE 2』のヒットがあったからわりと自由が利いて。オーディションやワークショップから逸材を発掘して、売り出すのが目的のひとつでもありました。みんなで合宿したりして、すごく楽しかったですよ。

片山　上野樹里さんをドラマの『のだめカンタービレ』[※29]に推薦されたのも本広監督だと聞いたことがあります。

本広　合宿のとき樹里が仕事の関係で遅れて合流したんですが、そのとき、「監督ー！」って駆け寄ってきて、どたーっと転んだんです。それを見て、これどこかで見たことあるなと思ったら、「あ、野田恵にそっくりだ！」って。ぼくが原作漫画「のだめカンタービレ」にハマってたこともあって。それで「樹里ちゃんは、のだめ、やれますよ」ってマネージャーに興奮して言ったんですよね。

片山　まさに当たり役でした！　ほかの俳優さんたちも、みんな活躍していますね。さて、そうして好調なスタートを切ったさぬき三部作、2本目が『UDON』[※30]です。この映画のために、なんとサラリーマンだった弟さんを、うどん屋さんにしちゃったとか。

本広　香川といえば讃岐うどんが有名なので、うどんをテーマにした映画はちゃんとやりたいなって思っていたんです。ところがいざ取材をしてみると、なかなかうどん屋さんは内情までは話してくれない。でもこちらとしては隠されたブラックなところが知りたいわけです。そこで香川在住の弟に、「おれ、故郷のためにうどんの映画をつくろうと思う。お前、昔からうどん好きやったろ。うどん屋やってみねえか」と頼んでみたら、ほんとになってくれました。

片山　すごいですね、映画のためなら弟を転職させる。

『曲がれ!スプーン』（原作『冬のユリゲラー』）は、本広克行監督によって映画化されている。

※27　『踊る大捜査線 THE MOVIE 2 レインボーブリッジを封鎖せよ!』　2003年に公開された『踊る大走査線シリーズ』の劇場版第2作。国内の観客動員数1260万人、興行収入173.5億円は、現在も実写邦画歴代興行収入第1位。

※28　上野樹里（うえの・じゅり）　1986年兵庫県生まれ。女優。NHKドラマ『生存 愛する娘のために』で女優デビュー。2004年に主演した映画『スウィングガールズ』で日本アカデミー賞新人俳優賞を受賞。その後、ドラマ『のだめカンタービレ』で主役の野田恵を演じ、脚光を浴びる。

本広　カンヌ映画祭に連れてってやるから、と言って（笑）。ほんとにふたりでカンヌに行きましたよ。「松井うどん」っていう屋号でいまも続けているので、みなさんも香川に行ったら食べてやってください。

片山　弟さん、監督に似てます？

本広　似てますよ。幅がぼくの1・5倍ですけど。

片山　その松井うどんが、『UDON』の元ネタになっているんですか？

本広　そうですね。映画の中では「松井製麺所」という屋号ですが。元ネタというか、おかげでいろいろリサーチできました。人気が出ると飲食店ってほとんど味が落ちるでしょう。その理由とか。

片山　あれ不思議ですよね。うどんに限らないけど。やっぱりはっきりと原因があるのかな？

本広　早く多くさばくために材料の劣化が起きたり、飽きられないようにメニューを増やしすぎて収拾がつかなくなったりですね。ひどいのだと、箸で持ち上げただけでぷちんってきれる麺もあったりして、そのあたりは映画の中でちょっと皮肉りました。

片山　それから『曲がれ！スプーン』[※31]でさぬき三部作が完了、と。こちらも『サマータイムマシン・ブルース』と同じく、劇団ヨーロッパ企画の舞台作品『冬のユリゲラー』を基にしています。長澤まさみさん主演の、かわいらしい超能力者たちのお話でした。

本広　三部作は世界観を共有しているので、前作で登場した俳優さんがけっこう何人も出ています。『曲がれ！スプーン』は締めくくりですから、とくに全作品を見た人にだけわかる小ネタをけっこう入れていますね。逆に、見ていないとわからないシーンもあるかもしれないけど。

片山　わかる人にはわかる小ネタがふんだんに入っているのは、本広監督作品を楽しむ醍醐味のひとつ

※29『のだめカンタービレ』　女性漫画誌『Kiss』にて2001年から2010年まで連載された二ノ宮知子による漫画作品。また、テレビドラマ、テレビアニメ、実写映画といった複数のメディアにも展開している。タイトルの「カンタービレ」は、「歌うように」を意味する発想記号。クラシック音楽をテーマにしており、幅広い分野にクラシック音楽を普及した作品としても評価が高い。

※30『UDON』　2006年に公開された日本映画。本広克行監督による〝さぬき三部作〟の第2作目。主演は、ユースケ・サンタマリアと小西真奈美。ほぼ全編にわたり、本広監督の出身地である香川県で撮影が行われている。

※31『曲がれ！スプーン』　2009年に公開された〝さぬき三部作〟の第3作目。主演は、長澤まさみ。劇団ヨーロッパ

:23:27

321
HDV1080i

ですよね。

『踊るファイナル』を撮り終えて思うこと

片山　ここで改めて、『踊る大捜査線』シリーズを通じて、監督の映画に対する考え方をお話ししていただきたいと思います。ホントにいまとなっては国民的な作品ですが、おさらいまでにざっとダイジェストで説明しますね。まず、1997年にフジテレビ制作のドラマとしてスタート。翌98年に劇場版の[※32]『踊る大捜査線 THE MOVIE 湾岸署史上最悪の3日間!』が公開。以降、劇場作品は計4本、ほかにもスペシャルドラマやスピンオフ作品、関連作品などは紹介しきれないほどたくさんつくられたシリーズです。そして今回、15年目にして完結編にあたる『踊る大捜査線 THE FINAL 新たなる希望』をクランクアップ、絶賛公開中です。本当におつかれさまでした。先ほども少し出てきましたが、最初のテレビシリーズは3カ月で終了予定であり、こんなに長く続くシリーズになるとは思っていなかったと。つまり戦略を練りながらやるというよりは、気楽に好きなようにやっていたものが、評判とともに気がついたら、どんどんどん責任が重くなってきたのではないかと思うんですが。

本広　ホントに、そうでしたね。

片山　今回とくに、完結編ということですごく悩んだと聞きました。

本広　『THE FINAL』は、総合的な調整力がすごく求められるものでした。本当はストーリーとしては、やはり第1期からの軸である、青島と室井が衝突して協力して……というパターンがいちばん

企画の上田誠が原作・脚本を担当した。同劇団の最高傑作との呼び声も高い舞台作品『冬のユリゲラー』が基になっている。

※32　『踊る大捜査線 THE MOVIE 湾岸署史上最悪の3日間!』連続テレビドラマ『踊る大走査線』の劇場版として、1998年に公開。観客動員700万人、興行収入101億円を記録し、当時の実写邦画歴代興行収入で3位に。ベテラン刑事役のいかりや長介が、日本アカデミー賞の最優秀助演男優賞を受賞した。

※33　山田洋次（やまだ・ようじ）1931年大阪府生まれ。映画監督、脚本家。東京大学法学部を卒業後、松竹に助監督と

盛り上がるんです。でも15年たってみんな立場も変わってきていて、同じ構造を繰り返すことはもうできない。登場人物も増えましたから、そのあたりを調整して調整して調整して。毎晩、役者さんの誰かと、事務所の誰かと、プロデューサーの誰かと話をして、彼らの意向をぜんぶ聞いて、その意向に従いながら、聞いて聞かないふりをするとか。そういうことをひたすらしてました。

片山　煮詰まってしまうことはないんですか。

本広　そういうときは、ひたすら夜中に歩いてます。ずっと歩いていると煮詰まりから抜けることがあるので、会社のある恵比寿から自宅の世田谷までは頻繁に。この前、片山さんの事務所に伺ったときも、自宅まで歩いて帰ったんですよ。

片山　え、そうだったんですか？　10キロくらいありますけど……。

本広　さすがに、2時間半ほどかかりました（笑）。

片山　今回は、[※33]山田洋次監督にも相談されたとか。

本広　山田監督は、テレビ版の『[※34]男はつらいよ』の最終回で寅さんを死なせてしまって、視聴者からたくさん悲しみの投書がきたことを切々と話してくださいました。そのことがあって、映画版をつくって寅さんを復活させたのですが、視聴者にそれほどショックを与えたことをずっと気にされていて。「明るい主人公は絶対に殉職させてはダメだ」といわれたんですよ。でもどうしよう……とかなり考えましたね。

片山　映画を観てほしいからあまり言えないけど、ラストはおそらくみんな、予想を裏切られますよね。すごく大胆な終わり方でした。

して入社。初監督作品は『二階の他人』。１９７７年の『幸福の黄色いハンカチ』は、第1回日本アカデミー賞で6部門を受賞。『男はつらいよシリーズ』の監督、『釣りバカ日誌シリーズ』の脚本を長年にわたって務めた。近年は、『東京家族』『おとうと』『武士の一分』『たそがれ清兵衛』などの作品を発表している。

※34　『男はつらいよ』　渥美清主演、山田洋次原作・監督によるテレビドラマ及び映画シリーズ。渥美演じる主人公の寅次郎（寅さん）の恋愛模様を、日本各地の美しい風景を背景に描いていく。テレビ版は、１９６８年にフジテレビ系列で放送。映画シリーズは、１９６９年を皮切りに、１９９５年までに全48作が製作されている。

本広　たしかに今回のピリオドの打ち方はちょっと独特です。これは、劇作家の平田オリザさんに教わったのですが、見る人の解釈によって作品の見え方が変わるという。

片山　ぼくは、最初に試写会で見て、そのあと監督から解説を聞いて改めて見たんですが、解釈の仕方が変わりました。普通の娯楽作だと思っていると、裏切られてしまう。本広監督らしいひねくれ方が垣間みれる作品だと思います。

本広　あのラストはダブルミーニングになっているんですよね。まだ、プロデューサーにも話してないの。半年くらいしたら、ネットとかでちょっと話そうかなって思っているんですけど。なんというか、違和感みたいなことなんですけど。

片山　見方がぜんぜん変わりますからね。ぜひみなさんも、まず映画館でご覧ください。それから、さっきいろいろプレッシャーがあったとおっしゃっていましたが、実際に撮影現場を見学させてもらったときは、監督がそんなふうに悩んでいるなんて思いませんでした。みなさん笑いが絶えなくて、監督もすごくリラックスされていたように見えましたよ。

本広　現場の雰囲気には気をつけているつもりです。ピリピリした空気を出そうと思ったら、簡単にできるんですよ。イライラして、アシスタントとか、立場の弱い誰かを怒鳴ればいい。でもぼくが尊敬していた監督さんたちは、誰もそういう、安易な演出をやりませんでした。みんなを褒めて、みんなでつくっているんだっていう意識を高めるためには、自分の葛藤は表に出してはいけない。それは監督として自分が処理する問題なので。現場ではみんなが和気あいあいと、冗談を言いながら、お客さんにも参加してもらうくらいの雰囲気でありたいと思っていました。

片山　『THE FINAL』では、ぼくの家族もエキストラ出演させてもらったんですよね。そして、ゼミ生を連れて撮影現場を見学させてもらったときも、織田さんが普通に隣にきて「どう?」と声をかけてくれたりした。ほかの役者のみなさんも順番に、ゼミ生とお話をしてくださって、そのフレンドリーさにびっくりしました。

本広　この情報化社会、ソーシャルの時代になって、役者でも性格の悪い人や素行の悪い人は残っていけません。スーパーモデルもみんな性格いいらしいですし。面倒くさい噂のある人はぼくらも使えないんですよ。スタッフももちろんそうで、現場の空気を悪くするような人はだんだん排除されていきます。ただそれだと頑固な職人さんとか、気難しいカリスマとかもいなくなってしまうので、それはそれで問題なのかもしれないですが。

片山　現場は現場でいろいろとあるのですね。あと、すごく印象に残っているシーンがあるんです。見てない人にはほんと申し訳ないんですけど、室井さんが「全捜査員に告ぐ。バナナだ!」っていうところ。すごく大事な、本来ジーンとするはずのシーンなのに、笑っちゃうんですよね。素直に感動させてくれない(笑)。

本広　ぼくも脚本の君塚さんもテレビバラエティ出身だから、つい笑いにもっていっちゃうんですよ。いいシーンで必ずコントにしちゃう。むしろ「バラエティ出身の自分たちが映画をつくっているなんて思うのはおこがましいかもしれん。映画というよりも、大いなるコントをつくりましょう」ってよく言っているくらいで。

片山　自らそんなハードルを設定していたとは(笑)。でも、泣かせるよりも笑わせるほうが難しいと

『踊る大捜査線 THE FINAL』の撮影風景より

聞いたんですが本当ですか？

本広　笑いって、地域やその日の気候なんかも関係しますからね。そういう差を越えるには、「間の笑い」っていうんですけど、ヘンな間をつくって、そこをお笑いにしていく方法がいちばん効果的だと思ってます。

片山　頭で理解するんじゃなくて、身体で理解する感じですか？

本広　日常生活でも緊張しすぎて、ヘンな間になることありますよね。わかりやすく簡単なのは下ネタです。シーンとしている厳粛な場所で、おならをプッとやるだけで笑うでしょ。でもそれをやってしまったら、物語の中の笑いの精神としては許せない。「ここでおならはラクなんだけど、うわー、くそっ」と思いながら我慢する。

片山　なんかすごいわかる気がします（笑）。

本広　下ネタはやらない。ホラーはやらない。暴力描写もできるだけ使わない、っていうのが、ぼくらの娯楽映画をつくる上でのプライドです。あと、笑いの効用としてはもうひとつ。お客さんが劇場で集中していられる時間って、2時間くらいが限界だと思うんです。そうするとどうしても物語を削らなければいけないんだけど、ショートカットしていく上でコントってすごい武器になるんですよ。結果的には、それが『踊る大捜査線』の味になったのかなとも思います。

片山　なるほど。そう聞いてから観ると、また違う発見があるような気がします。そしてきょうはなんと、『ＴＨＥ ＦＩＮＡＬ』のネタ帳と台本の写真をお借りしているので、みなさんスクリーンにご注目ください。

本広　恥ずかしいですね、これ（笑）。

片山　相当レアです。ラストシーンのラフスケッチも最高なんですけど、とくにぼくが気になったのはこのメモ。「正義の味方と悪の組織の違い」[※35]。

本広　たまたまネットで見つけたんですけど、ほんと面白くて腑に落ちたので、しっかりネタ帳にメモしました。

片山　それによると、正義の味方っていうのは、「自分自身に具体的な目標がない」「相手の夢を阻止するのが生き甲斐」「何かが起こってから行動する」「いつも受け身姿勢」「単独で少人数で行動する」「いつも怒ってる」。

本広　なんかダメっぽいですよね。で、対する悪の組織が超カッコ良くて、「大きな夢や野望を抱いている」「目標達成のために研究を怠らない」「日々の努力を重ね、夢に向かって手を尽くしている」「失敗してもへこたれない」「組織で行動する」、そして最後に「よく笑う」。もうね、これすごい、言い得て妙だなって。

片山　どっちが正義でどっちが悪だか分からないですね。

本広　『ＴＨＥ　ＦＩＮＡＬ』は「正義」がテーマになっていて、なかでも小栗旬[※36]くんは非常に難しい役どころなんですよ。でも小栗くんにこのきったない字のノートを見せたら、すごく話が早くて、助かりました。

片山　偶然見つけたものもしっかり活用しているところが監督らしいです。

本広　面白かったらすぐに何でも取り入れます。

※35「正義の味方と悪の組織の違い」

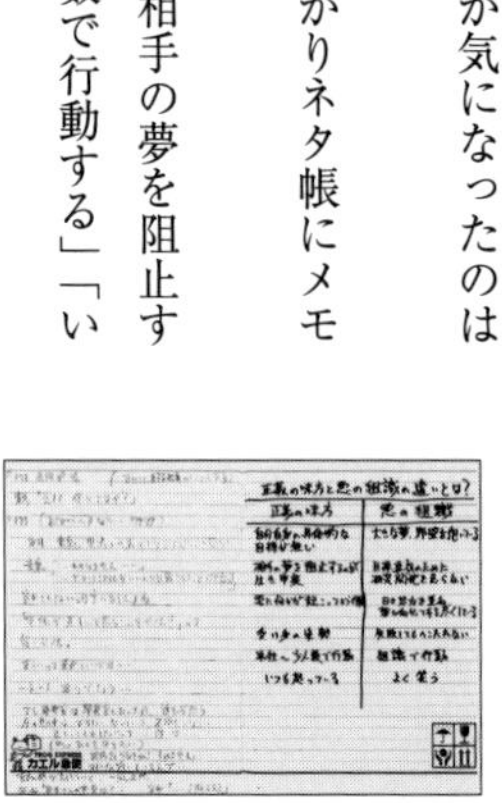

※36　小栗旬（おぐり・しゅん）　１９８２年東京都生まれ。俳優。ドラマ『花より男子２ リターンズ』の花沢類役で大ブレイク。映画作品にも多数出演し、主演作『キサラギ』、『クローズZERO』がヒット。俳優業の他にも、２０１０年公開の映画『シュアリー・サムデイ』では、映画監督デビューを果たしている。

片山　次の写真が、台本※37なんですけど、これ、なんと織田さん直筆の書き込みがある。

本広　この台本、何度も何度も書き換えたんですけど、あるときから織田さんにも参加してもらっていたんです。それで青島刑事が自分の想いを語るラストシーンは「いや、もっとこういうことを言いたい」といって、ぼくの台本に直接書き込んでくれちゃって（笑）。おかげで織田さんと15年一緒にやってきたなっていう、すごい大事なページになりました。

片山　間違えてオークションとかに出さないでくださいよ（笑）。

本広　監督の台本って、ものによっては100万円以上になるらしいですね。そう聞いてから、虫がついたりしないよう、とても大事にしまってるんですけど。

片山　なに言ってるんですか、100万程度の価値じゃないですよ。これはもう監督と織田さんの15年間の絆であり宝なんですから、お墓まで持って行ってください。

本広　そうですよね（笑）。

クリエイターとしてのバランスの取り方

片山　みなさんお気づきのように、さきほどから演劇の話がたびたび登場しています。監督は演劇にも詳しくて、ご自身も2007年から演劇ユニットFABRICA（ファブリカ）を立ち上げています。そこで上演される作品はわりとストイックというか、地味というか、もっと言ってしまうとマイナーな存在の作品なんですよね。たとえば以前に取り上げられた『演劇入門』※38という演目は、平田オリザ※39さんのハ

※37　台本

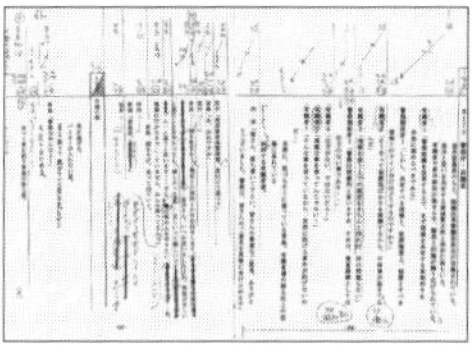

※38『演劇入門』　2010年、演出・本広克行、脚本・岩井秀人（ハイバイ）によって公演された演劇。原作は、青年団主宰である平田オリザが、自身の提唱する「現代口語演劇理論」に基づき、戯曲の書き方から演技・演出の秘訣までを解説した同名著書『演劇入門』。

※39　平田オリザ（ひらた・おりざ）　1962年

ウ・トゥー本を舞台化したとても実験的な作品です。つまり国民的な人気を得るドラマや映画をつくる一方で、それほど多くの動員は見込めないかもしれない演劇の世界でも表現をしている。これは、監督の中でどのような関係性があるのでしょうか。

本広　規模の大きな商業映画は、何億というお金を扱って、錬金術のように映画制作をして宣伝してヒットさせていくのです。ハリウッドではけっこう、監督が自分でお金を出すんですよ。自分が好きなようにつくるために。スポンサーのいるオーナーズ映画は、出資者の意向に沿って、ヒットさせるために自分の意向を削ることがままあります。それは仕事なのでいい悪いではないのだけど、そればかりだとやはり、精神的な部分でバランスが崩れてしまう。そういった意味で、『踊る』はぼくの中では、究極に大ヒットしてるオーナーズ映画なんです。大きくなればなるほど多くの人の意向があって、それをまとめて背負っていく作業はやはり身体にきますね。今回『THE FINAL』の撮影が終わったら、髪が真っ白になってました。そういう状況は『THE MOVIE 2』のあたりからすでにあって、悩んでいたときに、演劇に出会ったんです。映画のオーナーになるにはものすごい大金が必要だけど、演劇ならそこまで大金をかけなくてもほどほどのものがつくれます。そこで自分でユニットを立ち上げて、いままでに3作品、上演しました。

片山　演劇もまた、監督が自分であり続けるために必要なクリエイティブということでしょうか。

本広　そうですね。精神バランスはFABRICAで本当に持ち直しました。それに3作品を通じて新しい役者、いろんな才能に出会えたことも大きかったです。劇作家の方々との交流も始まって、いろいろなタイプの演劇を知って、自分のやりたい方向性として行き着いたのが、『演劇入門』をやったときの

東京都生まれ。劇作家、演出家。劇団青年団主宰、こまばアゴラ劇場支配人。「現代口語演劇理論」を掲げ、日本人の生活を基点に演劇を見直し、「静かな演劇」と称された1990年代の小劇場演劇の流れをつくる。代表作『東京ノート』で、第39回岸田國士戯曲賞を受賞。

平田オリザさんの戯曲でした。オリザさんの作品は現代口語演劇と呼ばれているもので、小劇場でマイクも何も使わないで、身近な話し言葉だけでずっと演劇を組み立てていくんです。音楽もかからない。暗転も少ないから、見るお客さんも集中せざるをえない。それがもうすごい快感なんです、こんな自由な世界があったのかと。

片山　本広監督に薦められて、平田オリザさんの作品を観たんですけど、正直ぜんぜんわからなかったんです、ぼく。どこがすごいのかわからなくて、どういうふうに解釈すればいいんですかって聞きましたよね。そしたら、「解釈はその人に委ねられていて、その人の精神状態や環境で決まるんだ」って言われて、すごくビックリしたんですよ。それまで、映画や演劇は受け身でいれば与えられるもののように思っていたけれど、そうじゃなくて、アートを見るみたいな、インタラクティブな関係があるんだと。

本広　ぼくもそれをオリザさんに教わって衝撃でした。

片山　正直、まだ現代口語演劇って数回しか見てないので分からない部分もたくさんあるのですが、国民的映画を撮られている監督が、そういう、知る人ぞ知るような作品に注目されていたということにも驚きました。それに、FABRICAの舞台が終わったあと、監督、舞台トークみたいなことをしてますよね？

本広　ええ、やってます、アフタートークですね。

片山　ぼく、「なんでそういうことするの？」って不思議だったんです。そしたら監督、「これをやると10人くらいお客さんが増えるんですよ」って言っていた。それが、ものすごく記憶に残っています。ああ、目の前の10人を、きちんと大切にされてるんだなあって。

本広　もちろん、ただの息抜きではないつもりです。演技の基本はやはり演劇の中にあると思っていますから。きっちり分けて考えているわけでもなくて、演劇や演技というものを自分の中で磨いていければ、必然的に、映画にもドラマにも反射させることができると思っていて。

片山　みなさん、あまり知られていない監督の一面を垣間見たような気がしませんか。成功街道一直線の売れっ子監督でも、そうやってストイックに自分に向き合っている。だからこそ、超ヒット作を生み出すことができるのだと思います。しかし、そんなストイックで渋い活動に加え、また極端にタイプの違うお仕事もされています。みんな知ってるよね、AKB48の「Everyday、カチューシャ」[※40]という曲。このPVも監督の作品です。何度も見ていると思いますが、ここで改めて拝見しましょう。

本広　眠気覚ましにどうぞ。

片山　もう、全く雰囲気が違いますけれど。このPVはそれまでのAKB48作品へのオマージュが潜んでいるんですよね？

本広　そうです。AKBはこのとき、すごいスピードで坂を上がっている最中で。ここで一気にトップアイドルの座に持っていくにはどうしたらいいか考えて、思いついたのがセルフパロディでした。ただし撮影スケジュールが2日くらいしかなかったので、その期間にできることとして、前田敦子がひたすら自転車で走り、その間に走馬灯のように過去のPVのパロディをどんどん入れていき、それを見た人が、彼女たちの物語をつないでいけるような構成にしました。

片山　PVとしては長くて7分くらいあるんですけど、最初のシーンからしてもう、なんかすごい。ラストも映画みたいです。

本広　最初のシーンは、スピルバーグの『激突』へのオマージュです。ラストは、機動戦士ガンダム『哀・

※40「Everyday、カチューシャ」　AKB48の21枚目のシングル。2011年5月リリース。初回出荷枚数は145万枚で、自身のシングル初回出荷枚数の最高記録を更新した。なお、初日売上は94・2万枚。

戦士』のラストシーンと同じですよ、ほら、みんな敬礼してるあれ。

片山 うーん、ちょっとわからない（笑）。ガンダムに詳しくないんです。ごめんなさい。

本広 ファーストガンダムです（笑）。で、この仕事を受けたいちばんの理由は、このラストシーンにあります。というのも、日本では使えないラジコンヘリコプターのカメラがありまして、それが、この撮影地グアムでなら使えるんです。電波法の関係で。そのカメラを使って、『ハリー・ポッター』シリーズでも活躍しているラジヘリの撮影チームに来てもらって、ワンカットでこの長いエンディングを撮っているんですよ。じつは、このワンカットだけで予算数百万かかってるんです。

片山 本当ですか！　すごいですね。

本広 もうやりたい放題、やらせてもらえて。自分の中でも、超テンション上がりました（笑）。

片山 秋元康[※41]さんは、その件について何と？

本広 とくになかったです。ＡＫＢっていうのはソフトウェアだから、ＯＳは何でもいいんです、と言われたかな。ＭａｃでもWindowsでも何でもいいので、自由に監督の色に染めてください、って。

片山 エンディングにスタッフロールまであって、本当に映画みたい。

本広 大変でしたけど、やってよかったですね、この仕事。

片山 精神バランスをとるために演劇をやりつつ、一方では、ワンカットに数百万かけて、うきうきとグアムでＡＫＢの撮影もしている。なんなんだろう、監督の頭の中には、いくつも脳みそがあるんじゃないかとさえ思ってしまいますね。

※41　秋元康（あきもと・やすし）　1958年東京都生まれ。作詞家、ＡＫＢ48総合プロデューサー。80年代以降、作詞家として活躍し、美空ひばり、とんねるず、おニャン子クラブらのヒット曲を手掛ける。2013年には、作詞したシングル作品の総売上が6859万枚を超え、その記録が歴代1位に。

新しい才能をフックアップする試み

片山　さて、ここで、instigator 初の試みがあります。もうひとりのゲストの登場です。わが武蔵野美術大学を今年卒業されたばかりの、尾野慎太郎さん。彼が卒業制作でつくった『うつくしい人』という映像作品は、当校でも優秀賞を受賞しています。さらにフジテレビ主催の「2012 Student Film 7 in ODAIBA」というイベントに参加して、それを観た本広監督が大絶賛。instigator は煽動者にご自身を語ってもらう企画ですが、10年後にはこの会場にいるみなさんにこちら側に来てほしいという狙いがあります。いままさに大きな一歩を踏み出している尾野さんに登場してもらって、少し3人でお話ししたいと思います。尾野さん、どうぞ。

尾野　よろしくお願いします。

片山　緊張してるかもしれませんが、このコーナーの主役ですからどうぞリラックスしてください。まずは、『うつくしい人』の説明をお願いできますか。

尾野　武蔵美の映像学科では、3年生のときに進級制作というものがあります。その際に徳島県の神山に行き、環境問題や森林問題をテーマにしたドキュメンタリーを1本撮りました。卒業制作は、そのドキュメンタリーを撮った環境に女の子の登場人物を仕込みとして存在させて、フィクションの映画に仕上げたものです。

本広　最初に見たときは、自分の彼女を撮った、プライベートフィルムかと思ったんですよ。田舎のきれいな景色を背景にして。正直、ありがちだなって思った。ところがフィクションだと聞いて、なんて難しい演出をしているんだろうとびっくりしました。この自然な佇まいがヤバイんです。普通、カメラが自分に向いているときって、どんな人でも自意識が働いて、自然な演技なんてできないんですけど、その壁をなんなく越えている。どうやっているんだろうとも思ったし、大金かけて映画つくってる場合じゃないんじゃないかと思うほど驚かされました。

片山　すごい絶賛ぶりですね。尾野さん、どういう演出をされたんですか。

尾野　ぼくは役者さんを使うよりも、素人さんに演技してもらうほうに興味がありました。でも普通に生活している地元の人たちに用意した台詞を言ってもらおうとしてもできるわけがないですよね。なので、たとえば女の子とおばあちゃんが話すシーンでは「この子はあなたのお孫さんで、お正月だから遊びに来ている。そういう設定で、ちょっとこういう話をしてもらえませんか」というふうにお願いして、演じてもらいました。

片山　普通、簡単にできないよねえ。たまたま演者に隠れた才能があったのか、それとも尾野さんの人柄で、自意識を超えるような空間をつくっていったのかな。

尾野　進級制作のときに、地元の方たちとはある程度の関係性みたいなのができていました。その時点で、このくらいのことはやってもらえるという想定がありましたし、あとはどちらかというと、ぼくのイメージに合わせて演技をしてもらうのではなく、地元の方々がいつもどおり生活している中に、ぼくの撮りたいものを合わせるというやり方をしたので、わりと自然な感じにもっていけたのかなと思っています。

本広　いま簡単に言いましたけど、これめちゃくちゃ難しい演出方法なんですよ。演劇にも通じている方法ではあるんですけど。

片山　かなり時間がかかったんじゃない？　何回も撮影した？

尾野　ずっとカメラをまわし続けて、もうちょっとこういう話をしてもらえませんか、と誘導してちょっとずつ調整していって、いいなと思ったシーンをつなげて映画にした感じですね。

片山　昔はいい作品をつくっても、世に出るまでにはけっこう壁がありました。でもいまは彼のように、すごいものをつくると目利きの先輩が見つけてくれて、ポンと表舞台に出てくる可能性もたくさんある。すでに、本広監督と一緒に仕事をする話も出ているんですよね？

本広　そうです。今年から故郷の「さぬき映画祭」のディレクターをやることになりまして、尾野くんと一緒に映画祭のドキュメンタリーをつくろうかなと考えています。話していて、[※42]想田和弘監督の撮る観察映画が好きだってことで、ふたりで意見が一致したんですよ。『選挙』とか『精神』とか『PEACE』とか。

片山　観察映画って、テロップやナレーションもいっさい入らないんですよね。

本広　そう、でも見ていくうちにどんどんその世界に入っていく。その撮り方も、被写体の意識がカメラに入らないからこそできることなんです。

尾野　ぼくはまだ実際に動いていないので詳しいことはわかりませんが、そういう作品が撮れたらすごく面白いだろうなと思います。

本広　じゃあまず、いまの会社を辞めてもらって……。なんてね、あぶないあぶない。こうやって人の

※42　想田和弘（そうだ・かずひろ）　1970年栃木県生まれ。映画監督、脚本家、演出家、ジャーナリスト。自らが「観察映画」と呼ぶドキュメンタリー映画を制作している。「観察映画」とは、撮影前に台本をつくらず、ナレーションも音楽もテロップも挿入せず、出演者にモザイクをかけないといった、独自のドキュメンタリー制作の方法論。代表作に、市議会議員

人生を狂わせていくんですけど（笑）。

片山　弟をうどん屋にしたようにね（笑）。でも、本当にこういうチャンスってないから。もちろん尾野さん次第、ちゃんと地に足をつけた上での話ですけど。ぼくはそうやって若い人がどんどん出てくるべきだと思っているので、ほんと、がんばってください。武蔵美の星だしね。

尾野　はい、がんばります。

片山　では、尾野さんありがとうございました。大きな拍手を。本広監督は若い人の才能もちゃんとフックアップして、次世代のことも考えているという、すばらしいお話でした。

本広　なんかぼく、すごくいい人みたいじゃないですか？

めざすは巨大な悪の組織

片山　さて、今回も盛りだくさんのinstigator、そろそろ時間ですね。ちょっとだけ、質問のコーナーをここで設けたいと思います。何でも答えてくれると思いますよ。挙手をお願いします。はい、ではそこのあなた。

学生A　ありがとうございます。ぼくはエンターテイナーに憧れてるんですけど、エンターテイナーにはぜったいなれない人格っていうのがあったら教えてください。

本広　うーん、そうですね。人の話を聞けない人はまず無理かな。でも、聞いてばかりではかたちにならないので、ある程度、聞く振りの芝居ができたほうがいい。その調節や駆け引きのバランスが大事で

選挙に立候補した男性を追った『選挙』、精神科クリニックに関わる人々を描き、日本社会のタブーに追った『精神』などがある。

すね。娯楽映画を撮るコツも、エンターテイナーとして人を楽しませるコツも同じで、どこまで人の話をうまく聞いて流せるかっていう、バランスだと思いますね。だから、「自分はこうしたい」っていうことを出しすぎてしまう人は、しんどいかもしれないです。

学生A　わかりました。ありがとうございます。

片山　では、次、隣の人どうぞ。

学生B　貴重なお話、ありがとうございました。映画の現場で、和気あいあいとされながらも、しっかりとまとめるコツというものはありますか?

本広　ええとですね、自分は天才ではないんで、よくテンパるんですけど。そのときにいつも思うのが、「別に死ぬわけじゃねえしな」ってことです。そうすると、ほどほどになるんですよね。人間関係も、仕事に対する向き合い方も。完璧ってぜったいにあり得ないし、そういう精神力もないんで、いつも「あ、これくらいがほどほどかな」っていう感じでバランスとってます。

片山　抜くとき抜きますよね、すごく上手に。けっこう、テキトーなこと言いますもんね。

本広　はい（笑）。カンフー酔拳の達人みたいになりたいんですよ。酒くらって酔っぱらっているのに、一瞬だけ強い、ああいう人になりたい。

片山　緊張と弛緩みたいな。いやでも、ほんと、あれだけの規模の作品を撮るのって並大抵の精神力じゃ無理ですよ。そこでフワフワとやれるっていうこともすごい才能だなと、いつも思っています。では次は、うしろの席の彼女。

学生C　よろしくお願いします。『踊る大捜査線』はテレビドラマのころから大好きで、先日『THE

FINAL』も見させてもらいました。『THE MOVIE 2』の時点で、和久さん役のいかりや長介[※43]さんがお亡くなりになったじゃないですか。感動する部分って、やっぱり和久さんのセリフが多いなと思っていて、そこの部分をどうするんだろうって疑問に思いながら『THE MOVIE 3』を見たんですけど、そのあたりはどういう心境だったのかなっていうのをお聞きしたいです。

本広　『THE MOVIE 2』から『THE MOVIE 3』まで7年かかっている理由は、いかりやさんが亡くなられたからです。何回か企画の打ち合わせはあったんですけど、どうしてもかたちにはなりませんでした。でもあるとき、ブレスト中に脚本チームから「和久ノートってどうですかね」っていうアイデアが出たんです。和久さんが書いていたノート。それが、『THE MOVIE 3』をつくる突破口になりました。いかりやさんの存在は、本当に大きかったです。

学生C　そうですよね。『THE FINAL』のラストも、ネタバレになるから言えませんが、シリーズの終わりにふさわしい演出があって、初代からのファンとして感慨深かったです。ありがとうございました。

片山　じゃあ、最後にもうひとりだけ。

学生D　最後に真面目な質問で申し訳ないんですけど、テレビ離れとか、映画館に見に行かなくなったとか、そういう話をよく聞きます。それでも変わらず興行収入など伸ばして、視聴率も稼いでいる本広さんに、いまのテレビ業界、映画業界に元気がないと言われていることについて、ご意見をいただきたいです。

本広　あの、面白いことって、不謹慎なことだったりするじゃないですか。で、昔はテレビで不謹慎な

※43　いかりや長介（いかりや・ちょうすけ）1931年東京都生まれ。コメディアン、俳優、ベーシスト。「ザ・ドリフターズ」のリーダーとして、『8時だョ！全員集合』『ドリフ大爆笑』で一世を風靡。その後は、俳優として活躍し、『踊る大走査線』では、老刑事役の和久平八郎を演じる。『踊る大走査線 THE MOVIE』の和久役で第22回日本アカデミー賞最優秀助演男優賞を受賞。2004年死去。

ことやって、たとえばバラエティ番組で尖った企画やっても、昔はたぶん許されたんですけど、いまはものすごい抗議が来るんですよ。たぶんそれがクリエイターを萎縮させて、テレビ番組が面白くなくなってると思うんです。あとは、映画に関してはぼくらの影響もあると思うんですけど、人気を博したテレビシリーズの劇場版をつくる、というパターンが滅茶苦茶に増えた。それは従来の映画ファンの足を離れさせていった大きな要因だと思います。あとは震災ですね。震災後の何カ月間かは、劇場にいてもちょっと揺れるだけで怖かったじゃないですか。でもだからこそ今回の『THE FINAL』では、かなり突っ張ったことをやっていて、それが数字にもなってきています。お客さんたちに戻ってきてほしいし、つくり手をめざす若い人たちにも、もっとやってもいいんじゃないか、戦ってもいいんじゃないかって思ってもらいたい。そういう思いを込めてつくりました。だからみなさん、映画館に行ってもらえるとうれしいです(笑)。

学生D　わかりました、ありがとうございます。

片山　そういう雲行きが良くない状況のときこそ、また新しいクリエイションが生まれてくるんじゃないかな。ぜひ監督には先頭に立ってもらって、前に進んでいただきたいと思っています。さて、この秋からはフジテレビの深夜アニメ枠「ノイタミナ」[※44]で『PSYCHO-PASS サイコパス』[※45]の総監督も手がけ、まだまだ新しい可能性を広げていかれること間違いなしの本広監督に、ぼくからもひとつ、質問をさせてもらいましょう。instigator 毎回恒例の締めの質問です。本広監督が想定する10年後のご自分の姿を、語っていただけないでしょうか。

本広　10年後……何やってるかなあ。わりと、30歳までに映画撮るとか、40歳までにヒット作をつくる

※44「ノイタミナ」 2005年に設立されたフジテレビ系列で放送されている深夜アニメ枠。「ノイタミナ」とは、「Animation」(アニメーション)を逆さ読みしたもので、「アニメの常識を覆したい」「すべての人にアニメを見てもらいたい」という想いに由来している。

※45『PSYCHO-PASS サイコパス』

2012年、フジテレビ「ノイタミナ」枠で放送されたオリジナルアニメーション。制作は、Production

とか、そういうふうに区切って目標を立ててがんばってきたんですけど。そうだな、いままでに関わりのあった人たちがもうみんな活躍し始めていることだし、10年後には「本広組」みたいな巨大な悪の組織をつくれていたらいいですね。

片山　正義ではなく、「よく笑う」ほうの（笑）。

本広　はい。ああいう感じのクリエイター集団をつくれたらうれしいです。いまほんとに、映像のクリエイターは生きづらい時代ですから。

片山　ぼくらの世代ががんばっていかないと、若い子の将来も見えてこないですからね。まだまだ、やることいっぱいあります。

本広　そうですよね。

片山　いやあ、すごく楽しかったです。ありがとうございました。

本広　こちらこそありがとうございました。……片山さん、今回、超リラックスしてましたよね（笑）。

片山　ええ、本広さんとはパパ友でもあるのできょうは思いっきり、リラックスして話を聞くことができました（笑）。監督もまたぜひ、武蔵美に遊びにきてくださいね。

I.G。人間の心理状態や性格的傾向がすべて数値化され、スーパーコンピュータにすべてを監視された近未来都市が物語の舞台。メインスタッフは、総監督・本広克行、監督・塩谷直義、ストーリー原案・虚淵玄、キャラクター原案・天野明。

本広克行先輩が教えてくれた、
「好きなこと」を「仕事」にするためのヒント！

□事故に遭って、今回は助かったけど、人間なんていつ死ぬかわからない。だったら好きなことをやって生きたほうがいいよなあって。

□「30歳になるまでに映画を1本撮ります！」とあちこちで豪語していて、先輩たちから呆れられてました。

□下ネタはやらない。暴力描写もできるだけ使わない。ぼくらの娯楽映画をつくる上でのプライドです。

□面白かったらすぐに何でも取り入れます。

□人の話を聞けない人はエンターテイナーにはなれない。でも、聞いてばかりではかたちにならないので、その調節や駆け引きのバランスが大事です。

Music for **instigator** #004

Selected by Shinichi Osawa

NO.	TITLE	ARTIST
1	Bob The Bob	The Lounge Lizards
2	Ted (Bibio Remix)	Clark
3	Born Under Punches	Talking Heads
4	Do The Right Thing (Wild Geese Remix)	Metronomy
5	As The Circle Closes	Clark
6	Kiss The Book	The Pop Group
7	Around The World	Maxence Cyrin
8	Get Free	Major Lazer
9	Yummy Yummy Ya!	Brenda Ray
10	Berlin	Modeselektor
11	É Preciso Perdoar	João Gilberto
12	Cahier	Taeko Onuki
13	I Unseen	The Misunderstood
14	Medley: The White Sheik, I Vitelloni, Il	William S. Fischer
	Bidone, The Nights Of Cabiria	
15	Comme à La Radio	Brigitte Fontaine
16	Swedish Modern ~ I Beat The System	Virna Lindt
17	How Do You Do (Todd Terje Remix)	Hot Chip
18	Make You Mine	Breakbot
19	Globule Theme	Haruomi Hosono
20	La Bulle	Chilly Gonzales

※上記トラックリストはinstigator official site（http://instigator.jp）でお楽しみいただけます。

#005

名和晃平

彫刻家／京都造形芸術大学准教授

1975年大阪府生まれ。京都市立芸術大学彫刻専攻卒業後、2003年、京都市立芸術大学大学院美術研究科博士（後期）課程彫刻専攻修了。独自の「PixCell = Pixel（画素）+ Cell（細胞・器）」という概念を基軸に、多様な表現を展開する。2009年より京都・伏見区に創作のためのプラットフォーム「SANDWICH」を立ち上げ、auのデザインプロジェクト「iida」や、ミュージシャンのPVやステージセット、COMME des GARÇONSとのコラボレーションまで、携わるプロジェクトは多岐にわたる。2011年には東京都現代美術館で個展を開催。2013年には瀬戸内国際芸術祭や愛知トリエンナーレへ参加。また、韓国・天安（チョナン）市に巨大な屋外彫刻“Manifold”を設置するなど、国内外で精力的に活動する。

どこかに就職して会社に通うというビジョンは
まったく持っていませんでした。
自分には合わないだろうと思っていましたし、
自分でつくることで生きていきたいという意志が
とても強かったです。

彫刻の道へつながる天体観測

片山　本日のゲストは、彫刻家の名和晃平さんです。独自のPixCell（ピクセル）という概念を基軸に多様な表現活動をされていて、２０１１年には、東京都現代美術館[※1]での個展を35歳の若さで開催したことでも話題になりました。作家個人の活動以外に、京都にあるクリエイティブ・プラットフォーム「SANDWICH」[※2]を主宰、そして京都造形芸術大学[※3]美術工芸学科総合造形コースの准教授でもあります。大きな拍手でお迎えしましょう。

名和　よろしくお願いします。先ほど武蔵美の工房を見せてもらったのですが、すばらしいですね。とくに彫刻棟は京都造形の10倍くらいあるんじゃないかな。美大の中では日本一のスペックかもしれません。住みたくなります。

片山　ここにいる学生のみんなは、恵まれた場所で学んでいるということですね。名和さんはじつは、ライフワークのように欧米、国内各地の美大を訪問しているんです。そのあたりのお話もあとでお尋ねしますが、まずは、少年時代のエピソードからうかがいましょう。ご出身は、大阪の高槻市。お父さんは小学校の先生で、「子どもの遊びと手の労働研究会（手労研）」[※4]という、子ども向けのユニークな活動をされていたんですよね。

名和　教員仲間と一緒に、身近にあるものを使って子どもが手づくりで玩具をつくるワークショップをしています。頭と手を同時に動かすことで脳が発達するということで、全国の子どもたちを対象に、い

※1　東京都現代美術館での個展　２０１１年に開催された、名和晃平にとって初となる美術館での大規模個展。「シンセンス＝合成・統合」をテーマに、小さなオブジェから大型作品まで多数の作品群がダイナミックに展開された。同美術館においては、男性作家として史上最年少での個展開催。また、若手作家としては異例の動員数（５万８０００人）を記録した。

※2「SANDWICH」　京都・伏見区の宇治川沿いにあるサンドイッチ工場跡をリノベーションすることで生まれた創作のためのプラットフォーム。名和晃平を中心としたアーティストやデザイナー、建築家

まも活動が続いてます。ネタづくりの研究会もやっていて、このまえ、それらを集めて冊子にしていました。

片山　名和さんは、子[※5]どものころから、直々にそういう遊びを教わっていたということですか。

名和　そうですね。竹を削って玩具をつくるとか、牛乳パックの空き箱を水に溶かして、紙として再形成するとか、そういうことを幼稚園、小学校のあいだにたくさんやっていました。

片山　もうひとつ、先日お話を聞いて面白いと思ったのが、家中がセンサーだらけだったというお話です。

名和　大阪の日本橋に「でんでんタウン」という電気製品の問屋街があって、よく遊びに行ってたんです。センサーやＬＥＤが出てきた頃は、いろいろな電子パーツを買いこんで、家中の電化製品に細工してました。たとえばテレビや換気扇を、手を鳴らすことでオンオフできるようにしたり。お風呂の水が溜まったら音が鳴るようにしたり。誰かが廊下を通るときも、音が鳴るようにしていましたね。

片山　映画の『ホーム・アローン』みたいですね（笑）。名和さんはゲームはしなかったんですか？

名和　あまりハマらなかったです。ゲームウォッチとかファミリーコンピューターとか、はやっていたので少しはやったんですけど。

片山　興味ありませんでした？

名和　シューティングゲームのような、反射神経系はわりと好きでしたよ。ただいわゆるＲＰＧは、時間がかかるじゃないですか。まわりの人は夢中でやっていたし、面白い考え方だとは思ったけれど。わりと先の予想ができてしまうということもあって、そこまでハマりませんでした。

など様々なジャンルのクリエイターが集い、活発なコラボレーションを展開。日々、刺激的なプロジェクトが進行している。

※3　京都造形芸術大学美術工芸学科総合造形コース　京都市左京区にある私立大学、京都造形芸術大学の専修課程。既存の概念にとらわれず、あらゆる素材や表現技法を用いた「ものづくり」を目指す。学生は、「ウルトラファクトリー」と呼ばれる工房で日夜制作に励むことができる。

※4　「子どもの遊びと手の労働研究会（手労研）」　1973年に設立された民間の教育団体。教師、保育士、保護者が、子どもと共に手しごと（ものづくりや工作）に取り組み、子どもの豊かな成長と学びを目指す。

片山　では、みんながゲームをしていたときに、名和少年はどんなことにハマっていたのでしょうか。

名和　星に興味がありました。小学生のときは天文研究部をつくって部長をしていたんですよ。小学4、5、6年生のあいだは、夜中に外に出て、日の出まで月や星の観測をしたり写真を撮ったり、そんなことばかりしていました。

片山　いまも星はお好きですか。

名和　そうですね。何年か前にオーストラリアで展覧会があったとき、初めて南半球からの星空を眺めて、昔から見たかった星座を見ることができて、うれしかったですね。

片山　名和さんはアーティストになるべくしてなったというようなエピソードをたくさんお持ちなんですが、決定的にアートの方面に進もうと考えたきっかけは何だったんですか。

名和　高校1年生のときに、姉が通っていた縁で、地元の絵画教室に行くようになったんです。あとから聞いたら、うちの家族は全員がそこで習ったそうなんですけど、その教室でデッサンや絵画の基礎を教えてもらって。高校では、ラグビー部でしたが、美術部にも籍を置いて、昼休みに油絵を描いたりしていました。2年になって大学進学を考えたとき、物理や工学系、建築や映像にも興味があったんです。でもそういうことをすべて、いちばん自由に自分のペースでできるのは美術だろうと思い、京芸[※6]——京都市立芸術大学を志望したんです。

片山　つくり続けていくことには疑問を持っていなかったということですね。

名和　はい。それに、どこかに就職して会社に通うというビジョンはまったく持っていませんでした。自分には合わないだろうと思っていましたし、自分でつくることで生きていきたいという意志がとても

※5　子どものころ

※6　京都市立芸術大学　1950年に設立された京都市西京区にある公立の芸術系大学。重要無形文化財保持者である村山明や森口邦彦をはじめ、森村泰昌、田中一光、ワダエミ、ヤノベケンジなど、数多くの美術家、デザイナー、現代美術家、メディアアーティストらを輩出している。

強かったです。まあ、ちょっとわがままなんですけど。

片山　多彩な分野に興味を持ちながら、彫刻を選んだのはなぜですか？

名和　最初は、油絵科に入るつもりでした。でも、京都芸大の彫刻科の先生との出会いでその気持ちは変わりました。というのも京芸には、入学して最初の半年間、総合基礎という授業があるんです。その授業では、すべての科の先生から課題が出るので、どの先生がどんな考え方をしているかを知ることができます。彫刻科では、野村仁[※7]先生から「光」というテーマの課題が出されました。そこで昔馴染みのでんでんタウンに行って、発光ダイオードを使った、どこに光源があるかわからないけれどレンズのなかに光が漂うような装置をつくったら、先生がとても興味を持ってくれました。野村先生はじつは星や天体を対象にして作品をつくっている彫刻家で、40年ほど前から毎日「月」を撮影して、その写真を基に月を音符に見立てて楽譜を起こし、音楽にする、という作品をつくっている方だったんです。

片山　一般的な彫刻のイメージとは少し違いますよね。

名和　そういうコンセプトそのものが彫刻という考え方なんですよね。彫刻＝物体にこだわる必要はないという。そこで彫刻の概念ががらっと変わるインパクトを受けたのと同時に、子どものころに好きだった天文学ともつながっていたのが決め手でした。そうして彫刻科に入って、しばらくは写真と映像ばかりやっていたんですが、たしか2回生の終わりの頃にめったにアドバイスをくれない野村先生から「いまから2次元的な表現（平面）だけに絞るのではなく、3次元（物質）も扱っておいたほうがいい」といわれて、そこから「素材」に入っていきました。

片山　名和さんの作品からはいつも、物質と概念がつかずはなれずであるようなふしぎな感覚を受けま

※7　野村仁（のむら・ひとし）　1945年兵庫県生まれ。彫刻家。1969年に発表した、段ボールが自重によって崩れるさまを作品とした「Tardiology《遅延論》」で注目を集めて以降、宇宙や太陽、隕石をテーマとした数々の作品を世に送り出す。代表作は、1年を通じて、同じ場所で同じ時刻に太陽を撮影し、太陽が8の字を描く軌跡を作品とした〈アナレンマシリーズ〉など。

す。もともと、鉱物にも興味を持っていらしたんですよね？

名和　石は星と深い関係がありますから。小学生の頃は、鉱物図鑑を持って山や川に鉱物の収集に行ってました。星の光というのは、星の成分の色です。太陽光もスペクトルをみると太陽を構成する原子の成分がすべて出てきます。そういった宇宙的な観点から「彫刻」を捉えると、人類が古来から歴史的に触ってきた素材も、新しく合成してつくられている素材も、そもそもは地球の成分を使って造形されているもの。そう考えていくと、宇宙の中に「ある感性」が存在して、別の感性に物質を介して伝えている「もやもやとしたもの」、その体験を「彫刻」と捉えたらいいんじゃないか、と思うようになったんです。

物語の崩壊と、独立してゆくマテリアル

片山　みなさん、ここでちょっとスライドの映像を見てください。名和さんの大学時代[※8]の写真ですが、なぜかご友人とふたり、ゴミ箱の前での記念写真です（笑）。

名和　京都の東寺にあるゴミ箱なんですけど、ゴミ箱の字がやけに大きくてかっこいいなと思って記念撮影しました。このとき、友人とふたりで、バイクで京都、奈良の仏像を見てまわったんです。３日くらいの旅の初日、いちばんはじめに撮った記念写真です。

片山　隣に写っているのが、いまも一緒に仕事をされている藤崎了一さんですよね？

名和　そうです。予備校時代から一緒で、京芸に入ってからもラグビー部[※9]も彫刻科も一緒で、ずっと縁があって。いまやっているSANDWICHも、その前身の淀スタジオも、ずっと支えてくれています。

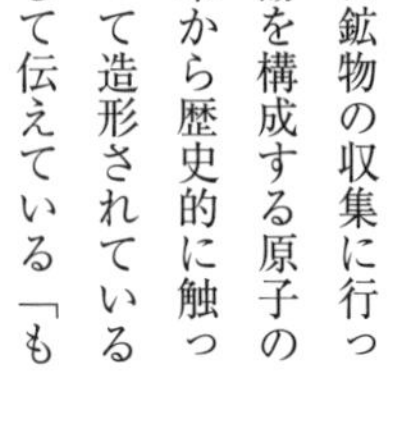

※8　大学時代の写真

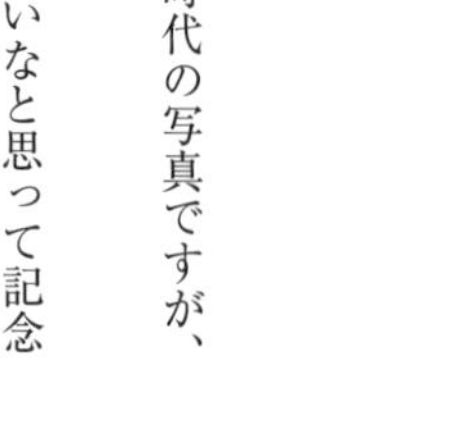
※9　ラグビー部

※10　四芸祭　京都市立芸術大学・金沢美術工芸大学・東京藝術大学・愛知県立芸術大学の四校の国公立系芸術大学が毎年合同で開催するスポーツと芸術文化の交流を目的とした祭典。

技術的にもかなり面白い発想を持っているし、アーティストだなと感じる瞬間が多い、とても面白い人です。

片山　藤崎さんはあとの話にも出てくるので、みんな覚えていてくださいね。さきほどからラグビーという単語が登場していますが、名和さんはたしか、中学校のころから高校、大学、大学院と15年間ラグビーをやられていたんですよね。

名和　はい、本気でやっていましたね。大学には9年在籍したんですが、卒業するときにちょうど、[※10]四芸祭で10連覇したんです。武蔵美のラグビー部も強かったですよ。京芸で記念試合があって、負けた記憶があります。

片山　美術と並行して、本気でラグビーをやられていたんですか。タフですね。

名和　当時はむしろ、ラグビーのほうに重きを置いていました。グラウンドで死んでもいい、と思うほどだったので、頸椎と腰椎の4箇所も椎間板ヘルニアになっちゃって、いまもずっと右足がしびれてます。みんな、ラグビーはやりすぎないようにしてくださいね（笑）。

片山　でも、いまも、ときどきはプレイされるのでは？

名和　ときどき顔を出すＯＢ戦のときだけですね。

片山　アーティストの方って、意外ですがラグビーをしている方が多いイメージがあります。しかも、つながりが深い。

名和　はい、[※11]奈良美智さんや、[※12]舟越桂さん、お父さんの[※13]舟越保武さんもそうですね。[※14]サグラダ・ファミリアの主任彫刻家をされている[※15]外尾悦郎さんも京芸の彫刻でラグビー部の先輩です。そのご縁から何度

※11　奈良美智（なら・よしとも）　１９５９年青森県生まれ。画家、彫刻家。国内外での個展・グループ展に加え、書籍やＣＤジャケットのアートワークなどを通じて、現代アートファンにとどまらず幅広い層から支持される、世界的ポップアート作家。独特な表情の女の子や犬をモチーフにしたドローイング、立体作品などで広く知られている。

※12　舟越桂（ふなこし・かつら）　１９５１年岩手県生まれ。彫刻家。《妻の肖像》で楠による半身像を制作して以来、一貫して楠の木彫に取り組み、デフォルメされた異形の人間像を世に送り続けている。現在、東京造形大学客員教授。

※13　舟越保武（ふなこし・やすたけ）　１９１２年岩手県生まれ。彫刻家。戦後を代表する彫刻

も工事現場を見せてもらっているんですが、大学院のときにガウディ[※16]建築の研究をしていたので、非常に面白かったです。

片山　もうひとつ、学生時代のエピソードでお尋ねしたいと思っていたのは、毎夏参加されていたというアートキャンプのお話です。こちらも、説明していただけますか。

名和　山梨県の白州でダンサーの田中泯[※17]さんが主宰されていた「アートキャンプ白州[※18]」というイベントです。94年から毎年夏になったら2～3週間の間、ボランティアスタッフとして参加していました。田中泯さんは暗黒舞踏[※19]の土方巽さんの弟子にあたるような人で、モダンバレエから身体の動かし方を研究されています。日本人の踊りの原点は農作業にあるという考えのもと、身体気象農場という組織をつくり、自給自足の生活で身体をつくる。その活動そのものが、いまの日本社会に対してのアンチテーゼになっていました。舞踏のパフォーマンス公演を中心に、美術、演劇、音楽、映像などさまざまなジャンルの表現活動がワークショップやコラボレーションといった形で行われていました。世界中からダンサーが集まってダンスのワークショップをするのですが、みんな、身体も動き方も考え方もぜんぜん違う。そこで、アート・プロデューサーの木幡和枝さん、美術家の榎倉康二さん、高山登さん、原口典之さん、音楽家の巻上公一さん、パフォーマーのマルセ太郎さんなど、芸術に対して、ラディカルに立ち向かっている方々に会うことができました。なにより、身体性というものに興味を持つようになりました。とくに皮膚ですね。「皮膚というものはつかめるようでつかめない、いつまでもわからないんだよなぁ」と泯さんが言っているのを聞いて、彫刻の「皮膚」について考えるようになったのを覚えています。いま現在も「彫刻の表皮」をテーマにしているのも、そこから発展したものだと言えます。

家として知られる。1986年、東京藝術大学名誉教授に。その後、脳梗塞を患ってからも、2002年に死去するまで左手で制作を続けた。

※14　サグラダ・ファミリア　スペインの建築家、アントニ・ガウディが設計し、現在もバルセロナで建設中の大聖堂。2005年、ユネスコの世界遺産に登録され、スペインで最も観光客を集めるモニュメントのひとつとなっている。ガウディの死後100年にあたる2026年に完成予定。

※15　外尾悦郎（そとお・えつろう）　1953年福岡県生まれ。彫刻家。1978年、25歳の時に「石工」になるためにバルセロナに渡り、日本人として初めてサグラダ・ファミリアの彫刻に携わることとなる。その後、サグラダ・ファミリアの主任彫刻家に。自身が手がけたサグラダ・ファミリアの「生

片山　いまスライドに映っているのが、表皮をテーマにした、水ねんどの作品ですね。

名和　『少年の膜』というタイトルで、彫刻の表皮にフォーカスしだしたころの作品です。寺山修司さんの詩で「人間は血の詰まった袋である」ということばがあります。たしかに血の詰まったぶよぶよした肉体は皮膚という袋状のものが詰まっていて、骨格に支えられて歩いています。モデルを見ながら塑像をしていたら、そんなふうに人や生き物が、即物的なものに見えてきたんです。その感覚を表現するにはどうしたらいいかを考えて、水ねんどをそのまま使って、樹脂で作った皮膜で彫刻の内部に水分を閉じ込める表現にたどりつきました。

片山　次の写真、こちらは大学の卒業制作ですね。タイトルは『少年と神獣』。

名和　この神獣は、10歳の頃から飼っていた「トム」[※20]という犬がモチーフになっています。この頃はまだ、自分という殻のなかにいるというか、自己の世界と現実の世界をどのようにつなぐか、ということにこだわっていたように思います。自分のなかにあるストーリーをどのように彫刻化するのか、ひたすら考えていました。この作品は、ちょうど「トム」が死んだ後につくりました。死んだ犬を抱きかかえたら、想像以上に重いんです。なんというか、急に、物体になってしまった感じがしました。

片山　ぼくも経験がありますが、生命が終わると、感じる重さが、まったく違いますよね。

名和　実際に、物質としても変化が始まっていると思うんです。その体験をどうしたら作品にできるか考えていました。元々、宗教美術にも興味があって、学生時代は神社仏閣を見てまわったりもしていました。アニミズムや神道的な感覚についても深く知りたいと思ってました。石も木も水も、なにもかも神様で、祀っていますよね。そういう日本人の宗教観や死生観は、ものの見方や感じ方にも関わってい

誕のファサード」は、アントニ・ガウディの作品群として世界遺産に登録されている。

※16 ガウディ　アントニ・ガウディ　建築家。1852年スペイン・カタルーニャ生まれ。グエル公園、ミラ邸、カサ・バトリョをはじめとする7つの作品がユネスコの世界遺産に指定されている。

※17 田中泯（たなか・みん）　1945年東京生まれ。暗黒舞踏の創始者である土方巽に私淑した舞踏家。演劇、音楽、舞踏といった既存の表現ジャンルを超えた実験的な取り組みは、多岐にわたる分野の専門家からの注目を受け、さまざまな共同活動を生み出した。

るはずです。自分が彫刻をつくるときの感覚にも混じっているし、素材に対する感覚は禅の感覚にも似ているのかもしれません。そのあたりを解明したかった。宗教への関心は、激動の時代の中で人々が価値観をいかに共有しうるのか、という問題意識から来ていました。あらゆる価値が相対化されて、大きなストーリーが成立しづらい状況を肌で感じていたんだと思います。ちょうどオウム真理教事件や酒鬼薔薇聖斗の事件（神戸連続児童殺傷事件）があったころだったので、そういう時代の空気とも、関係していたのでしょうね。

片山　そのあと大学院に進学して、98〜99年に7カ月間、[※21]ロンドンに交換留学に行かれます。それはどういう目的があったのですか？

名和　大学の授業だけではなく、バックパッカーとしてヨーロッパを巡って、観たかった宗教建築や美術館をひと通り観てまわりました。キリスト教美術や、アイルランドのケルト美術など、古代のものから現代のものまでひと通り美術館や博物館で観て、表現史を俯瞰的に捉えることができました。じつはそれまでは、現代美術というものをちょっと毛嫌いしてたところがあるんです。でもこのときに、古代、中世、近代の作品がすべて現代美術に続いてることをやっと理解できて、自分も現代美術をやるべきだし、やりたいと思うようになりました。

片山　美術の歴史の文脈みたいなものを、そこでつかんだ感じですか？

名和　直感的に、身のまわりにあるものすべてにさまざまなエッセンスが入り交じっていることが、わかってきました。それはきっとデザインもアートも建築、ファッションも一緒なんです。そういう視点で目の前のものを見ること、つまり「いまここにあるものは一体なにか？」ということを感じ取る能力

※18「アートキャンプ白州」

※19　暗黒舞踏　舞踏家・土方巽、大野一雄を中心に1961年に創始された前衛舞踏の様式。特徴的な「剃髪・白塗り・裸体の異様な動き」は衝撃的で、伝統的な舞踏界からは異端と見なされた。現在は、舞踏（BUTOH）と呼ばれ、コンテンポラリー・ダンスのひとつとして確立されており、海外からの評価も高い。

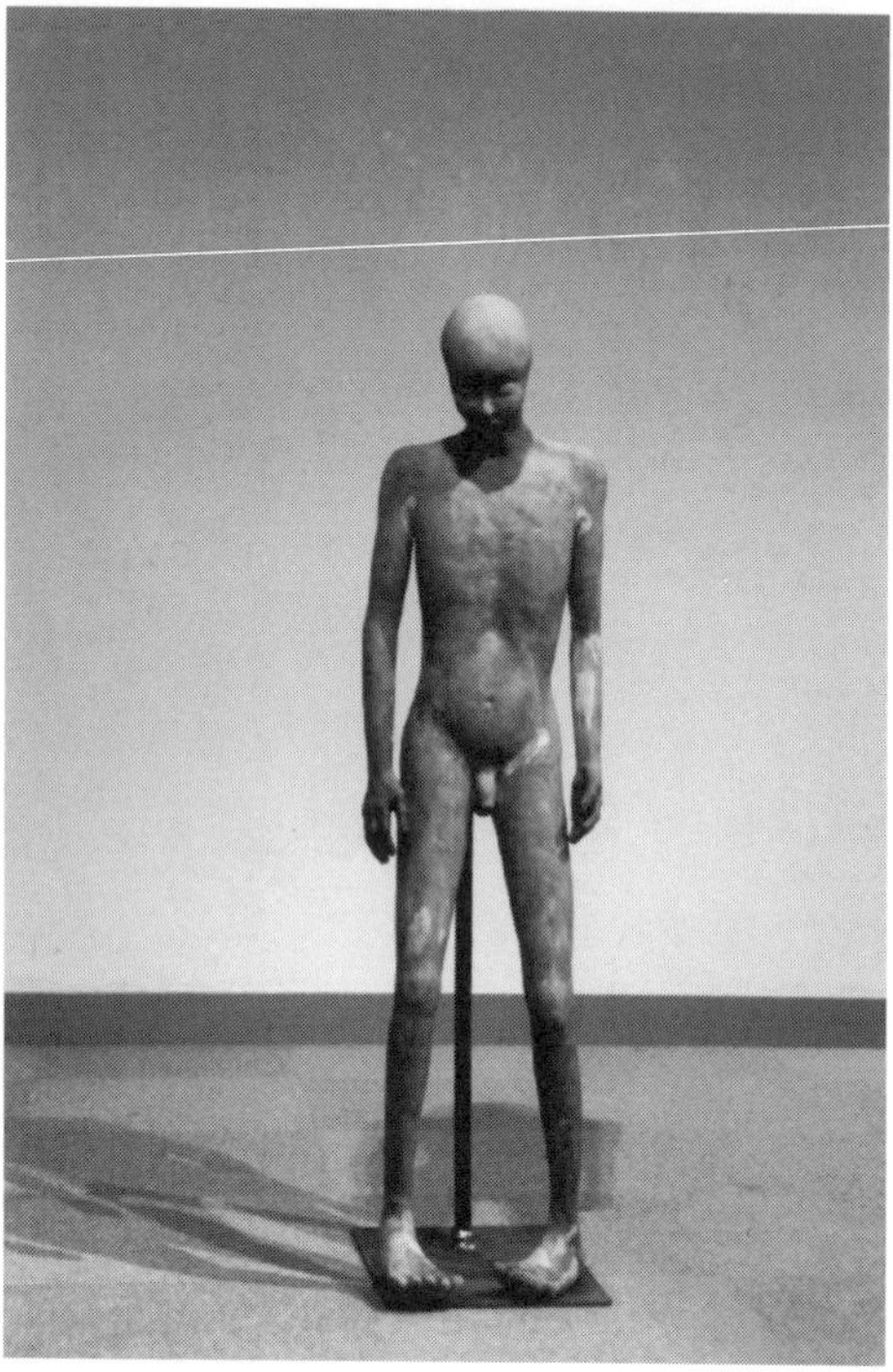

「少年の膜」

「少年と神獣」

が少しは身についたんだと思います。
片山　さまざまな美大の施設を見学するというライフワークを始められたのもこのころですね。このときは、どのあたりに行かれました？
名和　ロンドンにあるいくつかの美大以外にもパリやマドリッドの美大、ドイツのデ[※22]ュッセルドルフアカデミーやシ[※23]ュトゥットガルトにあるシュタイナーの美術学校などです。造形教育のあり方を考えていた時期でもあったので、美術の先生たちにインタビューしてまわっていました。きょうも武蔵美の工房を見せてもらったように、いまも、機会があれば国内外のいろいろな施設をまわっています。
片山　本当にいろいろなことを考え、体験されていますよね。そうした経験を経て、２０００年に初個展「アニマズモ」を京都で開催されます。
名和　ギャラリーそわかという、その頃京都でいちばん大きいスペースで、タイトルにもなっている『アニマズモ』のほか、ロンドン留学中にハマったシュタイナーの色彩論から発展したボールペンのドローイングなどを展示しました。さきほど写真が出ていたゴミ箱のすぐそばにあるギャラリーです。大学院の卒展の直後にもかかわらず、企画展にしてくださって、その分プレッシャーもありましたね。
片山　スライドの写真をみてほしいのですが、この『アニマズモ』という作品は、さきほど紹介した『少年と神獣』から発展したものだと聞いています。ぶくぶくと膨らんでいるような、ふしぎな素材感ですが……説明していただけますか。
名和　飼っていた犬を火葬するとき、あまりにも名残惜しくて、毛を一部切り取って、ケースに入れて持っていたんです。ちょうどヒ[※24]トゲノムがすべて解読されたり、医療や農業も変わっていくような頃で

※20　トム

※21　ロンドンに交換留学

※22　デュッセルドルフアカデミー　ドイツのデュッセルドルフにある250年以上続く伝統的な芸術学校。ゲルハルト・リヒター、アンドレアス・グルスキー、ヨーゼフ・ボイスなどの著名なアーティストを数多く輩

したから、その毛を保管するような意識もあったのかもしれません。生き物が他の物質と違うのは、ＤＮＡに書き込まれた情報がこの世界にプロジェクション（投射）されることで、その身体を構成しているところです。それ以来、動物の剥製を見ても、それがその動物の情報の塊にも見えるようになり、いままでとは違う感覚でモチーフや素材を扱うようになったんです。『アニマズモ』は、神獣の死のあと、その傷口から素材――マテリアルが自律して立ち上がる瞬間をとらえたものです。〝制御を失った細胞〟という設定でした。犬の死因は、「がん」ではないかと思っていました。そこでがん細胞について調べていくうちに、その、生体プログラムのエラーとして発生し膨張していく細胞――セルを、どのように彫刻で表現するかを考えながらつくった作品です。

片山　いま、セルという言葉が出てきました。名和さんの作品は、SCUM、GLUE、BEADS、PRISMといったシリーズごとに、さまざまな表情があるのですが、すべてはこのセルという概念からスタートしているとうかがっています。この、セルという概念について、教えてもらえますか。

名和　言葉の意味としては、細胞とか、器、粒ですね。ビーズやタイルなど、それ以上分解できない造形の単位もそうですね。自然物も人工物もすべて、分子レベルでは粒子の集まりですし、動植物の細胞であれば、その中にＤＮＡなどの情報が詰まっています。ぼくたちの行動や身体が知覚する内容は、そういったセルによって規定され、セルそのものが持つプログラムから大きくは外れないようになっています。そういう、世界がすべてセルでできているという概念と共に、表現のかたちを探るうち、実際に、粒状の素材で彫刻をつくるというやり方になっていったんです。

片山　のちほど実際の作品を画像で見ていきますが、このセルの概念が、いまもどんどん発展して新し

出し、世界各国からの留学生も多い。

※23　シュトゥットガルトにあるシュタイナーの美術学校　1919年、オーストリアの思想家であるルドルフ・シュタイナーによって、ドイツのシュトゥットガルトに設立された学校。独自の精神科学に基づく教育方針で、芸術を通して人間を成長させることが重要とし、小中高一貫教育を実践する。

※24　ヒトゲノム　人間一人ひとりに固有な、生命活動を維持させていくために必要な一組の遺伝情報のこと。ゲノムはDNAと呼ばれる物質で形作られ、このDNAが鎖を作っている時の塩基配列が情報となる。2003年、ヒトゲノムの全塩基配列を解析するプロジェクトである「ヒトゲノム計画」が完了した。

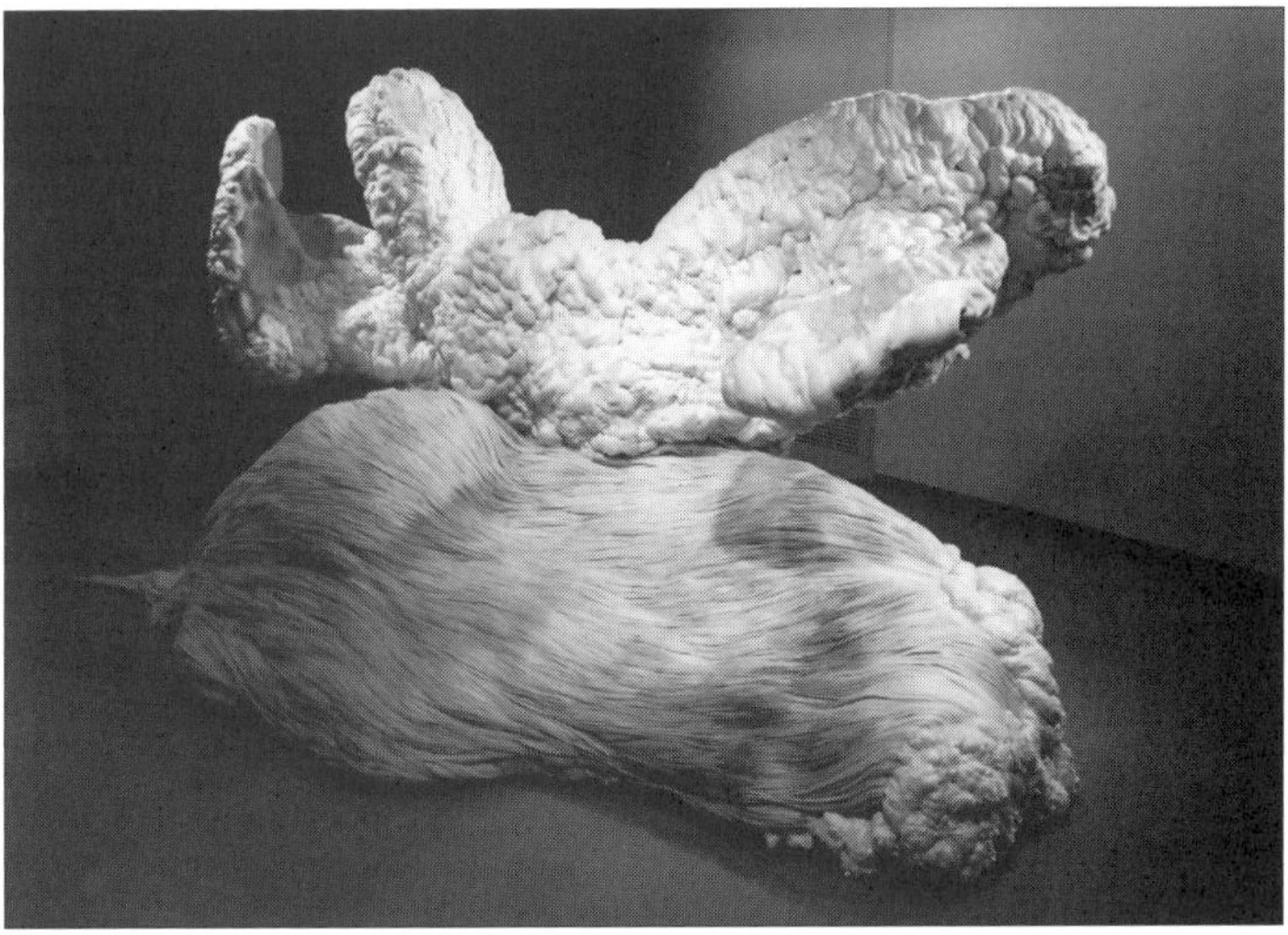

「アニマズモ」

い作品になっていきます。すべての基にある概念が、学生時代にすでに生まれていたというのはすごいことですね。

世界のアートシーンを経験して見えてきたもの

片山　2003年に大学院を卒業後、東京にある名門ギャラリー、[※25]SCAI THE BATHHOUSEに所属されます。このことは、在学中から考えていたんですか？

名和　いえ、東京のギャラリーについてはほとんど知らなかったです。それまでは、いまもお世話になっている大阪のノマルで個展を繰り返していて、林聡さんというディレクターにコンセプトも表現の内容もがっつり叩き上げてもらっていました。SCAIを知ったきっかけは、[※26]キリンアートアワード2003でした。ノマルでの個展「PixCell」で発表した新作をビデオで応募したら、奨励賞をもらえて、その展示が大阪・東京を巡回しました。同時期に、映画配給会社のアップリンクが主催するキュレーターコンペティションに、その頃まだ学生だった永吉文子さん（現在、SCAIで名和の担当）と応募したらグランプリをいただいて、そういったご縁から、知り合ったみなさんに、「SCAIに行くべきだ」と言われたんです。それでSCAIがどういうところなのかもよく知らないまま、ポートフォリオを持ってふらっと行ったんですね。ちょうどそのとき、オーナーの[※27]白石正美さんや、いまも国際的にマネージメントしてくれているディレクターの久保田真帆さんがいました。白石さんはその場でいくつか作品を買ってくれて、さらに2週間後のSCAIのグループ展に飛び入りで参加させてもらうことになりました。それか

※25　SCAI THE BATHHOUSE（スカイ・ザ・バスハウス）　1993年、東京都・谷中に200年の歴史を持つ「柏湯」を改装してオープンした現代美術ギャラリー。日本のアーティストを世界へ発信すると同時に、海外の優れたアーティストを積極的に日本で紹介している。主な所属アーティストに、横尾忠則、赤瀬川原平、宮島達男など。

※26　キリンアートアワード　キリンホールディングスによる芸術文化支援活動のひとつ。「キリンアートアワード」は2000年から2003年の呼称。1990年に創設後、名前を変えながら現在は「キリンアートプロジェクト」として一般来場者からの投票を基にグランプリを選出するという方式をとっている。受賞者に、ヤノベケンジ、犬童一心など。

ら2カ月後には、ニューヨークのアーモリーショー[※28]に出してもらうことになって。急展開でした。

片山　翌年には、世界最大の現代アートフェアであるスイスのアート・バーゼルにも行かれています。すごいことですよね。大学院を卒業してすぐに、世界の、それも超一流のステージでいきなり活躍されるわけですから。

名和　ぼく自身も驚きました。いままで京都でやってきたことが、いきなり世界に接続された感じです。2005年にはACC[※29]（アジアン・カルチュラル・カウンシル）のアーティスト・イン・レジデンス・プログラムに参加して、ニューヨークに7カ月ほど滞在しました。アートフェアが、だんだんグローバルに機能しはじめた頃で、世界的なアートバブルとも重なってアートシーンにも勢いがあったように思います。

片山　日本のアートマーケットとは、まったく違ったんでしょうね。

名和　アートフェアも、バイヤーだけではなく、コレクター、ディーラー、キュレーター、アーティストといった、アートピープルが出会う場所として、より世界的な規模で機能し始めていました。そこで作品を見てくれたキュレーターが、翌年の展覧会に呼んでくれるようなこともあって、つながる場でしたね。

片山　アートフェアは単に作品の売買を行う場所ではなく、もう一種のメディアになっているんですよね。それにしても、そこまで世界を駆け回っていたら、日本を出て、海外を拠点にしようと考えることもあったのでは？

名和　世界に出ようというよりは、日本ではやっていけないんじゃないかという気持ちはありました。

※27　白石正美（しらいし・まさみ）　1948年東京都生まれ。フジテレビギャラリー、東高現代美術館副館長を経て、1989年に現代美術の企画、売買を行う白石コンテンポラリーアートを設立。1993年に「SCAI THE BATHHOUSE」を設立し、代表を務める。

※28　アーモリーショー　毎年3月にニューヨークで行われるアートの祭典。第1回は、1913年に、アメリカ国内とヨーロッパの美術作品を展示する大規模な展覧会として開催され、フォービズムやキュビズムの作品が初めて上陸。アメリカの前衛美術を刺激する契機となった。マンハッタンの兵器庫（アーモリー）で開催されたため、この名称で呼ばれる。

※29　ACC（アジアン・カルチュラル・カウンシル）　ビジュアルアート及びパフォーミング・アートの分

日本のアートシーンは閉じられた印象を持っていましたし、自分自身、どこかに出ていかないと変われないような焦燥感があったんです。でも、ニューヨークに7カ月、翌年ベルリンに3カ月ほど滞在して、海外に出ていかなくてもやりたいことはできると思うようになりました。

片山　外から日本を見て、考え方が変わったということですか？

名和　インターネットが浸透したのも大きいですね。また、海外だから特にアドバンテージが得られるわけではなく、ただ無自覚に欧米のアートに染まっていてもしようがない。地元でもやれるんだということを証明したくなって、京都に戻りました。

片山　はじめの紹介でも少し話しましたが、いま名和さんは、作家・名和晃平としての活動以外にSANDWICHというクリエイティブ・プラットフォームを主宰されています。このSANDWICHの前身ともいえる淀のスタジオは、京都に戻ってから探したのでしょうか？

名和　いいえ、淀スタジオを契約したのはニューヨーク滞在中でした。出発前から帰国したら京都でやっていこうと決めていたので、すでに物件さがしを始めていたんです。鉄工所の跡地だったんですけど、ネットで間取りだけ見て契約して、日本に帰った翌日から使い始めました。さっきゴミ箱の前で写っていた藤崎が一緒にペンキを塗ってくれて（笑）。最初は3、4人の少人数で始めたんですが、だんだんプロジェクトが増え、スタッフも増えてきたので、4年後に、いまのSANDWICHに移りました。

片山　この前、ぼくもSANDWICHにおじゃましてきたんですけど、みんなすごく楽しそうでした。扱う分野もアート、グラフィック、建築など、本当に多岐にわたっていて、メンバーがそれぞれ自分の興味のあることをしながら、ゆるやかにつながっているような……チームとしてサポートしあうのとも

野における、アメリカとアジア、そしてアジア諸国間での国際文化交流を支援する非営利財団。アメリカ・ニューヨークに本部を置く。

SANDWICH
2009
Photo : Nobutada OMOTE | SANDWICH

違うんですよね。みんなばらばらに自分のテーマに取り組んでいるんだけど、全体に大きなうねりができている。とても新しいつながり方だと感じました。

名和　やっぱり場所の力もありますね。淀は、どちらかというと閉じられた工房でした。作家がこもって作業していて、その周囲にアシスタントがいるという、昔ながらの構造でした。SANDWICH は、たまたま淀のスタジオの郵便受けにチラシが入っていた物件で、間取りが面白かったんですよ。見に行ったら、宇治川の土手沿いにあって、風通しがよく、まわりが畑で、開かれた感じが気に入りました。ただ、はじめは内装を全部とっぱらって、倉庫兼アトリエとして使うことを考えていたんですけど、いざ使い始めると、予想外にたくさんの人が出入りするようになったんです。まず改装の方法を議論するために、建築家の友人と定期的にミーティングをするようになりました。ちょうどその時期に京都造形芸術大学でウルトラファクトリー[※30]が立ち上がり、第一線で活躍するアーティストやデザイナーを迎えたプロジェクト型実践授業、ULTRA PROJECT のひとつとして、「SANDWICH」を手づくりでリノベーションすることになったんです。それで、こんどは学生たちがやってくるようになりました。

片山　2008年秋にスタートして、いまも継続中のプロジェクトですね。サンドイッチ工場跡をリノベーションし、京都に「クリエイティブ・プラットフォーム」を設立するという。

名和　京都造形だけでなく、全国の美大から、多くの学生がインターンやプロジェクトメンバーとして参加してもらっています。武蔵美の卒業生もいますよ。最近は美大だけでなく、京大、立命館大、京都工芸繊維大学など一般の大学の学生もいますし、学生だけではなく、卒業して間もない方も増えています。プロジェクトメンバーになった学生は、毎週末必ず集まって、SANDWICH のスタッフと合流し、

※30　ウルトラファクトリー　2008年6月、京都造形芸術大学に新設された金属加工および樹脂成型を扱う工房と、木材加工を扱う工房の二つから構成される立体専門工房。第一線で活躍するアーティストやデザイナーを迎えてのプロジェクト型実践授業「ULTRA PROJECT」がその活動の中心となっている。

プロジェクトを進めます。

片山　その学生たちは純粋に自分の意思で参加していて、単位とかも関係ないんですよね。

名和　年間通して2単位はもらえますが、単位申請をしない学生もいます。とにかく何かを吸収し続けたい、大学のなかだけにいても刺激が足りない、というモチベーションの高い学生だけが集まります。そういうわけで、SANDWICHは立ち上げ当初からいろんな人が関わるなかで生まれたんです。

片山　ハードをつくるのと同時に、新しい組織のあり方の模索みたいなことも、始まったと。

名和　縦割りの組織ではないし、ヒエラルキーもない。学生もスタッフも専門家もぼくも、みんなそれぞれの立場で意見を言い合える、平場ですね。そういう雰囲気が、そのままSANDWICHのメソッドになっているんだと思います。

片山　そういうやり方が、名和さんにとって心地良かったんですか?

名和　いろんな人の意見を聞いている状態が面白かったんです。もちろん、プロジェクトの方向性やお金のこともありますから、最終的にはぼくがいろいろ決めなきゃいけないんですけど。

片山　いま、どのくらいの完成度ですか。

名和　じつは、最初の工事の予定の、3分の1程度しかできていません。最終型もまだ決まっていないです。いまも、あちこち工事中みたいな状態で使っているんですが、それはそれでうまく機能しているので、焦らずにやっていこうと思っているところです。

片山　みなさん、スライドの映像を見てください。これが名和さんのスタジオ、SANDWICHが出来るまでの風景です。名和さんはすごくマメで、こういうメイキングもぜんぶ映像で残しているんですよね。

せっかくですから、しばらく、映像を流しながら話をうかがいましょうか。いまも映っているけれど、集まった学生たちは、どのようにプロジェクトに関わっていくんですか。

名和　もう、学生もスタッフも関係なく、制作はもちろん、搬入からフィニッシュまですべてに立ち会います。制作の裏側とか、技術的なことも全部見えますし、展示会場にセッティングするときの、最後の味付けをするスリルも、すべて共有します。ですから、コストの感覚も身につくと思いますよ。大規模なインスタレーションにどれだけ時間や人手がかかるかということもわかりますから。

片山　生々しいですよね。大学生のあいだにそういう体験をできるのは、かなり充実したプログラムですね。

オブジェではなく、体験をつくる

片山　じつはこの会場に、SANDWICHに参加している武蔵美の3年生、ホノラ・ルイジさんが来ています。せっかくですから、少しお話を聞きたいですね。ルイジさん、手前の席に座っていますね。立ってもらっていいかな。

ルイジ　はい。

片山　ルイジさんはパリ出身で、ＣＧの作品をつくっているんですよね。初めてSANDWICHにコンタクトしたのはいつですか？

ルイジ　去年の夏でした。武蔵美の卒業生で、SANDWICHに出入りしていた友人がいたので、そのつながりでベルギーの建築コンペのプロジェクトに参加したのが最初です。

名和　その建築コンペは、世界中から250くらいの応募の中でグランプリをとったんです。そのときはルイジはまだSANDWICHにはいなかったんだけど、助けてくれたことはずっと覚えていました。そのあと、だんだん3Dのプロジェクトが増えてきて、今年の春くらいから、いろいろなプロジェクトに携わってもらっています。たとえば、野外彫刻をつくるときに、その場所に彫刻を置いたらどう見えるか、風景がどう変わるかは、CGでシミュレーションしてから実際に制作に取り掛かるので、ルイジの手腕にとても助けられています。すごくCGを組むのが早いんですよ。最初、あまりに手馴れているから学生ではなくプロだと思っていたくらいです。ルイジはゲームも好きなので、アートとしてのゲームをつくったり、彫刻でも流体力学のシミュレーションをするソフトを取り入れてみたり、一緒にやってみたいことがいくつもあります。

片山　楽しみですね。ルイジさん、SANDWICHはどんなところですか。

ルイジ　3段ベッドが4つあって、スタッフや学生が寝泊まりしています。ぼくを紹介してくれた女性もそうですが、1年以上、住んでいる人もいます。

名和　なんか、居着いちゃうんですよね。

片山　たしかにそういう、オープンな気持ちのいい雰囲気でした。ルイジさん、ありがとう。

名和　ルイジは、犬島の「家プロジェクト」[※31]の展示構成のプレゼンテーションのための3Dのアニメーションも作成してくれました。

片山　公益財団法人 福武財団のアートプロジェクトですね。岡山県の犬島の集落を舞台に、妹島和世[※32]

※31　犬島「家プロジェクト」　キュレーター・長谷川祐子、建築家・妹島和世による、岡山県・犬島の集落で展開するアートプロジェクト。2010年、企画展示を目的とした3つのギャラリー「F邸」「S邸」「I邸」と「中の谷東屋」を公開すると、2013年には、新たに2つのギャラリー「A邸」「C邸」が加わり、それぞれのギャラリーと集落内にアーティスト5名の作品が展示されている。

※32　妹島和世（せじま・かずよ）　1956年茨城県生まれ。建築家。大学卒業後、1987年まで伊東豊雄建築設計事務所に勤務。その後、1995年、西沢立衛と共に「SANAA」を設立する。2010年、建築界のノーベル賞とも言われるプリツカー賞受賞。代表作に、「金沢21世紀美術館」、「ROLEX ラーニングセンター」、「ルーヴル・

さんによる建築をギャラリーに仕立てていくという。キュレーターは[※33]長谷川祐子さん。こちらもとても壮大なプロジェクトです。名和さんは、「F邸」の展示を担当されています。

名和　犬島は人口45人、平均年齢が75歳。今回のアートプログラムは今年の3月20日にリニューアル・オープンしたんですけど、このプロジェクトで年間10万人の観光客がやってくるということで地元の皆さんもとても楽しみにしてくださって、毎日のように様子を見に来てくれました。

片山　制作期間はどのくらいだったんですか？

名和　長谷川祐子さんと、瀬戸内国際芸術祭２０１３の総合プロデューサーの[※34]福武總一郎さんと以前からプランを詰めていたのですが、じつは昨年末に、それまで練っていたすべてのプランを白紙に戻しました。どうしてももやもやしたものが抜けなくて、結局、年末年始かけてまったく違う新しいプランを考えたんです。年明けの1月20日に新案のＧＯサインが出てから材料を揃えて、実質50日間で完成まで持っていったので、かなり大変でした。学生たちも春休みだったので約3週間、スタッフと共に犬島に滞在して、ものすごい機動力を発揮してくれました。

片山　まさに納期との戦いという、シビアな現場を体験したわけですね。

名和　びっくりしたと思います。毎日、どんなに大変でも工程どおりに進めなきゃ間に合わない。それに、最初は3Dで設計してぜんぶコンピューターで削りだそうと考えていたんですが、複数の会社の切削機を使っても間に合わないことがわかったんです。結局、全体の10パーセントだけコンピューターの切削機を使って、あとはすべて設計図に合わせて手で削っていきました。まるで人間がコンピューターに使われているような感覚でしたね。

ランス」など。

※33　長谷川祐子（はせがわ・ゆうこ）　兵庫県生まれ。キュレーター。1979年、京都大学法学部卒業後、東京藝術大学大学院修了。国内外の美術館で学芸員を務めた後、金沢21世紀美術館学芸課長及び芸術監督を経て、東京都現代美術館チーフキュレーターに。批評を基幹に据える国際派キュレーターとして、数多くの斬新な現代美術の展覧会を手がけている。

※34　福武總一郎（ふくたけ・そういちろう）　1945年岡山県生まれ。ベネッセホールディングス取締役会長。ベネッセアートサイト直島代表。1973年、福武書店（現ベネッセホールディングス）入社。香川県・直島において「自然・建築・アート」の共生をコンセプトにしたプロジェクト（ベネッセアートサイト直島）を20年以

「Biota (Fauna/Flora)」
2013
mixed media

Photo by Nobutada OMOTE | SANDWICH
Courtesy of SANDWICH and SCAI THE BATHHOUSE

片山　何人くらいでやったんですか。

名和　スタッフ・学生あわせて20人くらいです。SANDWICHと犬島の両方で制作を進めて、最終的にSANDWICHでつくったものも設置したので、ぼくは犬島と京都を行き来していました。スリリングでしたけれど、現場でつくり上げることの大事さや、コンピューターに頼るのではなく、フィジカルから入っていくことの大切さを改めて実感したプロジェクトでした。

片山　いま、見てもらっている映像が、現地での制作風景です。ものすごく大きな作品ですよね。「家」のなかいっぱいに存在する巨大なオブジェ。和気あいあいと大勢でやっていて、楽しそうです。

名和　毎日できあがっていくのが目に見えるので、充実感はあります。いまちょうど、発泡ウレタンを吹き付けているところが映っていますが、これは全体が固まらないうちに、一気に仕上げることが大事なんです。途中までやって、次の日に続きをやるのでは、空間の一体感がなくなってしまう。それで休まずにやっていると、あっという間に8時間くらい経っていました。

片山　なるほど。このオブジェはいつまで展示されるんですか。

名和　3年間、展示される予定です。いま映像で写っているのが、コンピューターで削ったところと、手で削ったところのテクスチャをならして、仕上げているところです。いちばん難しかったところですね。砂を入れた塗料をスプレーで吹き付けて、それをさらにサンドペーパーでならしていくと、力強いテクスチャが出てくるんです。

片山　以前名和さんは、テクスチャは彫刻体験の入口になるとおっしゃっていましたね。

名和　彫刻には、素材感や色、イメージといったいろいろな要素があると思うんですけれど、そのなか

上にわたって指揮。その取り組みの結果、直島のベネッセハウス、家プロジェクト、地中美術館を訪れる来島者は劇的に増加し、2010年には、年間60万人を超えるまでに。

でも最も重要な要素がテクスチャだと思っています。さきほどお話しした、大学時代に考えていた皮膚感覚みたいなこととつながっているんですけれど。

片山　最後の塗膜というか。

名和　はい。実際は展示作品に触れることはできないかもしれませんが、視覚的に触った感覚が入ってくるような、そういう体験こそが、彫刻体験の入口をつくると思います。意味とか物語とか記号とか、そういうものとはまったく違う入り方ですね。

片山　コンセプトも重要だけれど、いいものって、ただそこにあるだけでものすごい量の情報が伝達されてきますよね。

名和　ぼくは彫刻って、オブジェではなく体験をつくっている感覚が強いんです。ですから、いかに彫刻の体験が伝わるかをつねに考えています。

片山　さきほども言いましたが、こうしてメイキングの画像をきちんと撮ってらっしゃるのもすごく素晴らしいことだと思います。

名和　映像として残しておくことで、より深く伝わるものがあると思います。この映像は、映像作家の青木兼治さんが撮影も編集もしてくれています。台車に乗って、撮影しているんですけど、これにはすごい技術が必要なんです。以前取材にきたテレビ局の方も驚いていました。

片山　画面が全然ブレていないですよね。

名和　ちなみに、台車を押したのは、ゴミ箱の写真で一緒だった藤崎。この台車の操り方も彼は相当うまいですね。達人の域です。

片山　SANDWICHには、なくてはならない存在ですね。

アーティストとして生きていくということ

片山　２００９年から准教授に就任されている、京都造形芸術大学美術工芸学科総合造形コースについてもお話を聞きたいです。総合造形というのは、比較的新しい概念ですよね。

名和　もともとあった立体造形コースと陶芸コースが統合されてできたコースです。英語でいうとミクストメディアコースですね。これまで日本を含むアジアの美大は、彫刻と工芸がはっきり分かれているカリキュラムがほとんどでした。でもいまの現代美術は、もっと全体的に統合されつつあって、素材・技法・メディアをつくりたいと思った、そのときどきに応じて選ぶような状況になってきています。ですから学科としてもカテゴリーを縦割りにしてはっきり分けるのではなく、すべて共通の工房にして、どの学科でも素材や技法ごとに自由に使えるようにしています。

片山　どんなレクチャーになるんでしょう。

名和　基本的には、物質・エネルギー・情報の３つをテーマに取り扱ってクリエイションできる学生を育てるつもりでやっています。たとえば陶芸作品をつくる際も物質・エネルギー・情報という観点から、造形を分析的に解きほぐすこともできます。

片山　アーティストとして生活していくには、きちんとマネジメントしていくスキルも必要だと思うのですが、そういうお話も学生にされますか？

名和　そのあたりは、やはりプロジェクトに参加して現場を見てもらうのがいちばん手っ取り早いです。アーティストの生活は本当に大変です。現代美術になんとなく憧れて、それだけで美大を卒業してしまうのは危険ですよね。ヤノベケンジ[※35]さんや杉本博司[※36]さんも「地獄へようこそ」って言うんです。自転車が漕ぐのをやめたら倒れてしまうのと同じで、アーティストはつくり続けなければ死んでしまう。しかもそのクリエイションがつねに新しいもの、代謝でなければ、アーティストとしても良い精神状況が保てないと思う。それに「つくらされる」という環境も、好ましくないと思います。そういうことは、やっぱり言葉では教えきれない。だからとにかく、現場を見てもらうのがいちばんいいんじゃないか、ということで学生たちに現場を開放したのが、ウルトラプロジェクトだったんです。

片山　なるほど。たしかに、アーティストの方たちのお話をうかがうと、いつもその生き方の壮絶さに驚きます。たとえ何十億で作品が売れたとしても、睡眠時間を削ってつくり続けるような……。

名和　そうしてつくっていないと落ち着かないくらいの人がやっていけばいいと思います。それが性に合っているかっていうことでしょうし、そうやってつくられたものに対して社会がいかに価値を見出すか、あるいは社会がどのようにアートを受け入れていくのかというのは、現場に長く身を置かなければわかりません。大学でも1、2年生のうちに半年~1年間くらい、海外でも日本でもいいから、インターンシップ・プログラムに参加するのがいちばん勉強になると思う。

片山　それはぼくもほんとに思います。

名和　そういう制度は、建築の設計事務所には、けっこう多いですよね。もっと、ギャラリーとか、アーティストの工房とか、アートディレクターの事務所とか、いろいろなところで経験を積めたらいいので

※35　ヤノベケンジ　1965年大阪府生まれ。現代美術作家。1997年、自作のガイガーカウンター付き放射能防護服を着て原発事故後のチェルノブイリを訪問する「アトムスーツ・プロジェクト」を開始。以降、子どもの命令しか聞かない高さ約7mのロボット《ジャイアント・トらやん》や、第五福竜丸をモチーフにした《ラッキードラゴン》など、社会問題を扱った話題作を精力的に発表している。

※36　杉本博司（すぎもと・ひろし）　1948年東京都生まれ。現代美術家。大学卒業後、ロサンゼルスのアートセンター・カレッジ・オブ・デザインで写真を学ぶ。74年よりニューヨーク在住。代表作に自然史博物館のジオラマを撮影した「ジオラマ」シリーズ、全米の映画館などで撮影した「劇場」シリーズ、世界各地

すが。学生のうちに自分がどんなポジションで働くのが合ってるかを発見できたら、そのあとの勉強をすべてそこにエネルギー使えるじゃないですか。

片山　どこにどう力を注げばいいかが、わかりますよね。頭で考えるのではなく、身体に染み込んでいく。

名和　やはり、自分の手を動かして素材に関わって、スタッフに怒られたりしながらやるのって、受け身で講義を聞いているのとは違ってショッキングですよ。SANDWICHのプロジェクトでも、みんな燃え尽きた状態で卒業します。そういう生の経験から、本当に行きたい道に向かったらいいんじゃないかな。その経験が社会に出てすぐに役に立つかっていうと、それは別の話なんですけど。役に立つとか立たないとかじゃなく、社会に出て10年くらいたったとき、ふと思い出して気づくようなものでもいいと思うんです。

セルの概念から、増殖を続ける作品たち

片山　ここから、名和さんの代表的な作品の画像を見てもらいます。2011年の6月に、東京都現代美術館で「シンセンシス」というテーマの大規模な個展を開催されたときの作品群です。広大なスペースを作品で埋めることだけでもすごいけれど、すべての作品が個性を持っていてまた驚きました。いくつか画像を見ながら解説していただきましょう。いま映っているのが、カテゴリー「GLUE（グルー）」の中の「Catalyst（カタリスト）」というシリーズですね。

名和　Catalystは、ボールペンのドローイングを、物質的に強調したものです。最初は水性のゲルイン

の海を同じ手法で撮影した「海景」シリーズなどがある。また、日本の古美術の収集家としても知られ、美術、建築、文学などに対する造詣も深い。

クを使っていたんですけど、もっと粘りのある膨らんだ状態にしたいと思っていろいろ試行錯誤した結果、グルーガンで描くのがちょうどよかったんです。ドローイングでありながら、極薄の彫刻をつくっているような感覚です。

片山　なるほど。ボールペンで書くのも、実際は紙にインクを乗せていく作業ですから、ある種の彫刻といえるんですね。

名和　彫刻ともいえるし、ドローイングともいえる、どちらのカテゴリーからもはみ出してしまうようなものがつくりたかったんです。

片山　次は「SCUM（スカム）」。これは液体が沸騰したときに浮かんでくる、灰汁《あく》という意味の言葉です。

名和　バングラデシュでつくった作品で、『アニマズモ』からさらに発展して、マテリアルである発泡ポリウレタン——虚無のボリュームがただ膨らみ続けるという設定です。元々あるオブジェを拡大して、それに発泡ポリウレタンを吹き付けていきます。東京都現代美術館ではインスタレーションで、つくるたびに大きくなっていきました。

片山　元々のオブジェは、何か具体的な形をしているんですか？

名和　これ、馬の置き物なんです。バングラデシュのダッカの雑貨屋にあった、木彫りを模した樹脂の馬。街をリサーチしていたら、そういった亜流のようなチープな素材感の雑貨がたくさんあって、興味を持ちました。まるで資本主義の、流通という名の川の流れの隅っこで澱んでいる様子にも見えました。SCUMシリーズは、そういう儚くて少し哀しい感じのする置き物を、10倍のサイズに拡大して、その表皮を膨張させるというプランでした。

「Catalyst#9」
2007
glue on paper
Photo : Seiji TOYONAGA | SANDWICH
Courtesy of SCAI THE BATHHOUSE

「Scum-Apoptosis」
2011
mixed media
Photo : Seiji TOYONAGA | SANDWICH
Courtesy of SCAI THE BATHHOUSE

片山　こうして解説してもらうと、また違った見え方がしてきますね。次の作品は、「PRISM（プリズム）」。これがまたふしぎなんですよ。どこからみても本物に見えないというか。見えてるんだけど近づくと見えなくなってしまう。

名和　そうですね。映像としてそこに存在するように感じる作品です。ほかのシリーズでも動物の剥製をよく使っているんですが、表面がリアルで、中身がからっぽなものという構造が、PRISMのコンセプトに合っていました。

片山　次の、いま映っている作品が「BEADS（ビーズ）」シリーズの『PixCell - Elk#2』。こちらも鹿の剥製がモチーフになっています。これは都現美のフライヤーにも使われていますね。ある意味、名和さんの代表作ともいえるのでは。

名和　２００９年にメゾンエルメスで開催した個展「L_B_S」で初展示した作品ですね。いままでつくった最大サイズのものです。このエルクの剥製は、三鷹の剥製屋さんがネット上で販売していたんです。写真にはシカとおじさんが一緒に写っていて、シカがあまりに巨大なので最初ちょっと笑っちゃって、見に行ったんですよ。

片山　この作品は、名和さん独自のピクセル（PixCell）というコンセプトでつくられています。ここで、ピクセルについての説明をいただけますか。

名和　画素のことをピクセル（Pixel）といいますよね。それに細胞という意味のセル（Cell）をもじった造語です。このBEADSでは「映像の細胞」という概念で、このひと粒ひと粒が、レンズの役割をはたして、シカの表面を拡大します。

「PixCell [Zebra]」
2003
mixed media
Photo : Haruo KANEKO
Courtesy of Gallery Nomart and SCAI THE BATHHOUSE

「PixCell - Elk#2」
2009
mixed media
work created with the support of Fondation d'entreprise Hermès
Photo : Seiji TOYONAGA ｜ SNDWICH

片山　ボリューム的にはほぼ近しいのに、近づくと逆に見えなくなる……。

名和　イメージとしては、ひと粒ひと粒のディテールがリアリティを宿して増幅していく。眺めていると、像が拡大されながらゆらゆらと移り変わっていきます。触覚的には麻痺の方向です。触れることができない現実というのは、ネットやテレビで見ている映像と同じかもしれない。物体でありながら、映像にシフトしていくような感覚です。

片山　すごくふしぎな体験ですよね。解説ありがとうございました。「シンセンシス」の作品群は以上ですが、そのあとも、精力的に新作を発表されています。いま映っているのが、「Direction（ダイレクション）」。重力だけに従うというこちらも独特のペインティングシリーズです。キャンバスの上から、液体を流すだけで線が描かれている。

名和　これまで10年くらいかけて発展させてきた各カテゴリーを、クロスオーバーさせていこうかなと思っている段階です。ちょうどいま画像が出ましたが、この「Trans（トランス）」シリーズもそう。モデルを３Ｄスキャンして、その３Ｄのデータに合わせて削りながら形をつくっているのですが、素材感がひとつずつ違って、同じＦＲＰ[※37]でも種類や塗装によってまったく変わります。たとえば、発泡ポリウレタンの塗料を空気中に散布して風をあてると、樹氷のように粒子が育っていくんです。そういうふうに、テクスチャを育てるという考え方でつくっているものもあります。

片山　さらなるデジタルとの融合がまた新しいメディアとなり、世界に出ていくのでしょうね。

名和　デジタルを彫刻の素材として扱うことの必要性を、いま京都造形大にも提案しているところです。これからは、ねんどやブロンズ、石膏、ＦＲＰと同じように、デジタルクレイを素材のひとつとして、

※37　FRP　繊維強化プラスチック（Fiber Reinforced Plastics）の略で、プラスチックにガラス繊維などを加えて強度を向上させた複合素材。安価・軽量で耐久性に優れ、さまざまな形状に成型できるため、小型船舶の船体から、自動車などの内外装、ユニットバスやバスタブといった住宅設備機器まで、幅広い用途に使われる。

「Direction#35-41」
2012
paint on canvas
installation view at ARARIO GALLERY CHEONAN
Photo by Nobutada OMOTE | SANDWICH

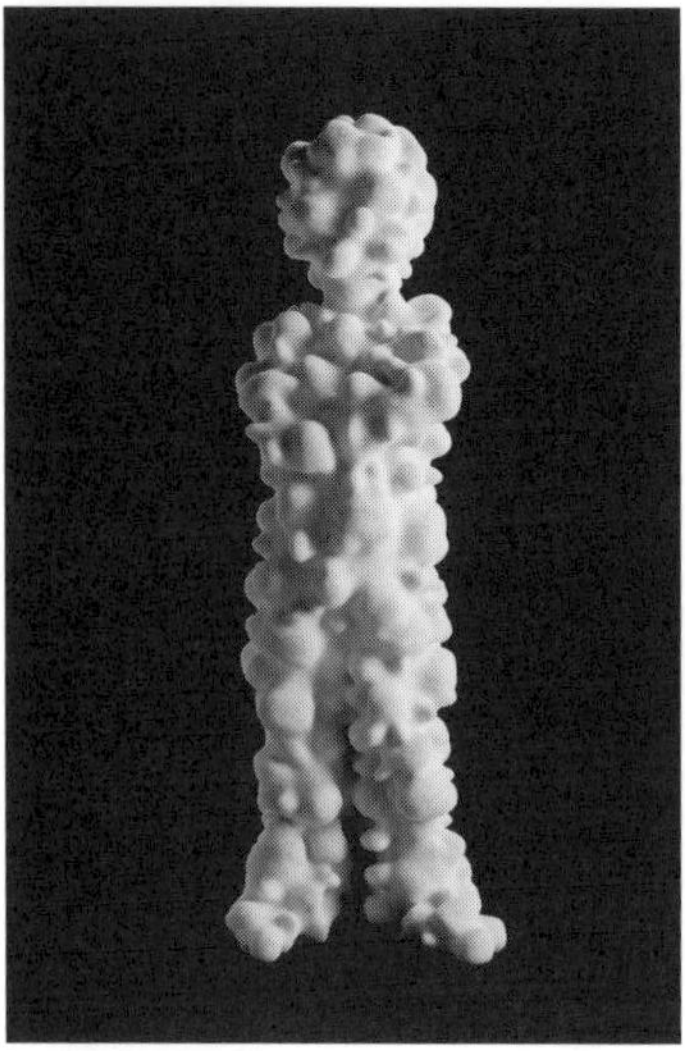

「Trans-Ren(Bump)」
2012
mixed media
Photo by Nobutada OMOTE | SANDWICH

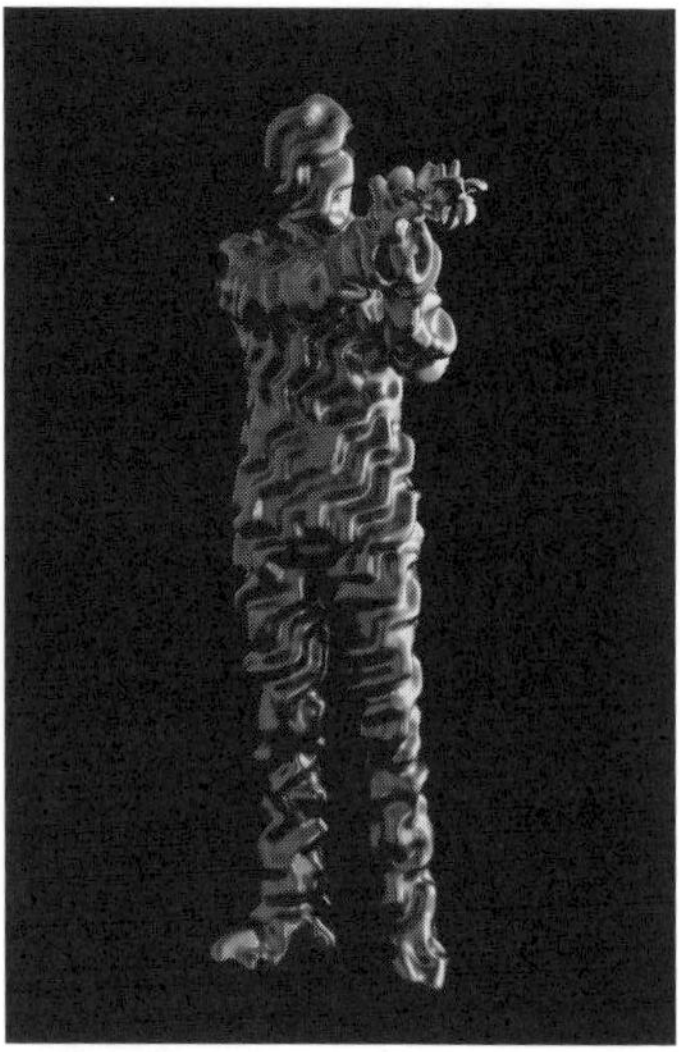

「Trans-T.O.P」
2012
mixed media
Photo by Nobutada OMOTE | SANDWICH

クリエイションする立場で勉強したほうがいいと思います。先日オバマ大統領が「これから３Ｄプリンタですべての産業が変わる」と言って、３Ｄプリンタをアメリカの大学に１０００台導入したらしいですね。日本の美大でも当たり前のように使うようになるでしょう。

片山　確かに３Ｄプリンタは今後要注目ですね。では最後にもうひとつ、韓国の天安（チョナン）市に制作中の大規模な屋外彫刻「Manifold（マニフォールド）」のお話をうかがってから、質疑応答に移りたいと思います。Manifold は、最初は、日本でつくられる予定だったとか。

名和　これは大変なプロジェクトでした。日本で制作する予定だったのが、結果的にSANDWICHで作成した３Ｄデータを基に、中国、日本、韓国といろいろなサイトを移動しながらつくることになったんです。それぞれの国で10社以上の企業との関わりもありましたから、調整が複雑でした。

片山　それが、ついにこの6月に完成するんですね。こちらも映像を見ながら解説していただきます。ここまで大きいと、もう、建築ですよね。全長は何メートルですか？

名和　高さが13・5メートルで、幅が16メートル、奥行きが12メートルあります。重さは最終的に26トンになる予定です。

片山　建物でいうと、３、４階建てくらいはありますね。すごいな。

名和　中国の深圳というところで、車をまるごと一台削り出せる機械をつかって発泡スチロールの削り出しをして、それをアルミで鋳造しました。アルミを流しているところが映像で映っていますね。溶接、研磨、仮組みは日本の神奈川でおこなって、韓国の天安で本組み、最終仕上げをいままさにしているところです。オファーしてくれたオーナーの方から、３００年はビクともしないものにしたいという希望

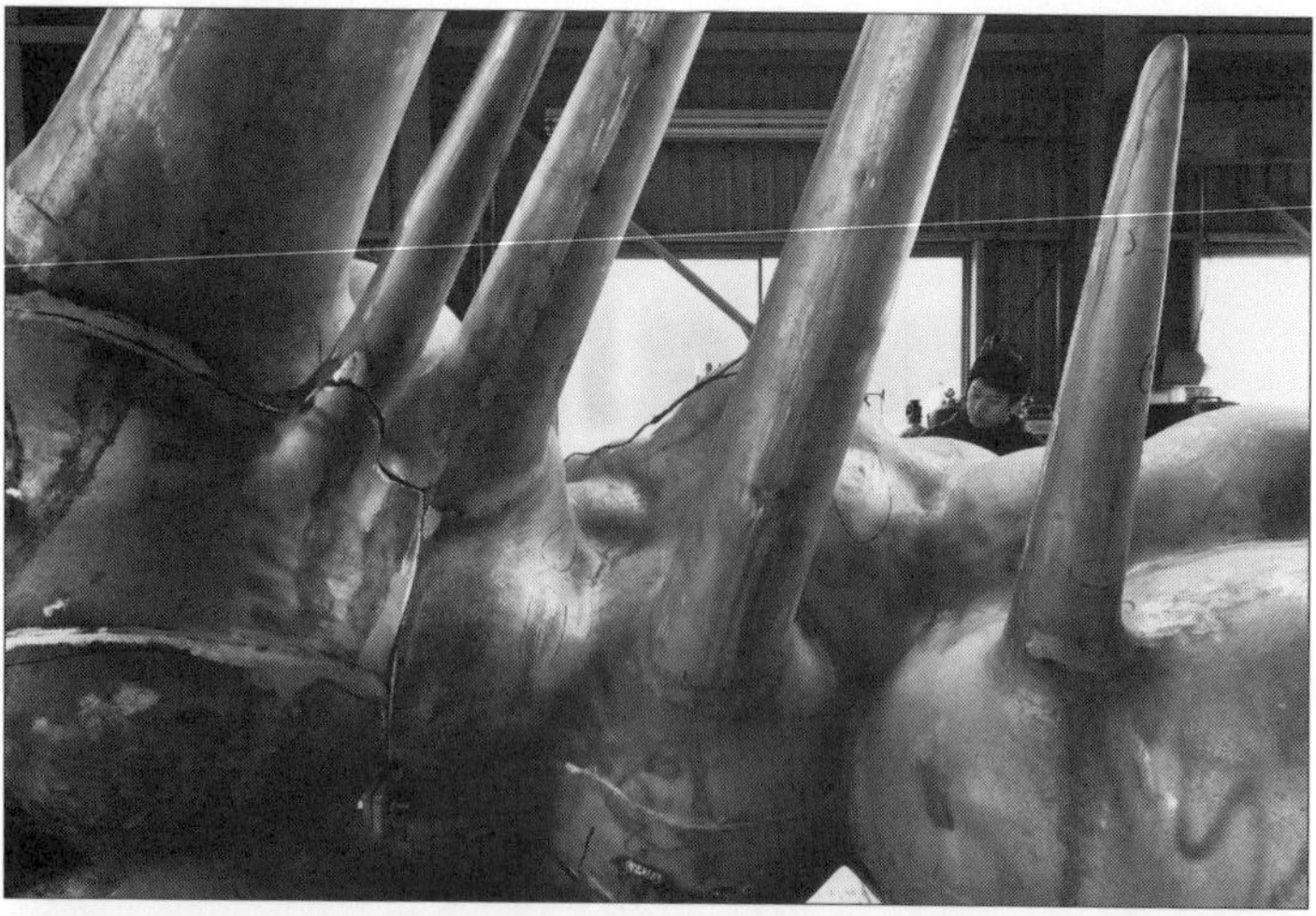

「Manifold」
2013
aluminum and paint
13166×15757×12380 mm

Collection of ARARIO Corporation
Production management : SCAI THE BATHHOUSE
Construction management : Flat Ltd.
Photo : Nobutada OMOTE | SANDWICH
Courtesy of ARARIO GALLERY, SCAI THE BATHHOUSE

があったので、それに応えるためのクオリティ管理がものすごく難しかったです。

片山　すごい迫力でしょうね。完成したら、ぼくもぜひ見に行きたいと思っています。

わからないもの、知らないことの可能性を模索していく

片山　いやあ、本当に次から次へと驚かされます。あっという間に時間がすぎて、少し予定時間をオーバーしてしまったんですが、みんな質問したいよね？　質問のある人は、手を挙げてください。早いもの勝ちです。はい、では最初に手を挙げた彼女、どうぞ。

生徒A　お話ありがとうございました。ものをつくることが生き方に根づいていて、世界のさまざまなものごとに興味や夢を抱いているんだなと感激しました。ひとつ気になったのが、名和さんは作品をつくるときに、自己表現みたいな気持ちはあるのでしょうか？

名和　学部の卒業制作の『少年と神獣』あたりまでは、自己表現という感覚が強かったですね。自分の世界、自分の物語、あるいは自分の感覚だけでつくる意識が強かった。だけど、そこから『アニマズモ』に発展して、素材が独立して、セルという概念が出てきたり、素材が持つ特性に合った感覚を乗せていくようにしていくと、どうしても分析的な作業になるんです。そうなると「自己」というくくりがすごく狭い、袋小路のように感じるようになり、自己表現にこだわらなくていいと思うようになりました。いまは、あまり意識していないですね。

生徒A　ありがとうございました。

名和　もちろん、作品は自分のフィルタを通して出てくるものではあるんだけど、単に自己に向き合っていれば表現になるというのは、いまの時代では甘い幻想だと思います。どちらかといえば、時代と接続された状態で、世界で起こっていることに対して自分がどう反応するかを見出していくほうが、ストレートにアウトプットできるんじゃないかな。それに、これだけ自由に表現できる場があふれているいま、もはや自己表現は求められていない気もするんです。近代は、アートにしても、純文学にしても、自己と向きあう時代だったけれど、いまは、いかに自己を開いて、他者と「私」とがつながった状態でクリエイションするかが、重要な気がしてます。

片山　とてもたいせつなお話ですね。いい質問でした。では、次に行きましょうか。いちばん奥に座っている彼女、どうぞ。

生徒B　個人的な質問になってしまうかもしれませんが、私は油絵をやっていて、作品をつくるとき、色の意味にものすごくこだわっているんです。名和さんの作品を見ていると、視覚的には温かみを感じるんですけど、色は冷静で、白いものが多い印象があります。私は白という色には透明性や無垢といったイメージを持っているんですけど、なにか、そこに意味があるのかをおうかがいしたいです。

名和　モノクロに仕上げるのは、逆に、意味を持たせたくないからですね。なぜかというと、素材よりも色が強いと、絵画的になってしまうから。彫刻的、絵画的というふたつの方向性があるとしたら、ぼくは徹底的に彫刻にしたいんです。最近 Trans シリーズで色を使っているのは、それぞれが別の場所にあることを表現するため。あえて、ひとつひとつを違う色やテクスチャにしています。そういう目的がなかったらたぶん使わないです。

片山　Transの色使いも、非常に複雑ですよね。近づくとやっと色が見えてくるような。一般的にいう色の概念とは違うように思えます。

名和　光の波長によって色が変わるような塗料を使ったり、いろいろ工夫はしています。でも実際、色の認識って固定していないですよね。白いペンキを塗ったオブジェでも、青いライトを当てたら、青い色のオブジェを見る体験になります。普通の照明にも色温度の差違があります。ハロゲンを当てて見るのと、蛍光灯の下で見るのとでは、やはり色の波長も、伝わる印象も変わってくると思うんです。そういうふうに、体験としてその環境がどのように作用するか、というある意味ドライに感覚や知覚を詰めていくのが彫刻だと思っています。それにこだわると、素材の色やテクスチャを厳密に選ばなければ、イメージ通りになりません。

生徒B　わかりました、ありがとうございました。参考にします。

片山　最後もうひとつだけ。じゃあ、となりの彼にマイクを渡してください。

生徒C　この春に入学したばかりなのに、すばらしいお話を聞けてとてもうれしいです。ぜひ学生のうちにSANDWICHで活動をしてみたいと思ったのですが、応募には決まりがあるのでしょうか。

名和　みなさん、自由に応募できます。京都造形大では、毎年4月にプロジェクト説明会があって、京都造形大に関わっているアーティストが、教員としてではなくアーティストとして、10分間、プロジェクトのプレゼンテーションをします。興味を持った学生は、ジャンルも学年も問わず、自由に応募できます。ぼくのプロジェクトは京都造形の学生に限らないので、本当に興味があったらまずホームページにアクセスしてもらって、見学に来てください。その後、スタッフとも面接してお互いにやっていけそうだったら、プロジェクトメンバーとして参加してもらいます。京都造形の生徒は比較的近いので毎週末来ていますけれど、遠方の場合は、夏休みや春休みなどの長期休暇をつかって、まとまった期間滞在するという方法もあります。プロジェクトに対するモチベーションがしっかりしていて、きちんとビジョンを持った人だったら受け入れているので、ぜひ応募してください。

生徒C　わかりました、ありがとうございました。

片山　とてもいいチャンスだから、チャレンジしてみてね。そろそろ時間ですね。では、ぼくのほうから、最後の質問です。instigator で毎回必ずゲストにお尋ねしている質問なのですが、名和さんは、10年後、どのような活動をしていると思いますか？　名和晃平の10年後のイメージを教えてください。

名和　んー、そうですね……。いまはちょっと予想がつかないです。SANDWICH を始めたとき、まずは5年、全速力でやろうと決めました。いま4年目なので、来年には、次の方針を決めないといけないんですけど、来年のこともわからない状況で（笑）。学生のころは、10年後のビジョンをつねに持っていたいと思っていたんですけどね。ここまで変化が激しいと予想できない。固定したイメージは持っていないのです。どちらかというと、やったことのないもの、わからないほうへいきたい欲求は強いと思います。いまはできないと思えることでも、それを習得して、さらに開発して、それができるようになったら、また次の可能性へ向かうというイメージです。

片山　名和さんはどんどん新しいことに挑戦していますが、ひとつひとつの経験をすべて積み重ねて、どんどん大きなものになっている印象があります。あと、ぼく個人としても、SANDWICH の活動は見習うところがとても多いんですね。インテリアデザインも建築もアートも、べつに事務所をわける必要ないんじゃないかって。なにより、名和さんもスタッフのみなさんも、あまり気負いなく楽しんでいろいろされていらっしゃる。それが何よりも新しい作品を生み出し続ける秘訣なのかなと再認識しました。

名和　つくるのは喜びです、ほんとに。もうずっと、ひたすらつくることしかやっていない状況なので、止まってしまうことが恐怖です。このままつくり続けて、あっという間に、5年、10年経つんじゃないかと思います。

片山　わかりました。10年後の名和さんが何に夢中になっているのか、楽しみにしておきますね。本当にきょうは、制作についても考え方についても、出し惜しみなくノウハウを話していただきました。学生のみんなにとって、すごく次のステップにつながる話だったと思います。名和さん、どうもありがとうございました！

名和晃平先輩が教えてくれた、
「好きなこと」を「仕事」にするためのヒント！

□物理や工学系、建築や映像にも興味がありました。
そういうことをすべて、いちばん自由に自分のペースでできるのは美術だろうと思ったんです。

□アーティストはつくり続けなければ死んでしまう。
しかもそのクリエイションがつねに新しいもの、
代謝でなければ、アーティストとして良い精神状況を保つことはできません。

□学生のうちにどんなポジションで働くのがあっているかを発見できたら、そのあとの勉強のエネルギーをすべてそこに使えるじゃないですか。

□これまでは自己と向き合う時代でしたが、これからは、
いかに自己を開いて、他者と「私」とがつながっていられるかが重要な気がします。

□つくるのは喜びです、ほんとに。もうずっと、ひたすらつくることしかやっていない状況なので、
止まってしまうことが恐怖です。

Music for instigator #005
Selected by Shinichi Osawa

NO.	TITLE	ARTIST
1	The Wheel	SOHN
2	Angels (Four Tet Remix)	The xx
3	Ballade De Melody Nelson	Serge Gainsbourg
4	Sketch For Summer	The Durutti Column
5	Nights Off	Siriusmo
6	Come Into My House	Miss Kittin
7	No Sun In The Sky (Henrik Schwarz Remix)	Kraak & Smaak
8	Your Fine Petting Duck	Devendra Banhart
9	Ingenue	Atoms For Peace
10	Gaberdine (Nathan Fake Ambient Version)	Walls
11	Dog	Thick Pigeon
12	Bird Of Space	Bonnie Dobson
13	Yours To Keep	Blue Hawaii
14	All The Trees Of The Fields Will Clap Their Hands	Sufjan Stevens
15	Don't You Know	Jan Hammer Group
16	帰れない二人	井上陽水
17	Evening Ceremony	Active Child

※上記トラックリストはinstigator official site(http://instigator.jp)でお楽しみいただけます。

この本を読んでくれたみなさんへ

5人の扇動者〈instigator〉による熱のこもった特別講義、いかがでしたか？　この特別講義を終えて、僕は今、あることを確信しています。

それは、「人生にマニュアルはない！」ということです。

日々もがき苦しみながら自分だけの方法論を確立し、自身の手で人生を切り開いていく――。その繰り返しがいまの彼らをかたちづくっているのだと、それぞれの講義からお分かりいただけたかと思います。ですから、極論を言ってしまえば、彼らの生き方や仕事のやり方を参考にしても、あまり意味がないのかもしれません。

そんなことを言ったら、「この本を読む必要はないじゃないか」と思われてしまいそうですが、それは違います。夢中になれるなにかを見つけること。あなただけのオリジナルな方法論をつくること。それこそが自分らしい豊かな人生を送るために不可欠であると、十分に感じ取っていただけたと思うからです。

あなたがもし、「好きなこと」の広がる新しい世界に一歩を踏み出したなら、あとは自分次第です。「好きなこと」を「仕事」にして生きる彼らの言葉をヒントに、みなさんの人生が有意義なものになることを心から願っています。

そして、「10年後は何をしていますか?」というすべてのゲストに投げかけてきた質問を、講義が終わったいま、自分自身にも問いかけてみました。すると、意外なことに明確なビジョンが思い浮かばなかったのです。その理由はきっと、人生に劇的な変化などなく、一日一日の地道な積み重ねこそが10年後という未来をつくるからなのでしょう。

最後に、『instigator』というネーミングのインスピレーションを与えてくれた、友人でありアーティストのライアン・ガンダーに感謝を。さらに、事前の打ち合わせから当日の講義まで、貴重な時間を割いて、学生たちに本気で語りかけてくれた5人の扇動者にも改めてお礼申し上げます。そして、イベントに携わってくれたチームのみんなにも、心からありがとう。

次回の特別講義で、またみなさんにお会いできますように。

２０１３年11月

武蔵野美術大学　空間演出デザイン学科　教授　片山正通

instigator

Music:
大沢伸一
畠山敏美（avex management Inc）

Photo:
フォトグラファー: 鈴木心
アシスタント: 神藤剛

Movie:
ディレクター: 谷聰志（PONDER SNAIL）
カメラマン: 藤岡大輔／近藤哲也／三石直和
照明: 前川賀世子／福田和弘／長晃由／大峰アカネ／村田暁彦

Graphic:
近藤朋幸（Wonderwall Graphic Design Division）

instigator 運営スタッフ:

Wonderwall:
大野晃義／清水由美子

武蔵野美術大学 空間演出デザイン学科 研究室:
北川陽史／深谷美里／大野洋平／国沢知海／栗原佑実子／
開田ひかり／須藤千賀／角田真裕子／亀井佑二

武蔵野美術大学 空間演出デザイン学科 片山ゼミ 第一期:
猪股由佳／青木哲／色川麻衣／大津春香／岡本典子／
熊谷琴絵／高坂麦穂／小林千紘／小山真奈／近藤亮子／
柴田結言子／中野香菜／平間みはる／吉野緑／和田博行

武蔵野美術大学 空間演出デザイン学科 片山ゼミ 第二期:
松本結衣／安西麻衣子／伊藤匡平／奥中詩帆／クォンヒョヨン／
櫻田健太／篠田幸実／清水茉衣／杉野亜衣子／永田理／
野坂奈帆子／藤田晃子／南修樹／八木陽介／クォンジヒョン（大学院生）

Special Thanks:

LOOPWHEELER
CASSINA IXC. Ltd.
Wonderwall

武蔵野美術大学 空間演出デザイン学科
教授: 小竹信節／堀尾幸男／太田雅公／五十嵐久枝／小泉誠／
鈴木康広／天野勝／パトリック・ライアン／津村耕佑

企画&ホスト:
武蔵野美術大学 空間演出デザイン学科 教授 片山正通

片山正通（かたやま まさみち）

インテリアデザイナー
株式会社ワンダーウォール 代表
武蔵野美術大学 空間演出デザイン学科 教授

1966年岡山県生まれ。2000年に株式会社ワンダーウォールを設立。コンセプトを具現化する際の自由な発想、また伝統や様式に敬意を払いつつ、現代的要素を取り入れるバランス感覚が国際的に高く評価されている。

主な仕事として、ユニクロ グローバル旗艦店（NY、パリ、銀座、上海他）、PIERRE HERMÉ PARIS Aoyama、NIKE原宿、100%ChocolateCafe.、PASS THE BATON（丸の内、表参道）、YOYOGI VILLAGE/code kurkku、THOM BROWNE. NEW YORK AOYAMA、MACKINTOSH（ロンドン、青山）、INTERSECT BY LEXUS - TOKYO、ザ リッツ カールトン香港のメインバー・OZONE、colette（パリ）など多数。

2011年より武蔵野美術大学 空間演出デザイン学科 教授に就任し、次世代のインテリアデザイナー育成に注力している。一方で、全学生徒に向けた特別講義『instigator』を企画。さまざまなジャンルのトップクリエイターをゲストに迎えた講義は、2013年現在までに8回を重ね、学内外で話題の講義となっている。

instigator official site　http://instigator.jp

ワンダーウォール　http://www.wonder-wall.com
武蔵野美術大学 空間演出デザイン学科　http://kuude.musabi.ac.jp

wonderwall.katayama

Wonderwall_MK

masamichi_katayama

片山正通教授の
「好きなこと」を「仕事」にしよう
著者　片山正通

発行　2013年11月28日 第1刷発行
　　　2015年 6 月12日 第2刷発行

イラスト　竹田嘉文
写真　鈴木心

ブックデザイン
近藤朋幸（Wonderwall Graphic Design Division）

編集　前島そう（ペンライト）
　　　奥村健一（Casa BRUTUS）
構成　藤崎美穂

発行人　石﨑孟
編集人　松原亨
発行所　株式会社マガジンハウス
〒104-8003　東京都中央区銀座3-13-10
受注センター　☎049・275・1811
カーサ ブルータス編集部　☎03・3545・7120
印刷製本　凸版印刷株式会社

ISBN978-4-8387-2621-9 C0095 ¥1400E

マガジンハウスのホームページ　http://magazineworld.jp/